小公子セドリック

バーネット／作
田邉雅之／監訳
日本アニメーション／絵

もくじ

1　突然《とつぜん》の訪問者《ほうもんしゃ》

セドリックはそのことを知《し》りませんでした。誰《だれ》も教《おし》えてくれなかったのです。お父《とう》さんがイギリス人《じん》だったことは、お母《かあ》さんから聞《き》いて知《し》っていました。

でもお父《とう》さんは、セドリックがほんの小《ちい》さな頃《ころ》に亡《な》くなったので、よくは覚《おぼ》えていません。覚《おぼ》えていることといえば、お父《とう》さんが大《おお》きくて、青《あお》い目《め》をしていて長《なが》い口《くち》ひげを生《は》やしていたこと。そして肩車《かたぐるま》をして部屋《へや》をぐるぐる回《まわ》ってくれたのが、とても楽《たの》しかったことくらいです。

お父《とう》さんが病気《びょうき》だったとき、セドリックは遠《とお》くに預《あず》けられていました。そしてセドリックが家《いえ》に帰《かえ》ってきたときにはすべてが終《お》わっていたのです。

お母《かあ》さんも重《おも》い病気《びょうき》から治《なお》ったばかりで、ようやく窓《まど》のそばの椅子《いす》に座《すわ》れるようになっていました。青白《あおじろ》い顔《かお》をしてやせ細《ほそ》り、美《うつく》しい顔《かお》にもいつものえくぼは浮《う》かんでいません。黒《くろ》いドレスを着《き》て、大《おお》きな茶色《ちゃいろ》い瞳《ひとみ》は悲《かな》しそうな表情《ひょうじょう》をたたえていました。

「ねえ、大好《だいす》きな人《ひと》」

セドリックはお母《かあ》さんに呼《よ》びかけました（お父《とう》さんがお母《かあ》さんのことを「大好《だいす》きな人《ひと》」と呼《よ》んでいたので、セドリックも真似《まね》をするようになったのです）。

「大好《だいす》きな人《ひと》、お父《とう》さんはよくなった？」

お母《かあ》さんの腕《うで》が震《ふる》えました。セドリックは頭《あたま》を上《あ》げてお母《かあ》さんの顔《かお》を見《み》つめました。セドリックは、なぜか泣《な》きたいような気分《きぶん》になりました。

「大好《だいす》きな人《ひと》、お父《とう》さんは大丈夫《だいじょうぶ》なの？」

セドリックはお母《かあ》さんの首《くび》に腕《うで》をまわして何度《なんど》もキスをし、柔《やわ》らかな頬《ほお》を顔《かお》に近《ちか》づけました。お母《かあ》さんはセドリックの肩《かた》に頭《あたま》を預《あず》け、激《はげ》しく泣《な》きました。そして、もう二度《にど》と離《はな》さないというように、セドリックを抱《だ》きしめました。

「ええ、お父《とう》さんは大丈夫《だいじょうぶ》よ」

お母《かあ》さんはすすり泣《な》きながらつぶやきました。

「とても、とてもよくなったわ。でももう……わたしたち2人《ふたり》しかいないの。2人《ふたり》ぼっちよ」

セドリックはまだ小《ちい》さな少年《しょうねん》でしたが、お父《とう》さんがもう戻《もど》ってこないのだとはっきり感《かん》じました。背《せ》が高《たか》くてハンサムなお父《とう》さんは、若《わか》くして死《し》んでしまったのです。

他《ほか》の人《ひと》が死《し》んでしまったという話《はなし》は、前《まえ》にも聞《き》いたことがありました。でもその悲《かな》しみがここまで大《おお》きなものだとは思《おも》いもしなかったのです。

お父《とう》さんのことを話《はな》すとお母《かあ》さんがいつも泣《な》くので、セドリックはこのときから、お父《とう》さんのことはあまり話《はな》さないようにしました。また、お母《かあ》さんを1人《ひとり》にしておくと、じっと座《すわ》って黙《だま》ったまま暖炉《だんろ》の火《ひ》や窓《まど》の外《そと》を見《み》つめてばかりいるので、お母《かあ》さんのそばを離《はな》れないようにもしました。

セドリックにもお母《かあ》さんにも、知《し》り合《あ》いはあまりいません。周《まわ》りの人《ひと》から見《み》れば、寂《さび》しい暮《く》らしだったかもしれません。

でもセドリックは寂《さび》しいと思《おも》いません。これが寂《さび》しい暮《く》らしなのだとわかったのは、少《すこ》し大《おお》きくなって、家《いえ》に誰《だれ》もやってこない理由《りゆう》を初《はじ》めて知《し》ってからでした。

お母《かあ》さんは孤児《こじ》で、お父《とう》さんと結婚《けっこん》するまでは独《ひと》りぼっちだったのです。

お母《かあ》さんは昔《むかし》からとてもきれいでしたし、若《わか》い頃《ころ》はお金持《かねも》ちの老婦人《ろうふじん》の世話係《せわがかり》として働《はたら》いていました。でも、この老婦人《ろうふじん》はあまり優《やさ》しくなかったのです。

そこにやってきたのが、セドリックのお父《とう》さんであるエロル大尉《たいい》でした。

ある日《ひ》、この家《いえ》を訪《たず》ねてきたエロル大尉《たいい》は、瞳《ひとみ》に涙《なみだ》を浮《う》かべて階段《かいだん》を駆《か》け上《あ》がる女《おんな》の人《ひと》を見《み》かけました。その女《おんな》の人《ひと》はとてもかわいらしく、純粋《じゅんすい》そうで、悲《かな》しげだったので、エロル大尉《たいい》は一目見《ひとめみ》たとたんに忘《わす》れられなくなりました。

やがて奇妙《きみょう》な出来事《できごと》がいろいろと起《お》きた後《あと》、2人《ふたり》はお互《たが》いを深《ふか》く知《し》るようになり、愛《あい》し合《あ》い、結《けっ》婚《こん》しました。こうして生《う》まれたのがセドリックだったのです。

でも2人《ふたり》の結婚《けっこん》を喜《よろこ》ばない人《ひと》たちもいました。しかも一番激怒《いちばんげきど》したのは、大尉《たいい》のお父《とう》さんです。大尉《たいい》のお父《とう》さんは、イギリスに住《す》んでいる名高《なだか》い伯爵《はくしゃく》でした。とてもお金持《かねも》ちでしたが、気性《きしょう》の激《はげ》しい人《ひと》で、アメリカという国《くに》と、アメリカの人《ひと》をとても憎《にく》んでいました。

大尉《たいい》にはお兄《にい》さんが2人《ふたり》いました。法律上《ほうりつじょう》、伯爵《はくしゃく》の家《いえ》や広大《こうだい》な領地《りょうち》は、一番年上《いちばんとしうえ》のお兄《にい》さんが継《つ》ぐことになっていて、その人《ひと》が亡《な》くなれば、次男《じなん》のものになるはずでした。そのため末《すえ》っ子《こ》である大尉《たいい》は、裕福《ゆうふく》な貴族《きぞく》の家《いえ》に生《う》まれたにもかかわらず、財産《ざいさん》を継《つ》いでお金持《かねも》ちになる可能性《かのうせい》はほとんどなかったのです。

でも大尉《たいい》は、2人《ふたり》のお兄《にい》さんたちが授《さず》からなかったものを持《も》っていました。美《うつく》しい顔立《かおだ》ちと、たくましくて優雅《ゆうが》な体《からだ》つき、そして明《あか》るい笑顔《えがお》と優《やさ》しく朗《ほが》らかな声《こえ》です。

また大尉《たいい》は勇敢《ゆうかん》で心《こころ》が広《ひろ》く、誰《だれ》よりも親切《しんせつ》な人《ひと》でしたから、皆《みな》から好《す》かれました。

これは2人《ふたり》のお兄《にい》さんと正反対《せいはんたい》でした。2人《ふたり》のお兄《にい》さんはハンサムでもなければ、特《とく》に親切《しんせつ》なわけでもなく、賢《かしこ》くもなかったのです。名門《めいもん》のイートン校《こう》に通《かよ》っていたときも、お兄《にい》さんたちは人《ひと》から好《す》かれる生徒《せいと》ではなかったし、大学《だいがく》でも勉強《べんきょう》はそっちのけで、時間《じかん》とお金《かね》を無駄《むだ》に使《つか》ってばかりいました。そして親友《しんゆう》と呼《よ》べる友達《ともだち》もいないのです。

伯爵《はくしゃく》は、長男《ちょうなん》と次男《じなん》にしょっちゅうがっかりしていましたし、恥《はじ》をかかされていました。自分《じぶん》のことしか考《かんが》えず、無駄遣《むだづか》いばかりするくだらない息子《むすこ》たちは、いずれ跡取《あとと》りであるにもかかわらず、尊《とうと》い一家《いっか》の名《な》を汚《けが》すようなくだらない人間《にんげん》になってしまうだろうと思《おも》っていました。

皮肉《ひにく》なことに、才能《さいのう》や人間《にんげん》としての魅力《みりょく》、そして強《つよ》さと美《うつく》しさといったものを備《そな》えているのは、財産《ざいさん》をほとんど受《う》け継《つ》がない末息子《すえむすこ》の大尉《たいい》だけなのです。

伯爵《はくしゃく》はそのことを考《かんが》えると苦《にが》い気持《きも》ちになりましたし、ハンサムな末息子《すえむすこ》を憎《にく》むことすらありましたが、心《こころ》の底《そこ》ではこの末息子《すえむすこ》がかわいくてしかたがないのでした。

そんなある日《ひ》、伯爵《はくしゃく》は末息子《すえむすこ》をしばらくアメリカに行《い》かせることにしました。離《はな》れていれば、面倒《めんどう》なことばかり起《お》こす兄《あに》たちと見比《みくら》べて、腹《はら》を立《た》てることもないだろうと考《かんが》えたのです。

しかし半年《はんとし》もすると伯爵《はくしゃく》は寂《さび》しくなり、末息子《すえむすこ》に会《あ》いたいと密《ひそ》かに思《おも》うようになりました。そこで大尉《たいい》に手紙《てがみ》を書《か》いて、家《いえ》に戻《もど》ってくるよう命令《めいれい》しました。

ところがその手紙《てがみ》は、大尉《たいい》が父親《ちちおや》に宛《あ》てて出《だ》した手紙《てがみ》と行《い》き違《ちが》いになってしまいました。しかも大尉《たいい》の手紙《てがみ》には、美《うつく》しいアメリカ人《じん》の恋人《こいびと》ができたこと、そしてその女性《じょせい》と結婚《けっこん》するつもりだということが書《か》かれていました。

伯爵《はくしゃく》は手紙《てがみ》を読《よ》んで、カンカンに怒《おこ》りました。もともと伯爵《はくしゃく》は気性《きしょう》の激《はげ》しい人《ひと》でしたが、このときほど激《はげ》しく怒《おこ》ったことはありません。部屋《へや》にいた使用人《しようにん》は、伯爵《はくしゃく》が脳卒中《のうそっちゅう》で倒《たお》れてしまうのではないかと心配《しんぱい》したほどです。

伯爵《はくしゃく》は1時間《じかん》ほど虎《とら》のように怒鳴《どな》り続《つづ》けた後《あと》、椅子《いす》に座《すわ》って息子《むすこ》に手紙《てがみ》を書《か》き始《はじ》めました。

これからは我《わ》が家《や》に近《ちか》づくことも、父親《ちちおや》や兄《あに》に手紙《てがみ》を書《か》くことも、一切《いっさい》許《ゆる》さない。生《い》きるのも死《し》ぬのも好《す》きなようにすればいいいし、永遠《えいえん》に家族《かぞく》の縁《えん》を切《き》る。一生《いっしょう》、援助《えんじょ》もしない、というのがその内容《ないよう》でした。

この手紙《てがみ》を読《よ》んだ大尉《たいい》はとても悲《かな》しみました。イギリスも、生《う》まれ育《そだ》った美《うつく》しい家《いえ》も大好《だいす》きだったからです。それに、気性《きしょう》の激《はげ》しいお父《とう》さんのことも好《す》きでしたから、がっかりさせてしまって申《もう》し訳《わけ》ないという気持《きも》ちにもなっていました。

こうなったからには、お父《とう》さんからの仕送《しおく》りに頼《たよ》るわけにはいきません。とはいえ、最初《さいしょ》は、何《なに》をすればいいのかわかりません。伯爵《はくしゃく》の息子《むすこ》である大尉《たいい》は、もともと仕事《しごと》をしてお金《かね》を稼《かせ》ぐようには育《そだ》てられてこなかったし、仕事《しごと》をした経験《けいけん》もまったくなかったからです。

しかし大尉《たいい》には勇気《ゆうき》と強《つよ》い意志《いし》がありました。またイギリスの軍隊《ぐんたい》では、自分《じぶん》が持《も》っている階級《かいきゅう》を他《ほか》の人《ひと》にお金《かね》で売《う》ることができたので、大尉《たいい》も自分《じぶん》の階級《かいきゅう》を売《う》ってお金《かね》を作《つく》りました。そして苦《く》労《ろう》した末《すえ》にニューヨークで仕事《しごと》を見《み》つけ、結婚《けっこん》したのです。

イギリスでの暮《く》らしとは、まるで違《ちが》う毎日《まいにち》が始《はじ》まりましたが、大尉《たいい》は幸《しあわ》せでした。まだ年齢《ねんれい》も若《わか》かったので、一生懸命働《いっしょうけんめいはたら》けば、未来《みらい》が大《おお》きく拓《ひら》けるだろうと希望《きぼう》を抱《いだ》いていたのです。

大尉《たいい》は静《しず》かな通《とお》りに小《ちい》さな家《いえ》を持《も》つようになり、そこで男《おとこ》の子《こ》も生《う》まれました。生活《せいかつ》は質素《しっそ》でしたが、明《あか》るく楽《たの》しい毎日《まいにち》を過《す》ごしていたので、老婦人《ろうふじん》の家《いえ》で知《し》り合《あ》った美《うつく》しい女性《じょせい》と愛《あい》し合《あ》って結《けっ》婚《こん》したことを、まったく後悔《こうかい》などしなかったのです。

大尉《たいい》の奥《おく》さんはとてもかわいらしい人《ひと》でしたし、2人《ふたり》の間《あいだ》に生《う》まれた赤《あか》ちゃんは、大尉《たいい》と奥《おく》さんの両方《りょうほう》に似《に》ていました。

セドリックと名付《なづ》けられた赤《あか》ちゃんは、いつも機嫌《きげん》がよく、手《て》をわずらわせることがありません。また生《う》まれつき優《やさ》しく、かわいらしくて、絵《え》のように美《うつく》しい男《おとこ》の子《こ》でしたので、誰《だれ》もが心《こころ》を奪《りば》われました。

赤《あか》ちゃんは、生《う》まれたときには髪《かみ》が生《は》えていないものですが、セドリックの頭《あたま》は最初《さいしょ》から柔《やわ》らかい金色《きんいろ》の髪《かみ》の毛《け》に覆《おお》われていて、半年《はんとし》もすると、カールした髪《かみ》が顔《かお》の周《まわ》りにふんわりとした円《えん》を描《えが》くようになりました。また茶色《ちゃいろ》の大《おお》きな瞳《ひとみ》を長《なが》いまつげが縁《ふち》どり、かわいらしい顔《かお》をさらに際立《きわだ》たせていました。

セドリックは背筋《はいきん》がとても強《つよ》く、足腰《あしこし》も丈夫《じょうぶ》な赤《あか》ちゃんだったので9か月《げつ》で歩《ある》き始《はじ》めましたが、赤《あか》ちゃんとは思《おも》えないほど行儀《ぎょうぎ》のよい子《こ》でしたから、周《まわ》りの人《ひと》にもかわいがられました。

セドリックはすべての人《ひと》が自分《じぶん》の友達《ともだち》だと思《おも》っているようでした。乳母車《うばぐるま》に乗《の》せられて通《とお》りに出《で》ると、見知《みし》らぬ人《ひと》さえ優《やさ》しい茶色《ちゃいろ》の瞳《ひとみ》でまっすぐに見《み》つめ、ふいに愛《あい》くるしく人懐《ひとなつ》っこい笑顔《えがお》を浮《う》かべるのです。

そのため近所《きんじょ》の人《ひと》たちは皆《みな》、セドリックを一目見《ひとめみ》たがり、話《はな》しかけたがりました。この世《よ》で一番《いちばん》気難《きむずか》しいと思《おも》われていた角《かど》の食料品店《しょくりょうひんてん》の主人《しゅじん》、ホッブズさんですらもです。

乳母《うば》と一緒《いっしょ》に散歩《さんぽ》ができる年《とし》ごろになると、セドリックは小《ちい》さなおもちゃの荷車《にぐるま》を引《ひ》いて、短《みじか》い白《しろ》のキルトをはき、金色《きんいろ》のカールした髪《かみ》に大《おお》きな白《しろ》い帽子《ぼうし》をかぶって出《で》かけました。愛《あい》らしく、健《すこ》やかで、バラ色《いろ》の頬《ほお》を持《も》つセドリックは注目《ちゅうもく》の的《まと》でした。

乳母《うば》は家《いえ》に帰《かえ》ると、その日《ひ》、セドリックを見《み》るためにわざわざ馬車《ばしゃ》を停《と》めて話《はな》しかけてきたご婦人《ふじん》がいたこと、そしてセドリックがまるで知《し》り合《あ》いとおしゃべりするように、元気《げんき》でかわいらしい受《う》け答《こた》えをすると、ご婦人《ふじん》たちが大喜《おおよろこ》びしたことなどを、セドリックのお母《かあ》さんに話《はな》しました。

そしてセドリックは、周《まわ》りの人《ひと》の気持《きも》ちを敏感《びんかん》に感《かん》じ取《と》ることができる子《こ》どもに育《そだ》ちました。それは、お父《とう》さんとお母《かあ》さんからたっぷりの愛情《あいじょう》を注《そそ》がれ、思《おも》いやりと優《やさ》しさにあふれた上品《じょうひん》な家庭《かてい》で育《そだ》ったおかげでしょう。セドリックは家《いえ》の中《なか》で、冷《つめ》たい言葉《ことば》や乱暴《らんぼう》な言葉《ことば》を聞《き》いたことがありません。いつも愛《あい》され、抱《だ》きしめられ、優《やさ》しく接《せっ》してもらいました。だから、セドリックの小《ちい》さな心《こころ》は優《やさ》しさと素直《すなお》な温《あたた》かい気持《きも》ちで満《み》たされているのです。

お母《かあ》さんがかわいらしい愛情《あいじょう》のこもった呼《よ》び名《な》で呼《よ》ばれているのを聞《き》いて、セドリックもお母《かあ》さんを同《おな》じように呼《よ》ぶようになりました。お父《とう》さんがいつもお母《かあ》さんを温《あたた》かく見守《みまも》り、大切《たいせつ》にしていましたから、セドリックもお母《かあ》さんを大切《たいせつ》にするようになりました。

ですから、お父《とう》さんがもう戻《もど》ってこないことがわかり、お母《かあ》さんが悲《かな》しむ様子《ようす》を見《み》たセドリックは、できる限《かぎ》りお母《かあ》さんを幸《しあわ》せにしてあげたいと思《おも》うようになりました。

セドリックはまだほんの幼《おさな》い子《こ》どもでしたが、いろいろなことをしてお母《かあ》さんを慰《なぐさ》めようとしました。お母《かあ》さんのひざに上《のぼ》ってキスをしたり、カールした髪《かみ》をお母《かあ》さんの首《くび》にそっと押《お》し付《つ》けたり、おもちゃや絵本《えほん》を見《み》せたり、お母《かあ》さんが横《よこ》になっているソファーのそばで丸《まる》くなって寝《ね》たりしたのも、お母《かあ》さんを慰《なぐさ》めてあげようとしたからでした。

小《ちい》さなセドリックは、それ以外《いがい》に何《なに》をしたらいいかわからず、自分《じぶん》ができることをしただけでしたが、お母《かあ》さんはセドリックが考《かんが》えていた以上《いじょう》に慰《なぐさ》められていました。

ある日《ひ》お母《かあ》さんは、古《ふる》くから仕《つか》えているお手伝《てつだ》いさんのメアリーに、こんなふうに話《はな》していまし

た。メアリーは、セドリックが生《う》まれたときから、お母《かあ》さんの世話《せわ》をしてきた人《ひと》です。お父《とう》さんが亡《な》くなってからは、炊事《すいじ》や子守《こも》りの他《ほか》にも、すべてのことを引《ひ》き受《う》けてきました。

「メアリー、あの子《こ》は無邪気《むじゃき》なやり方《かた》で精《せい》いっぱいわたしを慰《なぐさ》めようとしてくれているわ。わたしにはわかるの。愛情《あいじょう》にあふれた目《め》で、わたしを心配《しんぱい》そうに見《み》つめるときがあるもの。まるで同情《どうじょう》するみたいにね。そしてわたしのところにやってきて、優《やさ》しく撫《な》でてくれたり、何《なに》か見《み》せてくれたりするの。

セドリックはこんなに小《ちい》さいのに、もう立派《りっぱ》な紳士《しんし》よ。あの子《こ》はいろいろなことがよくわかっているわ」

少《すこ》し大《おお》きくなると、セドリックはおかしな口《くち》のきき方《かた》をして、人《ひと》を大《おお》いに楽《たの》しませることができるようになりました。とくにお母《かあ》さんにとっては「最高《さいこう》の友達《ともだち》」でしたから、セドリックがいるだけで満足《まんぞく》でした。2人《ふたり》は一緒《いっしょ》に散歩《さんぽ》をしましたし、よく一緒《いっしょ》に遊《あそ》びました。

セドリックは、とても小《ちい》さな頃《ころ》から本《ほん》が読《よ》めるようになりました。夜《よる》になるとよく暖炉《だんろ》の前《まえ》の敷《しき》物《もの》に横《よこ》になって、声《こえ》に出《だ》して本《ほん》を読《よ》みました。それは物語《ものがたり》のこともあれば、大人《おとな》が読《よ》むような分厚《ぶあつ》い本《ほん》のこともあります。新聞《しんぶん》も読《よ》みました。

そんなとき、セドリックのお母《かあ》さんは、息子《むすこ》の大人《おとな》びたものの言《い》い方《かた》をおもしろがって、楽《たの》しそうに笑《わら》いました。その笑《わら》い声《ごえ》は、キッチンにいたメアリーにも聞《き》こえました。

お手伝《てつだ》いのメアリーは、食料品店《しょくりょうひんてん》を経営《けいえい》しているホップスさんに話《はな》して聞《き》かせました。

「小《ちい》さな坊《ぼっ》ちゃんにあんなおかしな言《い》い方《かた》をされたら、誰《だれ》でも思《おも》わず笑《わら》っちゃうわよ。大人《おとな》みたいに話《はな》すんだから！

新《あたら》しい大統領《だいとうりょう》が選《えら》ばれた夜《よる》なんてさ、坊《ぼっ》ちゃんがキッチンに来《き》て、小《ちい》さなポケットに手《て》を突《つ》っ込《こ》んで火《ひ》の前《まえ》に立《た》つんだよ。大統領《だいとうりょう》の写真《しゃしん》の真似《まね》だろうね。あどけない顔《かお》に判事《はんじ》さんみたいに大《おお》まじめな表情《ひょうじょう》を浮《う》かべてさ、それでこう言《い》うんだ。

『僕《ぼく》は選挙《せんきょ》にとても興味《きょうみ》があって、共和党《きょうわとう》を支持《しじ》しているんだ。大好《だいす》きな人《ひと》も同《おな》じだよ。メアリー、君《きみ》も共和党《きょうわとう》だね？』ってね。

だから、あたしはこう言《い》ってあげたんだ。

『あたしは根《ね》っからの民主党《みんしゅとう》ですね』って。

そのときの坊《ぼっ》ちゃんの目《め》ったらなかったね。こっちをじっと見上《みあ》げて『メアリー、そんなことになったら、この国《くに》はつぶれちゃうよ』ってさ。あれからというもの、あたしの顔《かお》を見《み》れば、ひいきの政党《せいとう》を変《か》えろって迫《せま》ってくるんだから」

メアリーはセドリックが大好《だいす》きでした。そして誇《ほこ》りに思《おも》っていました。セドリックの美《うつく》しくたくましい体《からだ》つきや、上品《じょうひん》な仕草《しぐさ》を誇《ほこ》りに感《かん》じていましたし、輝《かがや》くようなふんわりした前髪《まえがみ》や、肩《かた》にかかるカールした髪《かみ》の毛《け》を、特《とく》に自慢《じまん》に思《おも》っていました。

メアリーは朝《あさ》から晩《ばん》まで喜《よろこ》んで働《はたら》きましたし、お母《かあ》さんがセドリックの小《ちい》さな服《ふく》を縫《ぬ》ったり、手《て》入《い》れをしたりするのを手伝《てつだ》いました。

「まるで貴族《きぞく》さまみたいでしょ」

メアリーはよく、ホッブスさんに言《い》いました。

「ホントにさ。五番街《ごばんがい》のお坊《ぼっ》ちゃまがたの中《なか》にだって、うちの坊《ぼっ》ちゃんほど男前《おとこまえ》で、上品《じょうひん》に歩《ある》く子《こ》はいやしないよ。あのビロードのキルトは、奥《おく》さまの古《ふる》いドレスをほどいて作《つく》ったんだけどね、あれを着《き》て坊《ぼっ》ちゃんが歩《ある》いてごらんよ。男《おとこ》も女《おんな》も、子《こ》どもだって見《み》とれちゃうんだから。しゃんと上《あ》げた頭《あたま》にカールした髪《かみ》が光《ひか》り輝《かがや》いて、若《わか》い貴族《きぞく》さまみたいなんだ」

でもセドリックには、自分《じぶん》が貴族《きぞく》のように見《み》えるかどうかということは、わかりません。そもそも貴族《きぞく》がなんなのかも知《し》らなかったのです。

セドリックの一番《いちばん》の親友《しんゆう》は、ホッブスさんでした。とても怒《おこ》りっぽい人《ひと》でしたが、セドリックに対《たい》して怒《おこ》ったことは一度《いちど》もありません。セドリックはホッブスさんをとても尊敬《そんけい》していましたし、憧《あこが》れてもいました。

そして、セドリックはホッブスさんのことを、とてもお金持《かねも》ちで、いろんなことを自由《じゆう》に決《き》められる人《ひと》だと思《おも》っていました。ホッブスさんのお店《みせ》にはいろいろなものが揃《そろ》っていました。プルーンやイチジクやオレンジにビスケットまでありました。それに、馬《うま》と荷馬車《にばしゃ》まで持《も》っていたのです。

セドリックは牛乳売《ぎゅうにゅうう》りのおじさんやパン屋《や》さん、リンゴ売《う》りのおばあさんも好《す》きでしたが、ホッブスさんが一番好《いちばんす》きでした。2人《ふたり》は大《だい》の仲良《なかよ》しで、セドリックは毎日《まいにち》ホッブスさんの店《みせ》に行《い》きました。そして長《なが》い時間《じかん》、一緒《いっしょ》に座《すわ》って、そのとき話題《わだい》になっていることを話《はな》し合《あ》うのです。話《はな》すことは驚《おどろ》くほどたくさんありました。たとえば7月《がつ》4日《か》の独立記念日《どくりつきねんび》のことも、その1つです。独立記念日《どくりつきねんび》について話《はな》し始《はじ》めると、時間《じかん》がいくらあっても足《た》りないほどでした。

ホッブスさんは「イギリス人《じん》」というものを毛嫌《けぎら》いしていました。そして独立戦争《どくりつせんそう》のときにイギリスがどんなにひどいことをしたか、逆《ぎゃく》に、アメリカの英雄《えいゆう》たちがいかに勇敢《ゆうかん》だったか、といったワクワクするような愛国心《あいこくしん》に満《み》ちた話《はなし》をたっぷりと聞《き》かせてくれました。おまけに独立宣言《どくりつせんげん》の一部《いちぶ》を、わざわざ暗唱《あんしょう》してくれることもありました。

セドリックは目《め》を輝《かがや》かせ、頬《ほお》を赤《あか》くして話《はなし》を聞《き》きました。家《いえ》に帰《かえ》って夕食《ゆうしょく》の後《あと》、お母《かあ》さんにこのことを話《はな》すのも待《ま》ち遠《どお》しくてたまらなかったのです。

セドリックが政治《せいじ》に興味《きょうみ》を持《も》つようになったのは、ホッブスさんとこうした会話《かいわ》をしたことがきつかけだったのでしょう。ホッブスさんは新聞《しんぶん》を読《よ》むのが好《す》きで、セドリックに首都《しゅと》ワシントンで何《なに》が起《お》こっているのかをいろいろ教《おし》えてくれたのです。ホッブスさんは、大統領《だいとうりょう》がきちんと仕事《しごと》をしているのかどうかも話《はな》してくれました。

ホッブスさんは、選挙《せんきょ》が行《おこな》われた後《あと》に、セドリックを盛大《せいだい》なパレードに連《つ》れていってくれたこともあります。がっしりした男《おとこ》が街灯《がいとう》のそばに立《た》ち、その肩《かた》に担《かつ》がれた美《うつく》しい少年《しょうねん》が、帽子《ぼうし》を振《ふ》り回《まわ》しながら叫《さけ》んでいる——この光景《こうけい》は、たいまつを掲《かか》げてパレードをしていた人《ひと》たちの記憶《きおく》に、しっかりと焼《や》き付《つ》けられました。

この選挙《せんきょ》があって間《ま》もなく、セドリックの人生《じんせい》を大《おお》きく変《か》える不思議《ふしぎ》な出来事《できごと》がありました。それはセドリックが7歳《さい》から8歳《さい》になるまでの間《あいだ》に起《お》きたことでした。

おもしろいことに、まさにその日《ひ》、セドリックはイギリスや女王《じょおう》についてホッブスさんと話《はな》していました。ホッブスさんは、イギリスにいる貴族《きぞく》を厳《きび》しく批判《ひはん》し、とりわけ伯爵《はくしゃく》や侯爵《こうしゃく》と呼《よ》ばれる人《ひと》たちに、ひどく腹《はら》を立《た》てていました。

その日《ひ》は朝《あさ》からとても暑《あつ》かったので、セドリックは友達《ともだち》と兵隊《へいたい》ごっこをした後《あと》、ホッブスさんのところで休《やす》ませてもらおうと思《おも》い、お店《みせ》に立《た》ち寄《よ》りました。

するとホップスさんは、とても怖《こわ》い顔《かお》で『イラストレイテッド・ロンドン・ニュース』という、イギリスの新聞《しんぶん》をにらんでいるではありませんか。その新聞《しんぶん》には、どこかの王室《おうしつ》の儀式《ぎしき》のようなものを写《うつ》した写真《しゃしん》が載《の》っていました。

「まったく」

ホップスさんは言《い》いました。

「いまだにこんな儀式《ぎしき》をやりやがって。でもいつか後悔《こうかい》するときが来《く》るぞ。あいつらが足《あし》で踏《ふ》みつけた人々《ひとびと》が立《た》ち上《あ》がり、やつらを遠《とお》くに吹《ふ》き飛《と》ばしてくれるわ。伯爵《はくしゃく》だか侯爵《こうしゃく》だか知《し》らんが全員《ぜんいん》だ！　絶対《ぜったい》に許《ゆる》さんぞ。せいぜい覚悟《かくご》しておくことだな」

セドリックはいつものように背《せ》の高《たか》い椅子《いす》に腰《こし》かけていました。そして帽子《ぼうし》を後《うし》ろにずらし、両《りょう》手《て》をポケットに突《つ》っ込《こ》みながら、尊敬《そんけい》のまなざしでホップスさんを見《み》つめました。

「ホップスさんは侯爵《こうしゃく》をたくさん知《し》っているの？」

セドリックは尋《たず》ねてみました。

「それか伯爵《はくしゃく》とかも？」

ホップスさんが腹立《はらだ》たしげに答《こた》えます。

「知《し》らないさ。知《し》るもんかね。伯爵《はくしゃく》だかなんだか知《し》らないが、来《こ》られるもんなら、この店《みせ》に来《き》てみやがれってんだ！　たとえたった1人《ひとり》でも、やつらみたいな意地汚《いじきたな》い『暴君《ぼうくん》』が、ウチのクラッカーの箱《はこ》に腰《こし》を下《お》ろしたら許《ゆる》さんからな」

おそらくホッブスさんは、自分《じぶん》の言葉《ことば》に満足《まんぞく》したのでしょう。店《みせ》を誇《ほこ》らしげに眺《なが》めると、額《ひたい》の汗《あせ》をぬぐいました。

「でも、そういう人《ひと》たちって、よくわからないまま伯爵《はくしゃく》になったのかもしれないよ」

セドリックは、伯爵《はくしゃく》と呼《よ》ばれる人《ひと》たちがなんとなく気《き》の毒《どく》になったので、こんなふうに言《い》ってみました。

「そんなわけがあるか！　得意《とくい》になってるに決《き》まってるさ。そういうやつらだ。ろくでもない連中《れんちゅう》なんだよ」

メアリーが店《みせ》に入《はい》ってきたのは、まさにそのときでした。

セドリックは、メアリーが砂糖《さとう》か何《なに》かを買《か》いに来《き》たのだろうと思《おも》いました。でもそうではありません。メアリーは何《なに》かに興奮《こうふん》しているようで、血《ち》の気《け》がひいたような顔《かお》をしています。

「坊《ぼっ》ちゃん、すぐ家《いえ》にお帰《かえ》りくださいまし。奥《おく》さまがお待《ま》ちです」

セドリックは椅子《いす》から滑《すべ》り降《お》りました。

「どこかに連《つ》れていってくれるのかな？　じゃあまたね、ホップスさん」

セドリックはそう言《い》った後《あと》、メアリーが唖然《あぜん》としたまま自分《じぶん》をじっと見《み》つめているのに気《き》づいて驚《おどろ》きました。メアリーがしきりに首《くび》を振《ふ》っているのも気《き》になります。

「どうしたの？　暑《あつ》いから？」

「いいえ。でもおかしな具合《ぐあい》になったんでございますよ」

メアリーが答《こた》えます。

「太陽《たいよう》の光《ひかり》が強《つよ》すぎて、大好《だいす》きな人《ひと》の頭《あたま》が痛《いた》くなったの？」

セドリックは心配《しんぱい》してさらにこう尋《たず》ねましたが、それも当《あ》たっていません。家《いえ》に帰《かえ》ってみると、玄関《げんかん》のドアの前《まえ》に馬車《ばしゃ》が停《と》まっていました。小《ちい》さな客間《きゃくま》では、お母《かあ》さんが誰《だれ》かと話《はな》しています。

メアリーはセドリックを急《いそ》いで2階《かい》へ連《つ》れていき、一番上等《いちばんじょうとう》な夏服《なつふく》を着《き》せました。クリーム色《いろ》のネルの服《ふく》です。そして赤《あか》いスカーフを腰《こし》に巻《ま》かせ、カールした髪《かみ》の毛《け》をとかしてやりました。

メアリーがぶつぶつと独《ひと》り言《ごと》を言《い》っているのが聞《き》こえます。

「伯爵《はくしゃく》さまだって？　貴族《きぞく》だの上流階級《じょうりゅうかいきゅう》だの、なんてこった。伯爵《はくしゃく》さまとはまあ……ひどいことになったもんだ」

セドリックはわけがわかりませんでしたが、じきにお母《かあ》さんがすべてを話《はな》してくれるだろうと思《おも》いました。ですからメアリーには何《なに》も尋《たず》ねず、好《す》きなだけブツブツ言《い》わせておきました。

着替《きが》えが終《お》わって急《いそ》いで客間《きゃくま》に下《お》りていくと、やせて背《せ》の高《たか》い老紳士《ろうしんし》が肘掛《ひじか》け椅子《いす》に座《すわ》り、鋭《するど》い目《め》つきでこちらをにらんでいます。お母《かあ》さんは、そのそばで青白《あおじろ》い顔《かお》をして立《た》っていました。その目《め》に涙《なみだ》が浮《う》かんでいるのが見《み》えます。

「セディー」

お母《かあ》さんは叫《さけ》びながらセドリックに駆《か》け寄《よ》り、抱《だ》きしめてキスをしました。まるでお母《かあ》さんは、何《なに》かにおびえているようでした。

「ああ、かわいい子《こ》!」

背《せ》の高《たか》い老紳士《ろうしんし》は椅子《いす》から立《た》ち上《あ》がり、鋭《するど》いまなざしでセドリックを見《み》つめました。骨《ほね》ばった手《て》で尖《とが》ったあごを撫《な》でていますが、不機嫌《ふきげん》というわけでもなさそうです。

「ほほう」

ハビシャムさんという名《な》の、老紳士《ろうしんし》はゆっくりと言《い》いました。

「こちらが小《ちい》さな伯爵《はくしゃく》、フォントルロイ卿《きょう》ですな」

2　セドリックの仲間《なかま》たち

それからの1週間《しゅうかん》、セドリックは普通《ふつう》の男《おとこ》の子《こ》ではとても考《かんが》えられないような、不思議《ふしぎ》な経験《けいけん》をしました。

最初《さいしょ》にお母《かあ》さんから聞《き》かされたのは、信《しん》じられないような話《はなし》でした。これまで一度《いちど》も会《あ》ったことのないおじいさまが、ドリンコート伯爵《はくしゃく》というイギリスの貴族《きぞく》だというのです。セドリックは話《はなし》の内容《ないよう》をきちんと理解《りかい》するまで、お母《かあ》さんに2度《ど》も3度《ど》も聞《き》き直《なお》さなければならなかったほどです。

お母《かあ》さんの話《はなし》によれば、おじいさまの跡《あと》を継《つ》ぐはずだった一番上《いちばんうえ》の伯父《おじ》さんは、馬《うま》から落《お》ちて亡《な》くなってしまったということでした。そこで2番《ばん》目《め》の伯父《おじ》さんが跡《あと》を継《つ》いで伯爵《はくしゃく》になるはずでしたが、この伯父《おじ》さんもローマで熱病《ねつびょう》にかかって亡《な》くなったというのです。

順番《じゅんばん》からいえば、その次《つぎ》に来《く》るのがセドリックのお父《とう》さんになります。でもお父《とう》さんも亡《な》くなってしまっているので、おじいさまから伯爵《はくしゃく》の位《くらい》を継《つ》ぐのは、セドリックしかいなくなってしまったようでした。

そこでおじいさまはセドリックをイギリスに呼《よ》ぶために、背《せ》の高《たか》い老紳士《ろうしんし》を寄越《よこ》したのです。老《ろう》紳士《しんし》が、「フォントルロイ卿《きょう》」と呼《よ》んだのは、そのためでした。

初《はじ》めてこの話《はなし》を聞《き》いたとき、セドリックは青《あお》ざめました。そして貴族《きぞく》や王《おう》さまが大嫌《だいきら》いなホッブスさんが、どう思《おも》うだろうとも心配《しんぱい》になりました。

「いやだよ！　大好《だいす》きな人《ひと》！　僕《ぼく》は伯爵《はくしゃく》になんてなりたくないよ。伯爵《はくしゃく》になる子《こ》なんて、他《ほか》にいないもん。ならないとだめなの？」

セドリックは必死《ひっし》で言《い》い張《は》りましたが、これぱかりは避《さ》けることができないようでした。

その夜《よる》、セドリックはガラス窓《まど》を開《あ》けたままお母《かあ》さんと窓《まど》のそばに座《すわ》り、家《いえ》の前《まえ》のわびしい通《とお》りを見《み》ながら、じっくり話《はな》し合《あ》いました。

セドリックは足置《あしお》きに腰《こし》かけ、いつものように片膝《かたひざ》を抱《かか》えていました。困《こま》ったような顔《かお》は、必死《ひっし》にいろんなことを考《かんが》えているせいで少《すこ》し赤《あか》くなっていました。お母《かあ》さんは、セドリックがイギリスに行《い》くべきだと言《い》うのです。

「それはね」

お母《かあ》さんは、悲《かな》しそうな目《め》で窓《まど》の外《そと》を見《み》つめました。

「お父《とう》さんがそうしてほしいだろうと思《おも》うからなの。

セディー。あなたのお父《とう》さんは、自分《じぶん》のおうちが大好《だいす》きだったわ。それに、あなたはまだ小《ちい》さいからわからないけれど、いろいろな事情《じじょう》があるの。

もしあなたを引《ひ》き留《と》めたら、わたしは自分《じぶん》のことしか考《かんが》えない、わがままなお母《かあ》さんということになってしまう。大人《おとな》になれば、きっとあなたにも理由《りゆう》がわかるわ」

セドリックは悲《かな》しそうに首《くび》を振《ふ》りました。

「ホッブスさんと離《はな》れるのはつらいよ。ホッブスさんも寂《さび》しがるし。僕《ぼく》も寂《さび》しいな。会《あ》えなくなったら、ほかにも寂《さび》しい人《ひと》がたくさんいるんだ」

翌日《よくじつ》、ハビシャムさんがもう一度《いちど》訪《たず》ねてきました。ハビシャムさんは、ドリンコート伯爵家《はくしゃくけ》の弁《べん》護士《ごし》で、セドリックにいろんなことを説明《せつめい》しました。

大人《おとな》になったらとてもお金持《かねも》ちになること、あちらにもこちらにもあるお城《しろ》や大《おお》きな庭園《ていえん》や鉱山《こうざん》が、全部自分《ぜんぶじぶん》のものになること、そして広《ひろ》い領地《りょうち》があって、そこに住《す》んでいる人《ひと》たちから、定期的《ていきてき》にお金《かね》が入《はい》ってくるといったことです。

でもそうした話《はなし》を聞《き》いても、セドリックの気持《きも》ちはちっとも晴《は》れません。親友《しんゆう》のホッブスさんのことで頭《あたま》がいっぱいだったからです。セドリックは朝食《ちょうしょく》が終《お》わるとすぐに、不安《ふあん》な気持《きも》ちを抱《かか》えながらホッブスさんに会《あ》いに行《い》きました。

ホッブスさんは、自分《じぶん》が経営《けいえい》している食料品店《しょくりょうひんてん》で、朝刊《ちょうかん》を読《よ》んでいるところでした。セドリックは暗《くら》い表情《ひょうじょう》をしながらそばに近《ちか》づきました。自分《じぶん》の身《み》に何《なに》が起《お》きたのかを知《し》ったら、ホッブスさんはきっとひどくショックを受《う》けるだろうと思《おも》っていたのです。お店《みせ》に来《く》る途中《とちゅう》でも、どんなふうに話《はなし》を切《き》り出《だ》すのが一番《いちばん》いいかと、ずっと考《かんが》えていました。

「よう！　おはよ！」

セドリックの姿《すがた》を見《み》たホッブスさんが声《こえ》をかけます。

「おはようございます」

セドリックも挨拶《あいさつ》をしましたが、いつものように背《せ》の高《たか》い椅子《いす》によじのぼらず、クラッカーの箱《はこ》に腰《こし》を下《お》ろして、片膝《かたひざ》を抱《かか》えました。

セドリックはそのまま黙《だま》っています。ホッブスさんは顔《かお》を上《あ》げ、ちょっと心配《しんぱい》したような表情《ひょうじょう》で、新聞越《しんぶんご》しにもう一度《いちど》、声《こえ》をかけました。

「よう！」

セドリックはありったけの勇気《ゆうき》を振《ふ》りしぼって、話《はなし》を始《はじ》めることにしました。

「ホッブスさん、きのうの朝《あさ》、僕《ぼく》たちが何《なに》を話《はな》していたか覚《おぼ》えてる？」

「ええと、イギリスのことじゃなかったかな」

「そうだよ。でもさ、メアリーが僕《ぼく》を迎《むか》えに来《き》たときに、話《はな》していたことは覚《おぼ》えてる？」

ホッブスさんは頭《あたま》の後《うし》ろをかきました。

「わしらはビクトリア女王《じょおう》と貴族《きぞく》のやつらのことを話《はな》していたな」

「うん、そう」

セドリックはためらいがちに続《つづ》けました。

「それと……伯爵《はくしゃく》のことだよね。そうでしょ？」

「ああ、そうだった。あいつらのこともちょっと話《はな》したな、そのとおりだ！」

セドリックの額《ひたい》は、カールした前髪《まえがみ》の生《は》え際《ぎわ》まで赤《あか》くなりました。こんなに気《き》まずい思《おも》いをしたのは生《う》まれて初《はじ》めてです。

「ホッブスさんは、そういう人《ひと》たちはお店《みせ》のクラッカーの箱《はこ》に、絶対座《ぜったいすわ》らせたりしないって言《い》ってた」

「ああ、言《い》ったとも！」

ホッブスさんはきっぱりと答《こた》えました。

「本当《ほんとう》にやってやるさ。来《く》るなら来《き》てみろってんだ！」

「ホッブスさん、そのうちの1人《ひとり》が、今《いま》、この箱《はこ》に座《すわ》ってるんだよ」

ホッブスさんは椅子《いす》から飛《と》び上《あ》がりそうになりました。

「なんだって！」

「そうなんだ」

セドリックは遠慮《えんりょ》しながら説明《せつめい》を続《つづ》けます。

「僕《ぼく》がそうなの……というか、これからなるんだって。うそじゃないよ」

ホッブスさんは動揺《どうよう》したらしく、急《きゅう》に立《た》ち上《あ》がって温度計《おんどけい》を見《み》に行《い》きました。

「暑《あつ》さで頭《あたま》がどうかしちまったんだな」

大声《おおごえ》で言《い》うと、振《ふ》り返《かえ》ってセドリックの顔《かお》をのぞき込《こ》みました。

「こう暑《あつ》くちゃしかたないな。なあ、気分《きぶん》はどうだ？　どこか痛《いた》むか？　いつから調子《ちょうし》が悪《わる》くなったんだ？」

たぶん、セドリックがどうかしてしまったのだと思《おも》ったのでしょう。ホッブスさんは大《おお》きな手《て》を、セドリックの小《ちい》さな額《ひたい》にあてました。セドリックはますます気《き》まずくなりました。

「ありがとう。でも僕《ぼく》は大丈夫《だいじょうぶ》だよ。頭《あたま》は全然《ぜんぜん》おかしくなっていないもん。残念《ざんねん》だけど、これは本《ほん》当《とう》の話《はなし》なんだよ、ホッブスさん。

メアリーが僕《ぼく》を家《いえ》に連《つ》れ戻《もど》しに来《き》たのはそのためだったの。ハビシャムさんが、お母《かあ》さんにその話《はなし》をしていたんだ。あ、ハビシャムさんというのは弁護士《べんごし》さんなんだって」

ホップスさんは椅子《いす》に深《ふか》く座《すわ》り込《こ》むと、ハンカチを出《だ》して額《ひたい》をゴシゴシふきました。

「わしらのどっちかが、日射病《にっしゃびょう》にやられたんだ！」

「違《ちが》うんだよ」

セドリックは必死《ひっし》に説明《せつめい》します。

「僕《ぼく》もホップスさんも、どっちも日射病《にっしゃびょう》になったわけじゃないの。ハビシャムさんという人《ひと》が、イギリスからわざわざそれを伝《つた》えに来《き》たんだよ。僕《ぼく》のおじいさまがハビシャムさんを遣《つか》わしたの」

ホップスさんは呆然《ぼうぜん》とした様子《ようす》で、目《め》の前《まえ》にいるセドリックが、あどけない顔《かお》に真剣《しんけん》な表情《ひょうじょう》を浮《う》かべているのを見《み》つめました。

「お前《まえ》のじいさんていうのは、一体《いったい》だれだ？」

ホップスさんが尋《たず》ねました。

セドリックはポケットに手《て》を突《つ》っ込《こ》んで、一枚《いちまい》の紙《かみ》をそっとつまみ出《だ》しました。そこにはセドリックの丸《まる》い不揃《ふぞろ》いな字《じ》で何《なに》かが書《か》かれていました。

「なかなか覚《おぼ》えられなかったから、これに書《か》いてきたんだ」

セドリックはそう言《い》うと、声《こえ》に出《だ》してゆっくり読《よ》みあげました。

「ジョン・アーサー・モリニュー・エロル、ドリンコート伯爵《はくしゃく》。これがおじいさまの名前《なまえ》なんだ。お城《しろ》に住《す》んでいてね、それも2つか3つ持《も》っているみたい。死《し》んじゃったお父《とう》さんは、おじいさまの一番下《いちばんした》の息子《むすこ》だったの。お父《とう》さんが生《い》きていたら、僕《ぼく》はなんとか卿《きょう》だとか、伯爵《はくしゃく》になったりしなくてすんだんだ。それにお父《とう》さんだって、伯父《おじ》さんが2人《ふたり》とも死《し》んじゃったりしなければ、伯爵《はくしゃく》になることはなかったんだって。でもみんな死《し》んじゃって、僕《ぼく》しか……男《おとこ》の子《こ》は僕《ぼく》しか残《のこ》っていなくて。だから僕《ぼく》が伯爵《はくしゃく》にならなきゃいけないんだ。それでおじいさまは、僕《ぼく》をイギリスに呼《よ》ぶために、お使《つか》いを寄越《よこ》したんだ」

ホッブスさんは、ますます顔《かお》が火照《ほて》ってきたようでした。おでこと頭《あたま》のはげたところをゴシゴシ拭《ぬぐ》いながら、荒《あら》い息《いき》をします。

何《なに》かとんでもないことが起《お》きている。ホッブスさんにも、そのことがわかってきたようです。でもクラッカーの箱《はこ》に座《すわ》って、幼《おさな》い無邪気《むじゃき》な目《め》を心配《しんぱい》そうに曇《くも》らせている小《ちい》さな男《おとこ》の子《こ》は、これまでと変《か》わったところなど何《なに》ひとつないように見《み》えました。きのうと同《おな》じように、青《あお》い服《ふく》に赤《あか》いリボンを締《し》めた、美《うつく》しく元気《げんき》で勇敢《ゆうかん》な男《おとこ》の子《こ》のままです。

いきなり貴族《きぞく》になったなんて言《い》われても、戸惑《とまど》うばかりです。それにセドリック本人《ほんにん》が、いかに大変《たいへん》なことが起《お》きているのかに気《き》づいておらず、いとも簡単《かんたん》なことのように落《お》ち着《つ》いて話《はな》すので、ホッブスさんはよけいに面食《めんく》らってしまいました。

「な、なんてったっけ、お前《まえ》さんの新《あたら》しい名前《なまえ》は？」

ホッブスさんは尋《たず》ねました。

「セドリック・エロル・フォントルロイ卿《きょう》だね。ハビシャムさんが僕《ぼく》をそう呼《よ》んでたんだ。僕《ぼく》が部屋《へや》に入《はい》っていくと『こちらが小《ちい》さな伯爵《はくしゃく》、フォントルロイ卿《きょう》ですな』って言《い》ったもん」

「いやはや……たまげたもんだ！」

これはホッブスさんが、とても驚《おどろ》いたり興奮《こうふん》したりしたときの口《くち》ぐせでした。あまりに混乱《こんらん》してしまって、それ以外《いがい》に言《い》うべきことを思《おも》いつけなかったのです。

でもセドリックは、こういうときには、こんな言葉《ことば》を使《つか》うのだと感心《かんしん》していました。セドリックはホッブスさんのことが大好《だいす》きで、尊敬《そんけい》もしていました。世《よ》の中《なか》のこともあまり知《し》らなかったので、ホッブスさんが時々《ときどき》、おかしな言葉使《ことばづか》いをするなどとは思《おも》わなかったのです。

セドリックは、ホッブスさんを悲《かな》しそうに見《み》つめながら尋《たず》ねてみました。

「イギリスって遠《とお》いよね、そうでしょ？」

「大西洋《たいせいよう》の向《む》こう側《がわ》にある国《くに》だからな」

ホッブスさんは答《こた》えました。

「それが一番嫌《いちばんいや》なんだ。たぶん、これから長《なが》いこと、ホップスさんに会《あ》えなくなっちゃう。そんなこと考《かんが》えたくないんだ、ホップスさん」

「どんなに仲《なか》の良《よ》い友達《ともだち》でも、いつか別《わか》れるときがくるさ」

ホップスさんがぽつりと答《こた》えます。

それでもセドリックは諦《あきら》めきれません。

「ねえ、僕《ぼく》たち、ずっと昔《むかし》から友達《ともだち》だよね」

「お前《まえ》さんが生《う》まれた時《とき》からな。初《はじ》めてお前《まえ》さんがこの通《とお》りに来《き》たのは、生《う》まれてからまだ6週間《しゅうかん》くらいしかたっていないときだった」

「ああ……」

セドリックはため息《いき》をつきました。

「その頃《ころ》は、いつか伯爵《はくしゃく》にならなきゃいけないなんて、ぜんぜん知《し》らなかったのに！」

「それはもう、避《さ》けようがないことなのか？」

「だめだと思《おも》うよ。お母《かあ》さんが言《い》ってたんだ。お父《とう》さんならきっと、伯爵《はくしゃく》になってほしがるだろうってね。

でもどうしても伯爵《はくしゃく》にならきゃいけないんなら、僕《ぼく》にだってできることが1つだけあるんだ。いい伯爵《はくしゃく》になって、『ボークン（暴君《ぼうくん》）』なんかになったりしないようにするの。そして、もしイギリスがアメリカともう一度戦争《いちどせんそう》をしそうになったら、なんとか止《と》めさせるようにしてみるよ」

セドリックとホッブスさんは長《なが》い時間《じかん》、真剣《しんけん》に話《はな》し合《あ》いました。

最初《さいしょ》のショックが収《おさ》まると、ホッブスさんは思《おも》ったほど愚痴《ぐち》っぽいことを言《い》わなくなりました。むしろ、この驚《おどろ》くべき出来事《できごと》をなんとかして受《う》け止《や》めようとしましたし、セドリックにいろいろなことを尋《たず》ねたのです。

とはいえ、セドリックが答《こた》えられたことなどほんのわずかでしたから、結局《けっきょく》、ホッブスさんは自《じ》分《ぶん》で結論《けつろん》を出《だ》すしかありませんでした。

逆《ぎゃく》にホッブスさんは、伯爵《はくしゃく》や侯爵《こうしゃく》や、その人《ひと》たちが持《も》っている領地《りょうち》の問題《もんだい》について、かなり多《おお》くのことをセドリックに説明《せつめい》してあげました。弁護士《べんごし》のハビシャムさんが説明《せつめい》の内容《ないよう》を聞《き》いていたら、びっくり仰天《ぎょうてん》していたに違《ちが》いありません。

ただしハビシャムさんは、他《ほか》のことにも、もう何度《なんど》も驚《おどろ》かされていました。まずハビシャムさんは、生《う》まれてからずっとイギリスで暮《く》らしてきたので、アメリカ人《じん》やアメリカの習慣《しゅうかん》になじみがありません。またセドリックたちの暮《く》らしぶりや、セドリックのお母《かあ》さんの人《ひと》柄《がら》にも驚《おどろ》いていました。

ハビシャムさんは、伯爵《はくしゃく》が上《うえ》の2人《ふたり》の息子《むすこ》についてとてもがっかりしていたこと、そして、末息《すえむす》子《こ》の大尉《たいい》が、アメリカ人《じん》の女性《じょせい》と結婚《けっこん》したことに激《はげ》しく怒《おこ》っていたのも知《し》っていました。

しかも伯爵《はくしゃく》は大尉《たいい》が死《し》んだ後《あと》も、セドリックのお母《かあ》さんのことを嫌《きら》っていました。セドリックのお母《かあ》さんは、どこにでもいるようなアメリカの「庶民《しょみん》の娘《むすめ》」に過《す》ぎないし、父親《ちちおや》が伯爵《はくしゃく》だと知《し》って、自分《じぶん》の息子《むすこ》をたぶらかしたのだと言《い》い張《は》っていたのです。

ハビシャムさんも、伯爵《はくしゃく》の言葉《ことば》をほぼ信《しん》じかけていました。弁護士《べんごし》であるハビシャムさんは、自《じ》分勝手《ぶんかって》でお金《かね》のことばかり考《かんが》える人《ひと》たちをたくさん見《み》てきましたし、アメリカ人《じん》を快《こころよ》く思《おも》っていなかったからです。

そもそもハビシャムさんは冷静《れいせい》でまじめな弁護士《べんごし》でしたし、自分《じぶん》が40年近《ねんちか》く仕《つか》えてきた、古《ふる》い歴《れき》史《し》を持《も》った名誉《めいよ》ある伯爵家《はくしゃくけ》に、ある種《しゅ》の尊敬《そんけい》と誇《ほこ》りを抱《いだ》いていました。ですから、下品《げひん》でお金《かね》のことばかり考《かんが》え、亡《な》くなった大尉《たいい》の祖国《そこく》や、伯爵家《はくしゃくけ》にまったく敬意《けいい》を払《はら》わないような女性《じょせい》と話《はな》し合《あ》わなければならないと思《おも》うと、とても嫌《いや》な気持《きも》ちになっていましたし、安《やす》っぽい小《ちい》さな家《いえ》の前《まえ》に馬車《ばしゃ》が停《と》まったときにはショックも受《う》けました。

イギリスにいる伯爵《はくしゃく》は、ドリンコート城《じょう》やウィンダム塔《とう》、チョールワース邸《てい》といった建物《たてもの》を持《も》っていますし、ほかにもすごい財産《ざいさん》をたくさん持《も》っています。そういう財産《ざいさん》を受《う》け継《つ》ぐはずの人間《にんげん》が、角《かど》に食料品店《しょくりょうひんてん》があるようなみすぼらしい通《とお》りに住《す》んでいる。しかも、こんなにちっぽけな家《いえ》で生《う》まれ育《そだ》ったと思《おも》うと、ぞっとしたのです。

伯爵《はくしゃく》のお孫《まご》さんとはいったいどんな子《こ》どもで、母親《ははおや》はどんな人《ひと》なのだろう。ハビシャムさんは心配《しんぱい》になりましたし、できればどちらとも会《あ》いたくないとさえ思《おも》いました。

メアリーに案内《あんない》されて小《ちい》さな客間《きゃくま》に入《はい》ると、ハビシャムさんは厳《きび》しい目《め》つきで見回《みまわ》しました。家具《かぐ》などはつましいものでしたが、居心地《いごこち》はよさそうでした。よく見《み》かけるような安《やす》っぽい飾《かざ》り物《もの》や、けばけばしい絵《え》などはなく、壁《かべ》に趣味《しゅみ》のいい装飾品《そうしょくひん》が少《すこ》し飾《かざ》ってあるだけでした。

また、女《おんな》の人《ひと》の手作《てづく》りだと思《おも》われる美《うつく》しい品々《しなじな》が部屋《へや》のあちこちに置《お》かれていました。

「ここまでの印象《いんしょう》は、そう悪《わる》くないな」

ハビシャムさんは心《こころ》の中《なか》でつぶやきました。

「だが、ほとんどのものは亡《な》くなった大尉《たいい》の趣味《しゅみ》かもしれない」

しかし、お母《かあ》さんが部屋《へや》に入《はい》ってきたのを見《み》て、ハビシャムさんの考《かんが》えは変《か》わりました。部屋《へや》全体《ぜんたい》からとても品《ひん》がいい印象《いんしょう》を受《う》けるのは、セドリックのお母《かあ》さんの趣味《しゅみ》も反映《はんえい》されているのだろうと思《おも》い始《はじ》めたのです。

ハビシャムさんは、感情《かんじょう》を表《おもて》に出《だ》さない堅苦《かたくる》しい老紳士《ろうしんし》でしたが、そうでなかったら、お母《かあ》さんが入《はい》ってきたときに、ハッと驚《おどろ》いていたでしょう。

お母《かあ》さんは、細身《ほそみ》の体《からだ》にぴったりと合《あ》った飾《かざ》り気《け》のない黒《くろ》いドレスを着《き》ていました。その姿《すがた》は、7歳《さい》の子《こ》どもの母親《ははおや》というよりも、若《わか》い娘《むすめ》のようでした。愛《あい》くるしい顔《かお》ははかなげで、大《おお》きな茶色《ちゃいろ》の瞳《ひとみ》は優《やさ》しさとあどけなさをたたえています。大尉《たいい》が亡《な》くなってからというもの、その顔《かお》にはいつも悲《かな》しみが宿《やど》っていました。

お母《かあ》さんの瞳《ひとみ》から悲《かな》しみが消《き》えるのは、セドリックと遊《あそ》んだり話《はな》したりしているときか、セドリックが古風《こふう》でおかしなものの言《い》い方《かた》をしたとき、それから新聞《しんぶん》やホッブスさんとの会話《かいわ》で知った長《なが》い言葉《ことば》を使《つか》ったときくらいでした。

ハビシャムさんは弁護士《べんごし》という仕事柄《しごとがら》、人《ひと》の性質《せいしつ》を鋭《するど》く見抜《みぬ》く力《ちから》を持《も》っていました。そのため、セドリックのお母《かあ》さんを一目見《ひとめみ》ただけで、この女《おんな》の人《ひと》を下品《げひん》でお金《かね》のことばかり考《かんが》える人《ひと》だという伯爵《はくしゃく》の考《かんが》えは大《おお》きな間違《まちが》いだと気《き》づきました。

ハビシャムさんは結婚《けっこん》をしたことがありませんでしたし、恋《こい》に落《お》ちたこともありません。しかし、この優《やさ》しい声《こえ》と悲《かな》しい目《め》を持《も》った、若《わか》くて美《うつく》しい女《おんな》の人《ひと》がエロル大尉《たいい》と結婚《けっこん》したのは、心《こころ》の底《そこ》から大尉《たいい》を愛《あい》したからだとピンときました。伯爵《はくしゃく》の息子《むすこ》だからお金持《かねも》ちになれるだろう――お母《かあ》さんは、そんなことをこれっぽっちも考《かんが》えていなかったはずだと思《おも》ったのです。

ハビシャムさんは、この人《ひと》が相手《あいて》なら、やっかいなことにはならないだろうと安心《あんしん》しましたし、これから会《あ》うことになるセドリックも、伯爵家《はくしゃくけ》に泥《どろ》を塗《ぬ》るような子《こ》どもではないかもしれないと思《おも》い始《はじ》めました。大尉《たいい》はハンサムな若者《わかもの》でしたし、若《わか》いお母《かあ》さんもとても美《うつく》しいので、2人《ふたり》の間《あいだ》に産《う》まれた子《こ》どもも、たぶん、見《み》た目《め》はかなりいいだろうと考《かんが》えたからです。

ハビシャムさんが、セドリックの家《いえ》にやってきた理由《りゆう》を話《はな》し始《はじ》めると、お母《かあ》さんの顔《かお》は真《ま》っ青《さお》になりました。

「そんな！　息子《むすこ》は私《わたし》のもとから離《はな》れなければならないとおっしゃるのですか？　わたしたちはこんなに愛《あい》し合《あ》っておりますのに！　息子《むすこ》はわたしにとって幸《しあわ》せそのものです！　わたしのすべてなのです。わたしは息子《むすこ》のためにいい母親《ははおや》になろうと努力《どりょく》してきました」

優《やさ》しい声《こえ》が震《ふる》え、お母《かあ》さんの目《め》には涙《なみだ》があふれてきました。

「あの子《こ》がわたしにとってどんなに大切《たいせつ》な存在《そんざい》か、あなたはおわかりにならないのです！」

ハビシャムさんは咳《せき》ばらいをしました。

「こんなことを申《もう》し上《あ》げたくないのですが、ドリンコート伯爵《はくしゃく》はあまり――あまりあなたさまをよく思《おも》っていらっしゃいません。年《とし》を取《と》っておられますし、とても強《つよ》い偏見《へんけん》をお持《も》ちです。特《とく》にアメリカとアメリカの人《ひと》たちのことは昔《むかし》から毛嫌《けぎら》いされていまして、大尉《たいい》が結婚《けっこん》されたときにもたいへんな怒《いか》りようでした。

このような嫌《いや》なお話《はなし》をしなければならないのはとても心苦《こころぐる》しいのですが、伯爵《はくしゃく》はどうしてもあなたさまとはお会《あ》いにならないと決《き》めておられますし、フォントルロイ卿《きょう》は、自分《じぶん》のもとにおいて教育《きょういく》されるおつもりです。つまりご子息《しそく》は、伯爵《はくしゃく》と一緒《いっしょ》に暮《く》らすことになります。

伯爵《はくしゃく》はドリンコート城《じょう》を気《き》に入《い》っておられますし、ほとんどの時間《じかん》をその城《しろ》で過《す》ごしています。ひどい痛風《つうふう》を患《わずら》っておいでですし、もともとロンドンはお好《す》きではありません。フォントルロイ卿《きょう》も、もっぱらドリンコート城《じょう》に住《す》まわれることになるでしょう。

でも伯爵《はくしゃく》は、あなたさまのお住《す》まいとしてコート・ロッジというお屋敷《やしき》を用意《ようい》されています。お屋敷《やしき》は気持《きも》ちのよい場所《ばしょ》に建《た》っておりますし、城《しろ》からもそう遠《とお》くはありません。

またあなたさまには、それなりのお手当《てあて》もお渡《わた》しになるおつもりです。それに、フォントルロイ卿《きょう》が、お母《かあ》さまをお訪《たず》ねになるのも自由《じゆう》です。ご子息《しそく》とまるっきり離《はな》ればなれになってしまうわけではないのです。

ただし、あなたさまが伯爵《はくしゃく》をお訪《たず》ねになったり、城《しろ》の門《もん》から中《なか》にお入《はい》りになったりすることだけはできません。

奥《おく》さま、これは決《けっ》して悪《わる》いお話《はなし》ではないと思《おも》います。本来《ほんらい》であれば、もっと厳《きび》しい条件《じょうけん》になるかもしれなかったのですから。フォントルロイ卿《きょう》にとっても、こうした環境《かんきょう》で立派《りっぱ》な教育《きょういく》が受《う》けられるのは素晴《すば》らしいことです。お母《かあ》さまにも、そのことはおわかりいただけるはずです」

ハビシャムさんは、セドリックのお母《かあ》さんが泣《な》いたり大騒《おおさわ》ぎしたりするのではないかと、少《すこ》し不《ふ》安《あん》でした。そういう振《ふ》る舞《ま》いをする女《おんな》の人《ひと》がいることは知《し》っていましたし、女《おんな》の人《ひと》に泣《な》かれたりすると、どう対応《たいおう》したらいいかわからなくなるのです。

でもお母《かあ》さんは泣《な》きませんでした。その代《か》わりに窓《まど》のところに行《い》って、顔《かお》をそむけてしばらく佇《たたず》んでいました。ハビシャムさんの目《め》には、自分《じぶん》の心《こころ》を落《お》ち着《つ》かせているように見《み》えました。

「亡《な》くなったエロル大尉《たいい》は、故郷《こきょう》のドリンコートを愛《あい》していました」

お母《かあ》さんは口《くち》を開《ひら》きました。

「イギリスという国《くに》と、イギリスのものすべてを愛《あい》していました。生《う》まれ育《そだ》った国《くに》から遠《とお》く離《はな》れて暮《く》らすことをいつも悲《かな》しんでいましたし、伯爵家《はくしゃくけ》も誇《ほこ》りに思《おも》っていました。ですから生《い》きていればきっと——きっと自分《じぶん》の息子《むすこ》にも伝統《でんとう》ある美《うつく》しい故郷《こきょう》を知《し》ってほしい、未《み》来《らい》の伯爵《はくしゃく》にふさわしい環境《かんきょう》で育《そだ》ってほしいと思《おも》ったはずです」

お母《かあ》さんはテーブルに戻《もど》ってくると、とてもおだやかな表情《ひょうじょう》でハビシャムさんを見《み》つめました。

「夫《おっと》はそう望《のぞ》んだはずです。わたしの小《ちい》さな坊《ぼう》やのためにもそれが一番《いちばん》いいことでしょう。

それに伯爵《はくしゃく》さまも、息子《むすこ》がわたしのことを嫌《きら》いになるように仕向《しむ》けるほど、不親切《ふしんせつ》なお方《かた》ではないはずです。もしそう仕向《しむ》けられたとしても、あの子《こ》のわたしへの気持《きも》ちが変《か》わるはずはありません。

息子《むすこ》は優《やさ》しくて、決《けっ》して人《ひと》を裏切《うらぎ》らない、真心《まごころ》にあふれた子《こ》です。時々《ときどき》でも会《あ》うことができるのでしたら、ひどくつらい思《おも》いをすることもないと思《おも》いますわ」

(この人《ひと》は、自分《じぶん》のことなんてほとんど考《かんが》えていない。条件《じょうけん》を何《なに》ひとつ出《だ》そうとしないし、息子《むすこ》のことだけを思《おも》っている)

お母《かあ》さんの態度《たいど》に感心《かんしん》したハビシャムさんは、こう言《い》いました。

「奥《おく》さま、ご子息《しそく》のことを思《おも》われる気持《きも》ちはご立派《りっぱ》です。ご子息《しそく》も、大人《おとな》になられたときに感謝《かんしゃ》されるでしょう。

わたしはフォントルロイ卿《きょう》がこの上《うえ》もなく大切《たいせつ》にされ、幸《しあわ》せになることをお約束《やくそく》します。ドリンコート伯爵《はくしゃく》も、小《ちい》さなフォントルロイ卿《きょう》が快適《かいてき》な環境《かんきょう》で健《すこ》やかにお過《す》ごしになることを、あなたさまと同《おな》じくらい強《つよ》く願《ねが》うはずですし」

「ええ」

セドリックのお母《かあ》さんは少《すこ》しかすれた声《こえ》で言《い》いました。

「おじいさまがセディーを愛《あい》してくれるといいのですけれど。とても愛情《あいじょう》が深《ふか》い子《こ》ですし、これまでも周《まわ》りの人《ひと》から、ずっと愛情《あいじょう》を注《そそ》がれながら育《そだ》ってきたのです」

ハビシャムさんはまた咳《せき》ばらいをしました。

ただでさえ気性《きしょう》が激《はげ》しく、痛風《つうふう》にも悩《なや》まされている年老《としお》いた伯爵《はくしゃく》が誰《だれ》かを愛《あい》するところなど、とても想像《そうぞう》もできません。

でも怒《おこ》りっぽい人《ひと》なりに、自分《じぶん》の跡取《あとと》りとなる子《こ》どもには親切《しんせつ》にしておいたほうがいいと考《かんが》えるに違《ちが》いありません。それに伯爵家《はくしゃくけ》の名誉《めいよ》を高《たか》めるような子《こ》どもであれば、祖父《そふ》として誇《ほこ》りに思《おも》うはずです。

「フォントルロイ卿《きょう》は、居心地《いごこち》のいいところでお過《す》ごしになりますよ」

ハビシャムさんはもう一度《いちど》強調《きょうちょう》しました。

「あなたさまがご子息《しそく》の近《ちか》くにお住《す》まいになり、ひんぱんにお会《あ》いになることができるように配慮《はいりょ》されたのも、伯爵《はくしゃく》がご子息《しそく》の幸《しあわ》せをお考《かんが》えになっているからこそです」

本当《ほんとう》のことを言《い》えば、伯爵《はくしゃく》はもっと失礼《しつれい》で愛想《あいそ》のない言《い》い方《かた》をしていました。

しかしハビシャムさんは、セドリックのお母《かあ》さんを傷《きず》つけまいとして、柔《やわ》らかな表現《ひょうげん》で、しかも礼儀正《れいぎただ》しく伯爵《はくしゃく》の提案《ていあん》を伝《つた》えました。初《はじ》めて出会《であ》ったセドリックのお母《かあ》さんは、想像《そうぞう》していたよりもはるかに感《かん》じのいい人《ひと》で驚《おどろ》いていたからです。

ハビシャムさんの説明《せつめい》を一通《ひととお》り聞《き》いたセドリックのお母《かあ》さんは、お手伝《てつだ》いさんのメアリーに、息子《むすこ》を探《さが》して連《つ》れてきてほしいと頼《たの》みました。ハビシャムさんはメアリーの答《こた》えを聞《き》いて、また少《すこ》しびっくりしてしまいました。

「お坊《ぼっ》ちゃまなら簡単《かんたん》に見《み》つかりますよ、奥《おく》さま。ホッブスさんのお店《みせ》にいるに決《き》まってます。きっと今《いま》ごろ、カウンターのそばの背《せ》の高《たか》い椅子《いす》に座《すわ》って、政治《せいじ》の話《はなし》をしているに違《ちが》いありません。そうでなきゃ、石《せっ》けんとろうそくやジャガイモに囲《かこ》まれて、おりこうさんに遊《あそ》んでいなさるでしょうね」

「ホッブスさんは、息子《むすこ》のことを生《う》まれたときから知《し》っているのです」

セドリックのお母《かあ》さんが、ハビシャムさんに説明《せつめい》します。

「セディーにとても親切《しんせつ》にしてくださっているんです。あの2人《ふたり》は大《だい》の仲良《なかよ》しですから」

ハビシャムさんは、セドリックの家《いえ》に来《く》る途中《とちゅう》、ちらっと見《み》かけた食料品店《しょくりょうひんてん》を思《おも》い出《だ》しました。その店《みせ》には、ジャガイモやリンゴが入《はい》った樽《たる》や、そのほかいろいろなものが所狭《ところせま》しと置《お》いてありました。

ハビシャムさんはまた心配《しんぱい》になりました。イギリスでは、名門《めいもん》の家《いえ》に生《う》まれた子《こ》どもが、食料品《しょくりょうひん》店《てん》の主人《しゅじん》と友達《ともだち》になることなどありません。セドリックが、そんなところに出入《でい》りしているというのは、かなり突拍子《とっぴょうし》もないことに思《おも》えました。

もしセドリックが、行儀《ぎょうぎ》が悪《わる》く、たちの悪《わる》い連中《れんちゅう》とつきあうような子《こ》どもだったとしたら、かなりやっかいなことになってしまいます。

伯爵《はくしゃく》は、上《うえ》の2人《ふたり》の息子《むすこ》が、たちの悪《わる》い連中《れんちゅう》と付《つ》き合《あ》ったことを、とても苦々《にがにが》しく思《おも》っていました。これから会《あ》う少年《しょうねん》が、立派《りっぱ》な人《ひと》だったお父《とう》さんではなく、評判《ひょうばん》の悪《わる》かった伯父《おじ》さんたちの性質《せいしつ》を受《う》け継《つ》いでいたらどうすればいいでしょう？

ハビシャムさんは、お母《かあ》さんと話《はなし》をしながらセドリックを待《ま》っていましたが、気《き》が気《き》ではありませんでした。そのためドアが開《あ》いても、セドリックに目《め》を向《む》けるのを、一瞬《いっしゅん》ためらいました。

しかし、走《はし》り寄《よ》って母親《ははおや》の腕《うで》に飛《と》び込《こ》む少年《しょうねん》を見《み》たとき、胸《むね》に不思議《ふしぎ》な感動《かんどう》が湧《わ》き上《あ》がりました。

ハビシャムさんを知《し》っている人《ひと》がそのことを知《し》ったら、きっと驚《おどろ》いたでしょう。ハビシャムさんは、気持《きも》ちが昂《たか》ぶりワクワクしていました。少年《しょうねん》を一目《ひとめ》見《み》て、これまで見《み》かけた子《こ》どもの誰《だれ》よりも立派《りっぱ》で、そして美《うつく》しいと感《かん》じたのです。

セドリックは、人並《ひとな》み外《はず》れて美《うつく》しい少年《しょうねん》でした。強《つよ》くしなやかで優雅《ゆうが》な体《からだ》つきと、男《おとこ》らしい顔立《かおだ》ちをしていて、あどけない顔《かお》でもしっかりと上《あ》げ、堂々《どうどう》と振《ふ》る舞《ま》っていました。

ハビシャムさんは、セドリックが亡《な》くなった大尉《たいい》とあまりに似《に》ているので、とても驚《おどろ》きました。セドリックはお父《とう》さんゆずりの金髪《きんぱつ》と、お母《かあ》さんゆずりの茶色《ちゃいろ》い瞳《ひとみ》をしていましたが、悲《かな》しみにくれているようなところや、気《き》の弱《よわ》そうなところはありません。むしろ、恐《おそ》れを知《し》らない無邪気《むじゃき》な目《め》をしていましたし、これまでの人生《じんせい》で、何《なに》かを怖《こわ》がったり疑《うたが》ったりしたことなど、一度《いちど》もないような表情《ひょうじょう》をしていました。

（こんなに育《そだ》ちがよさそうで、顔立《かおだ》ちの整《ととの》った子《こ》どもは見《み》たことがない）

ハビシャムさんが実際《じっさい》に口《くち》に出《だ》したのは「こちらが小《ちい》さな伯爵《はくしゃく》、フォントルロイ卿《きょう》ですな」という言葉《ことば》だけでしたが、心《こころ》の中《なか》ではこんなふうに感《かん》じていたのです。。

とはいえセドリック本人《ほんにん》は、自分《じぶん》がじっくり観察《かんさつ》されていることなどまったく気《き》づいていませんし、普段《ふだん》のように振《ふ》る舞《ま》っただけでした。

人《ひと》に紹介《しょうかい》されたときはいつでもそうするように、ハビシャムさんと親《した》しげに握手《あくしゅ》をし、ホップスさんと話《はな》すときのように、すべての質問《しつもん》にはきはきと答《こた》えました。

しかもセドリックは、恥《は》ずかしがったりもしなければ、出《で》しゃばったりもしません。ハビシャムさんがお母《かあ》さんと話《はな》しているときには、興味深《きょうみぶか》そうな表情《ひょうじょう》をしながら、まるで大人《おとな》のように、静《しず》かに会話《かいわ》を聞《き》いているだけです。

「お子《こ》さまは、ずいぶん大人《おとな》びていらっしゃるようですね」

ハビシャムさんはお母《かあ》さんに感想《かんそう》を漏《も》らしました。

「ええ、そういうところもあると思《おも》います」

お母《かあ》さんは相《あい》づちを打《う》ちます。

「もともとこの子《こ》は、いろいろなことを覚《おぼ》えるのがとても早《はや》いのです。それに大人《おとな》の中《なか》で育《そだ》ちましたから、長《なが》い単語《たんご》や難《むずか》しい表現《ひょうげん》を本《ほん》で読《よ》んだり誰《だれ》かから聞《き》いたりして、自分《じぶん》でも使《つか》ったりするおもしろい癖《くせ》があるんです。

でも、子《こ》どもらしい遊《あそ》びも大好《だいす》きで。どちらかというと賢《かしこ》い男《おとこ》の子《こ》だと思《おも》いますが、とても子《こ》どもっぽいところを見《み》せることもありますの」


次《つぎ》にハビシャムさんがセドリックを訪《たず》ねたときには、「とても子《こ》どもっぽいところもある」というお母《かあ》さんの言葉《ことば》を、実感《じっかん》することになりました。

馬車《ばしゃ》が角《かど》を曲《ま》がると、少年《しょうねん》たちが集《あつ》まって大騒《おおさわ》ぎしているのが見《み》えました。どうやら2人《ふたり》でかけっこを始《はじ》めるところのようです。2人《ふたり》のうち1人《ひとり》はあの小《ちい》さな貴族《きぞく》で、さかんに叫《さけ》んだり、誰《だれ》よりも騒《さわ》いだりしていました。

セドリックはもう1人《ひとり》の男《おとこ》の子《こ》と並《なら》んで立《た》ち、赤《あか》いタイツをはいた足《あし》を一歩前《いっぽまえ》に出《だ》しました。

「位置《いち》について！」

号令係《ごうれいがかり》の少年《しょうねん》が叫《さけ》びました。

「よーい、どんっ！」

ふと気《き》がつくと、ハビシャムさんは思《おも》わず馬車《ばしゃ》の窓《まど》から身《み》を乗《の》り出《だ》していました。自分《じぶん》でも不思議《ふしぎ》なくらい興味《きょうみ》をひかれていたのです。

スタートした瞬間《しゅんかん》、ズボンに赤《あか》いタイツをはいたセドリックは、小《ちい》さなこぶしを握《にぎ》りしめ、顔《かお》で風《かぜ》を切《き》り、輝《かがや》く髪《かみ》をなびかせながら、地面《じめん》の上《うえ》を飛《と》ぶように走《はし》り始《はじ》めました。ハビシャムさんは、こんなに見事《みごと》に走《はし》る子《こ》どもを見《み》たことがないような気《き》がしました。

「フレー、フレー！　セド・エロル！　フレー、フレー、ビリー・ウィリアムズ！　がんばれセディー、がんばれビリー！　行《い》け、行《い》け！」

少年《しょうねん》たちは、叫《さけ》んだり跳《と》びはねたりして大興奮《だいこうふん》です。

「あの子《こ》が勝《か》つに決《き》まってるさ」

ハビシャムさんは馬車《ばしゃ》の中《なか》でつぶやきました。とはいえ必死《ひっし》に走《はし》るビリー・ウィリアムズもあなどれません。セドリックは赤《あか》い足《あし》を素早《すばや》く動《うご》かしながら、飛《と》ぶように走《はし》っていきますが、茶色《ちゃいろ》のタ

イツをはいたビリーもすぐ後《うし》ろから追《お》いかけてきます。

「なんとか――なんとか勝《か》ちますように！」

ハビシャムさんは軽《かる》く興奮《こうふん》していましたし、自分《じぶん》が思《おも》わず独《ひと》り言《ごと》を言《い》ってしまったのに気《き》づき、ごまかすように咳《せき》ばらいをしました。

その瞬間《しゅんかん》、少年《しょうねん》たちの間《あいだ》から、ひときわ大《おお》きな歓声《かんせい》が上《あ》がりました。未来《みらい》のドリンコート伯爵《はくしゃく》が最初《さいしょ》にゴールしたのです。ビリー・ウィリアムズが息《いき》を切《き》らしながら街灯《がいとう》にタッチしたのは、その2秒後《びょうご》でした。

「さあ、万歳《ばんざい》しようよ！　セディー・エロル万歳《ばんざい》！」

少年《しょうねん》たちが叫《さけ》びます。

ハビシャムさんは馬車《ばしゃ》の窓《まど》から顔《かお》を引《ひ》っ込《こ》め、椅子《いす》の背《せ》にもたれて苦笑《にがわら》いをしました。そして今《こん》度《ど》は、こんなふうに独《ひと》り言《ごと》を言《い》ったのです。

「ブラボー、フォントルロイ卿《きょう》！」

やがてハビシャムさんの馬車《ばしゃ》が、セドリックの家《いえ》に着《つ》きました。

ふと見《み》ると、ちょうど少年《しょうねん》たちが戻《もど》ってくるところでした。セドリックはビリー・ウィリアムズと並《なら》んで歩《ある》きながら話《はな》しかけていました。顔《かお》は真《ま》っ赤《か》で、汗《あせ》びっしょりの額《ひたい》にカールした髪《かみ》の毛《け》がはりついています。そして両手《りょうて》はポケットに突《つ》っ込《こ》んでいました。

「でもさ」

セドリックはうれしそうな顔《かお》をしていましたが、相手《あいて》の少年《しょうねん》に優《やさ》しく声《こえ》をかけていました。

「僕《ぼく》が勝《か》ったのは、足《あし》が少《すこ》しだけ長《なが》かったからだと思《おも》うんだ。だって君《きみ》より3日早《かはや》く生《う》まれたわけだろう？　それで僕《ぼく》が有利《ゆうり》になったんだ。君《きみ》より3日分《かぶん》、大人《おとな》だからね」

ビリー・ウィリアムズは、セドリックの言葉《ことば》を聞《き》いて、とても元気《げんき》づけられたようでした。

セドリックはこんなふうに、相手《あいて》を慰《なぐさ》めることができる少年《しょうねん》でした。自分《じぶん》が勝《か》って喜《よろこ》んでいるとき、負《ま》けた相手《あいて》はいい気持《きも》ちがしないだろう、状況《じょうきょう》がちょっと違《ちが》っていたら、自分《じぶん》が勝《か》っていたはずだと思《おも》いたいだろうと、察《さっ》してあげるのです。

やがてセドリックの家《いえ》に着《つ》いたハビシャムさんは、かけっこに勝《か》ったこの少年《しょうねん》と、じっくりと話《はなし》をし始《はじ》めました。

ハビシャムさんは、開《あ》け放《はな》たれた窓《まど》のそばで肘掛《ひじか》け椅子《いす》に座《すわ》っていました。反対側《はんたいがわ》には、やはり同《おな》じように大《おお》きい椅子《いす》があり、セドリックが座《すわ》っていました。

大《おお》きな椅子《いす》に深々《ふかぶか》と座《すわ》って足《あし》を組《く》み、背《せ》もたれに頭《あたま》を押《お》しつける。そして両手《りょうて》をポケットに深《ふか》く突《つ》っ込《こ》んでいる姿《すがた》は、まさにホッブスさんそっくりでした。

ハビシャムさんはセドリックを観察《かんさつ》していましたし、セドリックも敬意《けいい》のこもったまなざしで見《み》つめながら、ハビシャムさんをじっと観察《かんさつ》していました。それはお母《かあ》さんが部屋《へや》から出《で》ていったときも変《か》わりませんでした。

ハビシャムさんは、セドリックがおじいさまと会《あ》う前《まえ》に知《し》っておいたほうがいいこと、そして、これからセドリックの暮《く》らしがどんなに大《おお》きく変《か》わるのかを、説明《せつめい》しておいたほうがいいだろうと思《おも》っていました。

セドリックは、イギリスでどんなものを見《み》るのか、そこでどんな家《いえ》に暮《く》らすことになるのかをまったく知《し》らないようでした。お母《かあ》さんと別々《べつべつ》の家《いえ》に住《す》むということも知《し》らないのです。そのためハビシャムさんは、具体的《ぐたいてき》なことを教《おし》えるのは、最初《さいしょ》のショックが治《おさ》まってからにしたほうがいいだろうと思《おも》っていました。

ましてやセドリックはまだ子《こ》どもです。大《おお》きな椅子《いす》に深《ふか》く腰《こし》をかけていますが、まだ床《ゆか》には足《あし》が届《とど》かないので、赤《あか》いタイツをはいた足《あし》をぶらぶらさせています。そんな小《ちい》さな子《こ》どもに、どう話《はな》しかけたらいいのでしょうか。お母《かあ》さんが部屋《へや》を出《で》ていった後《あと》、2人《ふたり》の間《あいだ》では少《すこ》し沈黙《ちんもく》が続《つづ》きました。

しかし、このときにはセドリックのほうから話《はなし》を切《き》り出《だ》してきたので、ハビシャムさんはホッとしました。

「実《じつ》は僕《ぼく》、伯爵《はくしゃく》がなんなのか知《し》らないんです。でも伯爵《はくしゃく》になる子《こ》は知《し》っておいたほうがいいんでしょ？」

「まあ……そうでしょうな」

ハビシャムさんがうなずきます。

「もしよかったら」

セドリックは敬意《けいい》のこもった声《こえ》でお願《ねが》いしました。

「よかったらセチメエしてもらえますか？（難《むずか》しい言葉《ことば》の中《なか》には、セドリックがうまく発音《はつおん》できないものがあるのです）伯爵《はくしゃく》って、誰《だれ》が作《つく》るんですか？」

「まずは王《おう》さまか女王《じょおう》さまから、位《くらい》を授《さず》けられますね」

ハビシャムさんは丁寧《ていねい》に説明《せつめい》してあげます。

「王《おう》さまに仕《つか》えるとか、何《なに》か立派《りっぱ》なことをしたときに伯爵《はくしゃく》にしてもらえるのです」

「わあ！」

セドリックが声《こえ》を上《あ》げました。

「大統領《だいとうりょう》みたいですね」

「そうですかな？　あなたがたの大統領《だいとうりょう》も、そういうふうに選《えら》ばれるのですか？」

「うん、そうです」

セドリックは元気《げんき》に答《こた》えました。

「立派《りっぱ》な人《ひと》で、いろいろなことを知《し》っていると大統領《だいとうりょう》になれるんです。だから、たいまつを持《も》った人《ひと》が行進《こうしん》したり、音楽隊《おんがくたい》が出《で》たりして、みんなで演説会《えんぜつかい》をするんですよ。僕《ぼく》は、大統領《だいとうりょう》になりたいって思《おも》ったことはあったけど、伯爵《はくしゃく》になりたいと思《おも》ったことはないなあ……あ、伯爵《はくしゃく》のことは知《し》らなかったからだけど」

セドリックは少《すこ》しあわてて付《つ》け加《くわ》えました。伯爵《はくしゃく》になりたくないなどと言《い》ったら、ハビシャムさんが気《き》を悪《わる》くするかもしれないと心配《しんぱい》したのです。

「もし知《し》っていたら、伯爵《はくしゃく》になりたいって思《おも》ったはずですよね」

「でも、伯爵《はくしゃく》と大統領《だいとうりょう》とはずいぶん違《ちが》うんですよ」

ハビシャムさんの言葉《ことば》を聞《き》いたセドリックが、さらに興味《きょうみ》を示《しめ》してきます。

「違《ちが》うの？　どんなふうに？　たいまつの行進《こうしん》がないとか？」

ハビシャムさんは自分《じぶん》も足《あし》を組《く》み、両手《りょうて》の指先《ゆびさき》を慎重《しんちょう》に合《あ》わせました。いろいろなことを、もっとはっきり知《し》らせるときが来《き》たのかもしれないと思《おも》ったのです。

「伯爵《はくしゃく》とは——とても大切《たいせつ》な人《ひと》なのです」

ハビシャムさんは説明《せつめい》を始《はじ》めましたが、セドリックがいきなり口《くち》を挟《はさ》みます。

「大統領《だいとうりょう》もそうですよ！　たいまつの行列《ぎょうれつ》は5マイルも続《つづ》くんです。ロケット花火《はなび》を上《あ》げて、音楽《おんがく》隊《たい》の演奏《えんそう》もあるし。ホップスさんが見《み》に連《つ》れていってくれたんです」

「伯爵《はくしゃく》というのは」

ハビシャムさんは、話《はなし》がおかしな方向《ほうこう》にそれてしまっていると感《かん》じていました。

「とても長《なが》い伝統《でんとう》を持《も》つ家系《かけい》の人《ひと》が多《おお》いですな――」

「それどういう意味《いみ》ですか？」

セドリックが無邪気《むじゃき》に質問《しつもん》します。

「とても古《ふる》くから続《つづ》いている一族《いちぞく》の方《かた》だということです――かなり昔《むかし》からの」

「ああ！」

セドリックは両手《りょうて》をさらに深《ふか》くポケットに突《つ》っ込《こ》みました。

「公園《こうえん》の近《ちか》くにいる、リンゴ売《う》りのおばあさんみたいな人《ひと》のことですね。あのおばあさんは古《ふる》いカッケイの人《ひと》だと思《おも》います。とても年《とし》を取《と》っていて、立《た》っているのが不思《ふし》議《ぎ》なくらいだから。たぶん、百歳《ひゃくさい》くらいじゃないかなぁ。なのに雨《あめ》が降《ふ》っても店《みせ》を出《だ》すんですよ。あんなに貧乏《びんぼう》で、おまけに古《ふる》いカッケイなんだから、かわいそうですよね。おばあさんは、骨《ほね》まで年《とし》を取《と》ってしまってるから、雨《あめ》が降《ふ》ると痛《いた》むんだって。

だから前《まえ》に、ビリー・ウィリアムズが1ドル近《ちか》く持《も》っていたときは、それがなくなるまで毎日《まいにち》5セント出《だ》して、リンゴを買《か》ってあげてって頼《たの》みました。二十日間《はつかかん》リンゴを買《か》ってくれるはずだったんだけど、ビリーは1週間《しゅうかん》でリンゴに飽《あ》きちゃって。

でもちょうどそのころ、あるおじさんから50セントもらったんです。それで今度《こんど》は、僕《ぼく》がビリーの代《か》わりにリンゴを買《か》ったんです」

ハビシャムさんは、無邪気《むじゃき》な顔《かお》をしたセドリックが真剣《しんけん》に話《はな》しているのを見《み》て、途方《とほう》に暮《く》れてしまいました。

「少《すこ》し勘違《かんちが》いされているようですな。

古《ふる》い家系《かけい》の方《かた》というのは、年《とし》を取《と》っているということではありません。昔《むかし》から世《よ》の中《なか》で名前《なまえ》が知《し》られてきた一族《いちぞく》という意味《いみ》です。何百年《なんびゃくねん》もの間《あいだ》、歴史的《れきしてき》に語《かた》り継《つ》がれてきたような人《ひと》たちのことなのです」

「ジョージ・ワシントンみたいですね」

セドリックは、アメリカの大統領《だいとうりょう》のことを思《おも》い出《だ》していました。

「僕《ぼく》は、生《う》まれたときからワシントンの名前《なまえ》を聞《き》いてきましたけど、それよりずっと前《まえ》から知《し》られていたはずなんです。

ホッブスさんは、これからもワシントンの名前《なまえ》が忘《わす》れられたりすることは絶対《ぜったい》にないって言《い》ってました。独立宣言《どくりつせんげん》とか7月《がつ》4日《か》のお祝《いわ》いがありますからね。すごく勇敢《ゆうかん》な人《ひと》だったんですよ」

「あなたの先祖《せんぞ》に当《あ》たる初代《しょだい》のドリンコート伯爵《はくしゃく》は」

再《ふた》び、話《はな》がおかしな方向《ほうこう》にそれていると感《かん》じたハビシャムさんは、おごそかな口調《くちょう》で話《はな》し続《つづ》けました。

「400年前《ねんまえ》に伯爵《はくしゃく》の位《くらい》を授《さず》けられたのです」

「本当《ほんとう》？　すごいですね！」

セドリックはすっかり感心《かんしん》しました。

「そんなに昔《むかし》なんですか！　大好《だいす》きな人《ひと》にその話《はなし》をしました？　きっとすごくおもしろがるだろうな。帰《かえ》ってきたら教《おし》えてあげましょうよ。珍《めずら》しいお話《はなし》を聞《き》くのが大好《だいす》きなんです。

それと位《くらい》をもらう以外《いがい》に、伯爵《はくしゃく》は何《なに》をするんですか？」

「イギリスの国《くに》を治《おさ》める手伝《てつだ》いをされる方《かた》が、かなり多《おお》いですな。中《なか》には勇敢《ゆうかん》な方《かた》もいらっしゃって、その昔《むかし》は大《おお》きな戦争《せんそう》で活躍《かつやく》されたようです」

「僕《ぼく》もそうなりたいな」

セドリックは言《い》いました。

「僕《ぼく》のお父《とう》さんも兵隊《へいたい》さんで、とても勇敢《ゆうかん》な人《ひと》だったんです。ジョージ・ワシントンと同《おな》じくらい。だからお父《とう》さんも、生《い》きていたら伯爵《はくしゃく》になれるはずだったんですね。伯爵《はくしゃく》が勇敢《ゆうかん》な人《ひと》たちでよかった。勇敢《ゆうかん》な人《ひと》になれるっていうのはユウリなんです。僕《ぼく》も前《まえ》は、いろいろ怖《こわ》いものがあったんです。暗《くら》いところとか。でも独立戦争《どくりつせんそう》で戦《たたか》った兵隊《へいたい》さんや、ジョージ・ワシントンのことを考《かんが》えてたら、平気《へいき》になってきました」

「伯爵《はくしゃく》になると、時々《ときどき》いいことがありますよ。お金《かね》をたくさん持《も》っている伯爵《はくしゃく》もいますしね」

ハビシャムさんは鋭《するど》い目《め》でセドリックを見《み》ながら、ゆっくりと言《い》いました。この幼《おさな》い友人《ゆうじん》が、お金《かね》の持《も》つ力《ちから》をどのくらい理解《りかい》しているのか、興味《きょうみ》を持《も》ったのです。

「お金《かね》を持《も》っているのはいいことですよね。僕《ぼく》もお金持《かねも》ちになれたらいいなあ」

セドリックは無邪気《むじゃき》に答《こた》えました。

「そう思《おも》いますか？　どうしてですか？」

「だってお金《かね》があったら、いろいろなことができるでしょ？

リンゴ売《う》りのおばあさんのことだってそう。お金持《かねも》ちだったら、おばあさんに、お店《みせ》がすっぽり入《はい》る小《ちい》さなテントを買《か》ってあげるな。それと小《ちい》さなストーブも。それから、雨《あめ》の日《ひ》には毎朝《まいあさ》1ドルあげるんです。そうすれば店《みせ》に出《で》ずに、家《いえ》にいられますからね。それから……あ、そうだ！　ショールも買《か》ってあげよう。そうすれば骨《ほね》の痛《いた》みがあそこまでひどくなくなるし。おばあさんの骨《ほね》は、僕《ぼく》たちの骨《ほね》とは違《ちが》うんですね。動《うご》くたびに痛《いた》むんだって。僕《ぼく》がお金持《かねも》ちで、そういうことを全部《ぜんぶ》してあげられたら、おばあさんの骨《ほね》もよくなると思《おも》うんです」

「ゴホン！」

ハビシャムさんは咳《せき》ばらいをしました。

「お金持《かねも》ちだったら、他《ほか》には何《なに》を？」

「ああ！　たくさんありますよ。まずは大好《だいす》きな人《ひと》に、きれいなものをたくさん買《か》ってあげます。針刺《はりさ》しでしょ、扇《おうぎ》に、金《きん》の指《ゆび》ぬきと指輪《ゆびわ》、それから百科事典《ひゃっかじてん》と馬車《ばしゃ》も。そうすれば、通《とお》りで待《ま》たなくても馬車《ばしゃ》に乗《の》れますから。シルクでできたピンクのドレスを買《か》ってあげたいんだけど、黒《くろ》い洋服《ようふく》を着《き》るのが一番好《いちばんす》きだから。でも、大《おお》きなお店《みせ》に連《つ》れていって、なんでも好《す》きな物《もの》を選《えら》んでって言《い》います。あとはディックに……」

「ディックとは？」

ハビシャムさんが聞《き》きました。

「ディックは靴磨《くつみが》きです」

未来《みらい》の伯爵《はくしゃく》は、自分《じぶん》の思《おも》いつきにワクワクしながら、熱心《ねっしん》に話《はな》し始《はじ》めました。

「あんなに性格《せいかく》のいい靴磨《くつみが》きはいないですね。下町《したまち》の角《かど》で靴磨《くつみが》きをやっているんですけど。知《し》り合《あ》ったのは何年《なんねん》も前《まえ》だったんです。

そのとき僕《ぼく》は、大好《だいす》きな人《ひと》と散歩《さんぽ》していたんです。とってもきれいな、弾《はず》むボールを買《か》ってもらって持《も》っていたんだけど、道《みち》の真《ま》ん中《なか》に転《ころ》がっていってしまって。馬車《ばしゃ》や馬《うま》がたくさん通《とお》っている道《みち》でね。

僕《ぼく》はとっても小《ちい》さかったから、がっかりして泣《な》いちゃいました。まだ赤《あか》ちゃん用《よう》のスカートをはいてた頃《ころ》ですから。そのときディックは、男《おとこ》の人《ひと》の靴《くつ》を磨《みが》いていたんですけど、『よお！』って言《い》って走《はし》っていって、馬《うま》や馬車《ばしゃ》をよけてボールを取《と》ってきてくれたんです。

それを自分《じぶん》が着《き》ていたコートでふいて、『大丈夫《だいじょうぶ》だよ、坊《ぼう》や』って言《い》いながら僕《ぼく》に渡《わた》してくれました。それで大好《だいす》きな人《ひと》も僕《ぼく》も、ディックにとても感心《かんしん》しちゃったんです。

それから、下町《したまち》に行《い》くときはいつもディックと話《はな》すようになって、ディックが『やあ！』って言《い》うと、僕《ぼく》も『やあ！』って言《い》って、少《すこ》しおしゃべりをしたり。

ディックは景気《けいき》について話《はな》してくれるんです。最近《さいきん》はよくないらしいですね」

「それで、その彼《かれ》には何《なに》をしてあげたいのですかな？」

ハビシャムさんは顎《あご》を撫《な》でながら、奇妙《きみょう》な笑《え》みを浮《う》かべました。

「ええと」

セドリックは、これから大事《だいじ》なことを話《はな》すつもりだというように、椅子《いす》に座《すわ》り直《なお》しました。

「ジェイクにお金《かね》を渡《わた》して、追《お》い払《はら》ってあげます」

「ジェイクとは誰《だれ》ですかな？」

「ディックの相棒《あいぼう》なんですけど、〝ひでえヤツ〟なんです。ディックがそう言《い》っています。靴磨《くつみが》きの風上《かざかみ》にも置《お》けないって。まじめに仕事《しごと》をやらないし、ずるいことをするからディックが怒《おこ》るんです。

お客《きゃく》さんはディックのことは気《き》に入《い》るんですけど、ジェイクのことが嫌《きら》いなせいで、二度《にど》と来《き》てくれなくなることがあるんです。だから僕《ぼく》がお金持《かねも》ちだったら、ジェイクにお金《かね》を渡《わた》して追《お》い払《はら》うし、ディックに「でーんとした」の看板《かんばん》を作《つく》って、自分《じぶん》だけで仕事《しごと》ができるようにしてあげます。ディックが言《い》うには、「でーんとした」の看板《かんばん》があると、すごく役《やく》に立《た》つんですって。それと、新《あたら》しい服《ふく》とブラシも買《か》って、もう一回《いっかい》ちゃんと仕事《しごと》を始《はじ》めさせてあげる。それさえできたらって、いつも言《い》ってるんです」

小《ちい》さなフォントルロイ卿《きょう》が、ディックの使《つか》う品《ひん》のない言葉《ことば》をそのまま使《つか》いながら真剣《しんけん》に話《はな》す姿《すがた》は、とてもほほ笑《え》ましいものに感《かん》じられました。

セドリックは、自分《じぶん》が興味《きょうみ》を持《も》っているこの話題《わだい》に、ハビシャムさんも同《おな》じように興味《きょうみ》を抱《いだ》くものと信《しん》じて疑《うたが》わないようでした。

でもハビシャムさんはディックやリンゴ売《う》りのおばあさんのことよりも、まず友達《ともだち》のために、心《こころ》優《やさ》しい計画《けいかく》を一生懸命《いっしょうけんめい》考えているセドリックに強《つよ》く興味《きょうみ》をひかれたのでした。

「その他《ほか》には？　お金持《かねも》ちだったら、あなたさま自身《じしん》で欲《ほ》しいものはありますか？」

「たくさんありますよ！」

セドリックは元気《げんき》よく答《こた》えました。

「でもその前《まえ》に、メアリーに、ブリジットのためのお金《かね》を渡《わた》してあげたいな。ブリジットはメアリーの妹《いもうと》なんです。12人《にん》も子《こ》どもがいるのに、旦那《だんな》さんは仕事《しごと》がなくなっちゃって。僕《ぼく》の家《いえ》に来《き》て泣《な》くから、大好《だいす》きな人《ひと》がバスケットにいろいろなものを詰《つ》めてあげたんですけど、そしたらまた泣《な》いちゃって。『お美《うつく》しい奥《おく》さまに神《かみ》のお恵《めぐ》みを』って言《い》っていました。

それから、ホッブスさんには、鎖《くさり》のついた金時計《きんどけい》をあげるといいんじゃないかな。僕《ぼく》を思《おも》い出《だ》してくれるように。あとは石《いし》のパイプも。それから僕《ぼく》、仲間《なかま》と『結社《けっしゃ》』を作《つく》りたいな」

「『結社《けっしゃ》』ですと?」

ハビシャムさんは驚《おどろ》いて言《い》いました。

「共和党《きょうわとう》の大会《たいかい》みたいなやつです」

セドリックは気持《きも》ちが昂《たか》ぶってきたようでした。

「たいまつや制服《せいふく》、それと子《こ》どもたちに必要《ひつよう》な物《もの》は全部用意《ぜんぶようい》して。もちろん自分《じぶん》の分《ぶん》も。そしてみんなで行進《こうしん》したり、行進《こうしん》の練習《れんしゅう》をしたりするんです。お金持《かねも》ちになったときに、自分《じぶん》のためにやりたいことはこれぐらいかな」

そのとき、ドアが開《あ》いてお母《かあ》さんが入《はい》ってきました。

「お待《ま》たせしてしまって申《もう》し訳《わけ》ありません。生活《せいかつ》が苦《くる》しくて、とても困《こま》っていらっしゃるご婦人《ふじん》が会《あ》いに来《こ》られたんです」

「こちらの若《わか》い紳士《しんし》が」

ハビシャムさんは言《い》いました。

「ご友人《ゆうじん》のことと、お金持《かねも》ちだったら、ご友人《ゆうじん》にどんなことをしてあげるのか、話《はな》してくださいました」

「ブリジットというのは、この子《こ》のお友達《ともだち》なんです」

お母《かあ》さんが、セドリックの代《か》わりに説明《せつめい》しました。

「わたしがキッチンで話《はな》していたのもブリジットでしたの。ご主人《しゅじん》がリウマチ熱《ねつ》にかかってしまって、今《いま》、とても困《こま》っているのです」

セドリックは大《おお》きな椅子《いす》から、滑《すべ》るように下《お》りました。

「ブリジットに会《あ》ってこなくちゃ。旦那《だんな》さんの具合《ぐあい》を聞《き》くんだ。元気《げんき》なときに会《あ》ったことがあるけど、旦那《だんな》さんはとってもいい人《ひと》だったんです。木《き》を削《けず》って、僕《ぼく》に剣《けん》を作《つく》ってくれたりしたし、いろいろなことができる人《ひと》で」

セドリックが部屋《へや》を出《で》ていくと、ハビシャムさんは椅子《いす》から立《た》ち上《あ》がりました。そして一瞬《いっしゅん》ためらってから、お母《かあ》さんに自分《じぶん》の頭《あたま》に浮《う》かんだことを伝《つた》えました
「ドリンコート城《じょう》を出《で》るとき、伯爵《はくしゃく》からいくつか指示《しじ》をいただきました。伯爵《はくしゃく》は、お孫《まご》さまがイギリスでの生活《せいかつ》や、おじいさまとお会《あ》いになることを楽《たの》しみになさるように望《のぞ》んでいらっしゃいます。そして生活《せいかつ》が変《か》わるということは、お金持《かねも》ちになっていろいろ楽《たの》しいことができるということなのだと、教《おし》えるようにとも言《い》いつかっております。

ご子息《しそく》のお望《のぞ》みを叶《かな》えること、そして、その望《のぞ》みを叶《かな》えてくれているのは、おじいさまだということを伝《つた》えるのがわたしの役目《やくめ》です。

伯爵《はくしゃく》のお考《かんが》えとは違《ちが》っているのは承知《しょうち》しておりますが、お気《き》の毒《どく》な女性《じょせい》を助《たす》けることでフォントルロイ卿《きょう》が喜《よろこ》ばれるのでしたら、伯爵《はくしゃく》も悪《わる》い気《き》はされないでしょう。お孫《まご》さまをがっかりさせることは望《のぞ》んでいらっしゃいませんから」

このときも、ハビシャムさんは伯爵《はくしゃく》の言葉《ことば》をそのまま伝《つた》えることはしませんでした。実際《じっさい》は、伯《はく》爵《しゃく》はこんなふうに言《い》ったのです。

「望《のぞ》むものはすべてわしが与《あた》えてやれることを、その子《こ》どもにわからせてやれ。ドリンコート伯爵《はくしゃく》の孫《まご》になるとは、どういうことなのかを教《おし》えてやるんだ。欲《ほ》しがるものはなんでも買《か》ってやれ。ポケットに金《かね》をねじ込《こ》んで、おじいさまのおかげだと言《い》ってやるんだ」

伯爵《はくしゃく》の態度《たいど》は、立派《りっぱ》だとは言《い》えないものでした。セドリックのように、愛情豊《あいじょうゆた》かで心《こころ》の温《あたた》かい子《こ》どもでなければ、むやみにお金《かね》を渡《わた》したりするのは悪《わる》い影響《えいきょう》を与《あた》えてしまいます。

セドリックのお母《かあ》さんは心《こころ》の優《やさ》しい人《ひと》だったので、伯爵《はくしゃく》に悪意《あくい》があるのではないかなどとは、疑《うたが》いもしませんでした。むしろ3人《にん》の子《こ》どもたち、大尉《たいい》と2人《ふたり》のお兄《にい》さんを亡《な》くした不幸《ふしあわ》せなお年寄《としよ》りが、セドリックに愛《あい》され、信頼《しんらい》されたいと思《おも》っているのだろうと、素直《すなお》に受《う》け止《と》めたのです。

また、お母《かあ》さんは、不思議《ふしぎ》な運命《うんめい》の巡《めぐ》り合《あ》わせによって、セドリックがブリジットを助《たす》けられるような立場《たちば》になったことも、とても喜《よろこ》んでいました。助《たす》けを必要《ひつよう》としている人《ひと》に手《て》を差《さ》し伸《の》べられることが、特《とく》にうれしかったのです。

お母《かあ》さんの美《うつく》しい顔《かお》が、喜《よろこ》びで赤《あか》く染《そ》まりました。

「まあ！　伯爵《はくしゃく》はなんて親切《しんせつ》な方《かた》なのでしょう。セドリックはとても喜《よろこ》びますわ！　ブリジットとマイケルのことが大好《だいす》きなんですもの。本当《ほんとう》にいい方《かた》たちですし、わたしももっと力《ちから》になれたらと、いつも思《おも》っていたのです。

マイケルは働《はたら》き者《もの》でしたが、長《なが》い間《あいだ》病気《びょうき》を患《わずら》っているので、今《いま》は高《たか》いお薬《くすり》や温《あたた》かい服《ふく》、それに栄《えい》養《よう》のある食《た》べ物《もの》が必要《ひつよう》なのです。あの方《かた》たちに何《なに》かをしてあげられるのなら、伯爵《はくしゃく》のご親切《しんせつ》が無駄《むだ》になることはありませんわ」

ハビシャムさんは胸《むね》ポケットにほっそりとした手《て》を入《い》れて、分厚《ぶあつ》い札入《さつい》れを取《と》り出《だ》しました。

いかめしい顔《かお》には、奇妙《きみょう》な表情《ひょうじょう》が浮《う》かんでいました。孫《まご》の最初《さいしょ》の望《のぞ》みがどのようなものだったのかを報告《ほうこく》したら、ドリンコート伯爵《はくしゃく》はなんと言《い》うでしょう。いつも不機嫌《ふきげん》で欲《よく》が深《ふか》く、自分勝手《じぶんかって》な年老《としお》いた貴族《きぞく》は、いったいどう思《おも》うだろうと考《かんが》えていたのです。

「すでにお気《き》づきかどうかどうかわかりませんが」

ハビシャムさんは言《い》いました。

「ドリンコート伯爵《はくしゃく》は、たいへんに裕福《ゆうふく》でいらっしゃいますから、どんなに変《か》わったお望《のぞ》みでも叶《かな》えて差《さ》し上《あ》げられます。

フォントルロイ卿《きょう》の望《のぞ》みを存分《ぞんぶん》に叶《かな》えることができたと知《し》れば、伯爵《はくしゃく》もお喜《よろこ》びになるはずです。ご子息《しそく》をお呼《よ》びになっていただければ、わたしから5ポンドお渡《わた》ししましょう」

「イギリスの5ポンドというと、アメリカでは25ドルにもなりますわ！」

お母《かあ》さんは思《おも》わず大《おお》きな声《こえ》を出《だ》してしまいました。

「あの方《かた》たちにとっては、大金《たいきん》です。本当《ほんとう》のお話《はなし》だとは、とても信《しん》じられないほどです」

「まぎれもなく本当《ほんとう》の話《はなし》です」

ハビシャムさんは、そっけなく笑《わら》いながら答《こた》えました。

「ご子息《しそく》の人生《じんせい》は大《おお》きく変《か》わったのです。その手《て》の中《なか》に、とてつもない力《ちから》が委《ゆだ》ねられるのです」

「まあ！　まだほんの子《こ》どもですのに。その力《ちから》をよいことに使《つか》うように、どうやって導《みちび》いていったらいいのでしょう。怖《こわ》くなってきましたわ。わたしの小《ちい》さなセディー！」

ハビシャムさんは小《ちい》さく咳《せき》ばらいをしました。少々《しょうしょう》のことでは動揺《どうよう》しない人《ひと》でしたが、お母《かあ》さんがおびえた表情《ひょうじょう》を浮《う》かべているのを見《み》て、同情《どうじょう》したのです。

「今朝《けさ》お話《はな》しした印象《いんしょう》から考《かんが》えますと、未来《みらい》のドリンコート伯爵《はくしゃく》は、ご自身《じしん》のことばかりでなく、他《ほか》の人《ひと》のこともお考《かんが》えになるお子《こ》さまのようです。まだお小《ちい》さいですが、その点《てん》は信頼《しんらい》なさってよろしいかと思《おも》います」

お母《かあ》さんはセドリックを呼《よ》びに行《い》きました。ハビシャムさんには、セドリックがお母《かあ》さんに話《はなし》をしている声《こえ》が聞《き》こえてきます。

「エンシュウセイのリューマチなんだって」

どうやらセドリックは「炎症性《えんしょうせい》」がうまく発音《はつおん》できないようです。

「そういうリューマチはひどいんだって。部屋代《へやだい》も払《はら》えないんじゃないかって心配《しんぱい》しちゃうから、そのせいでエンシュウがますます悪《わる》くなるって、ブリジットが言《い》ってたの」

部屋《へや》に戻《もど》ってきたセドリックは、小《ちい》さな顔《かお》を曇《くも》らせていました。

ハビシャムさんは一瞬《いっしゅん》、セドリックを見下《みお》ろしました。どう話《はなし》を切《き》り出《だ》していいのか、決《き》めかねていたのです。お母《かあ》さんが言《い》った通《とお》り、セドリックはまだほんの小《ちい》さな子《こ》どもなのです。

「ドリンコート伯爵《はくしゃく》は――」

ハビシャムさんはこう話《はな》し始《はじ》めましたが、思《おも》わずお母《かあ》さんをちらりと見《み》てしまいました。

お母《かあ》さんは、セドリックのそばにさっとひざまずき、幼《おさな》い息子《むすこ》の体《からだ》に優《やさ》しく腕《うで》を回《まわ》しました。そして代《か》わりに説明《せつめい》し始《はじ》めました。

「セディー、伯爵《はくしゃく》とはあなたのおじいさま、パパのお父《とう》さまのことね。

おじいさまはとても、とてもご親切《しんせつ》な方《かた》で、あなたを愛《あい》していらっしゃるの。そしてあなたにも、ご自分《じぶん》のことが好《す》きになってほしいと思《おも》っていらっしゃるわ。大事《だいじ》な息子《むすこ》さんたちがみんな亡《な》くなってしまったから、あなたが幸《しあわ》せになって、まわりの人《ひと》も幸《しあわ》せにしてあげられるような人《ひと》になることを望《のぞ》んでいらっしゃるの。

おじいさまはとてもお金持《かねも》ちで、あなたが欲《ほ》しいものはなんでもあげたいとお考《かんが》えよ。ハビシャムさんにそうおっしゃって、とてもたくさんのお金《かね》を預《あず》けてくださったんですって。だからそのお金《かね》を、ブリジットにもちょっとあげられるの。部屋代《へやだい》を払《はら》えるし、旦那《だんな》さんのマイケルが必要《ひつよう》なものも全部《ぜんぶ》買《か》うことができるわ。

素敵《すてき》じゃない、セディー？　おじいさまは素晴《すば》らしい方《かた》よね」

お母《かあ》さんは息子《むすこ》のふっくらとした頰《ほお》にキスしました。セドリックの頰《ほお》は、喜《よろこ》びと驚《おどろ》きで赤《あか》くなっていました。

「それ、今《いま》もらえますか？」

セドリックはお母《かあ》さんからハビシャムさんに目《め》を移《うつ》しました。

「すぐにブリジットに渡《わた》してもいいですか？　もう帰《かえ》っちゃうから」

ハビシャムさんはセドリックにお金《かね》を渡《わた》しました。それは真新《まあたら》しいドル紙幣《しへい》で、きちんと揃《そろ》えてありました。

セドリックは部屋《へや》から飛《と》び出《だ》していきました。

「ブリジット！」

キッチンの方《ほう》からセドリックの叫《さけ》び声《ごえ》が聞《き》こえます。

「ブリジット、ちょっと待《ま》って！　お金《かね》だよ。これで家賃《やちん》が払《はら》えるよ。おじいさまが僕《ぼく》にくださったの。ブリジットとマイケルにあげる！」

「まあ、セディーお坊《ぼっ》ちゃん！」

驚《おどろ》いたブリジットは、大声《おおごえ》を上《あ》げました。

「25ドルも！　奥《おく》さまはどこです？」

「わたしが行《い》って説明《せつめい》したほうがよさそうですわ」

お母《かあ》さんがこう言《い》って再《ふたた》び部屋《へや》を出《で》ていったので、1人《ひとり》になったハビシャムさんは窓《まど》のところまで行《い》き、狭《せま》くて静《しず》かな通《とお》りを眺《なが》めていました。イギリスのお城《しろ》にいる、ドリンコート伯爵《はくしゃく》のことを考《かんが》えていたのです。

伯爵《はくしゃく》は豪華《ごうか》で華《はな》やかな暮《く》らしをしていますが、痛風《つうふう》に悩《なや》まされていて暗《くら》い書斎《しょさい》にいつも閉《と》じこもっています。そして誰《だれ》にも愛《あい》されたことがないのでした。

確《たし》かに伯爵《はくしゃく》が望《のぞ》めば、お城《しろ》をお客《きゃく》さんでいっぱいにすることはできるでしょう。豪華《ごうか》な食事《しょくじ》を振《ふ》る舞《ま》ったり、盛大《せいだい》な狩《か》りを催《もよお》したりすればいいのです。

しかし招待《しょうたい》された人《ひと》たちは、心《こころ》の中《なか》では不機嫌《ふきげん》で年老《としお》いた伯爵《はくしゃく》を怖《こわ》がっていましたし、皮肉《ひにく》で刺々《とげとげ》しいことを言《い》われるのを嫌《いや》がっていました。

伯爵《はくしゃく》は冷酷《れいこく》なことばかり口《くち》にしますし、意地《いじ》が悪《わる》い人《ひと》です。相手《あいて》が心《こころ》の繊細《せんさい》な人《ひと》、誇《ほこ》りの高《たか》い人《ひと》、内気《うちき》な人《ひと》だとわかったときには、その人《ひと》たちを侮辱《ぶじょく》して、相手《あいて》が嫌《いや》な気持《きも》ちになるのを楽《たの》しむような人《ひと》でした。とてつもない財産《ざいさん》を持《も》っていますが、貴族《きぞく》の中《なか》で伯爵《はくしゃく》ほど嫌《きら》われている人《ひと》もいません。そして誰《だれ》より孤独《こどく》でした。伯爵自身《はくしゃくじしん》、そのことをよくわかっていました。

ハビシャムさんは、そんな伯爵《はくしゃく》のことを考《かんが》えていました。

そのとき、伯爵《はくしゃく》とは正反対《せいはんたい》の性格《せいかく》を持《も》つ人《ひと》の姿《すがた》が、ふと心《こころ》に浮《う》かびました。大《おお》きな椅子《いす》に座《すわ》っていた朗《ほが》らかで美《うつく》しい少年《しょうねん》、セドリックです。セドリックは優《やさ》しく素直《すなお》で屈託《くったく》のない様子《ようす》で、ディックやリンゴ売《う》りのおばあさんといった友達《ともだち》の話《はなし》をしたのです。

セドリックは、伯爵《はくしゃく》が持《も》っている莫大《ばくだい》な収入《しゅうにゅう》、美《うつく》しく広大《こうだい》な領地《りょうち》、とてつもない財産《ざいさん》、そして、よいことにも悪《わる》いことにも使《つか》える権力《けんりょく》を、いつかその手《て》に握《にぎ》ることになります。

でもハビシャムさんは、不安《ふあん》を感《かん》じたりはしませんでした。

(伯爵家《はくしゃくけ》の運命《うんめい》は、きっと大《おお》きく変《か》わるだろう。がらりと変《か》わるに違《ちが》いない)

ハビシャムさんには、そんな予感《よかん》があったからです。

間《ま》もなく、セドリックとお母《かあ》さんが戻《もど》ってきました。

セドリックはお母《かあ》さんとハビシャムさんの間《あいだ》の椅子《いす》に座《すわ》り、まるで大人《おとな》のように両手《りょうて》をひざに置《お》きました。その顔《かお》は喜《よろこ》びにあふれていました。ブリジットが安心《あんしん》したことを、自分《じぶん》のことのようにうれしく感《かん》じていたのです。

「ブリジットは泣《な》いてました。うれしくて泣《な》いてるんだって言《い》ってましたよ。僕《ぼく》は、うれしくて泣《な》く人《ひと》なんて初《はじ》めて見《み》たな。

おじいさまは本当《ほんとう》に素晴《すば》らしい人《ひと》なんですね。こんなに素晴《すば》らしい人《ひと》だなんて知《し》らなかったな。伯爵《はくしゃく》になるって、僕《ぼく》が思《おも》ってたよりも……ずっといいことなんですね。伯爵《はくしゃく》になれるのって、なんだか……なんだかうれしい気分《きぶん》です」

3　故郷《こきょう》、アメリカを離《はな》れて

　伯爵《はくしゃく》になるのもいいかもしれない。

　セドリックの気持《きも》ちは、それからの1週間《しゅうかん》で一気《いっき》に強《つよ》まりました。望《のぞ》めばたいていのことが叶《かな》えられるのです。セドリックにとっては、とても信《しん》じられない話《はなし》でしたし、自分《じぶん》に起《お》きたことを本当《ほんとう》に理解《りかい》していたとはいえないでしょう。

　しかし、ハビシャムさんと話《はなし》をしているうちに、パッと思《おも》いつく願《ねが》いごとはすべて叶《かな》えられそうだということだけはわかってきましたので、身近《みぢか》な人《ひと》たちの願《ねが》いを喜《よろこ》んで叶《かな》えていきました。ハビシャムさんはそれを見《み》てとても楽《たの》しい気持《きも》ちになりました。

　船《ふね》でイギリスに渡《わた》る日《ひ》までの1週間《しゅうかん》、セドリックはおかしなことをたくさんやってのけました。

　ハビシャムさんとセドリックは、〝古《ふる》いカケイ〟のリンゴ売《う》りのおばあさんのお店《みせ》に行《い》きましたし、一緒《いっしょ》に下町《したまち》へ行《い》ってディックにも会《あ》いました。

　テントとストーブとショールを買《か》ってあげるし、ちょっとしたお金《かね》もあげる、こう告《つ》げるとリンゴ売《う》りのおばあさんは、とても喜《よろこ》びました。

「僕《ぼく》はイギリスに行《い》って伯爵《はくしゃく》になるの。だから雨《あめ》が降《ふ》るたびに、おばあさんの骨《ほね》が痛《いた》くなるのを心《しん》配《ぱい》するのは嫌《いや》なんだ。

僕《ぼく》の骨《ほね》は痛《いた》くなったりしないから、他《ほか》の人《ひと》がどんなにつらいのかはわからないけど、おばあさんのことが心配《しんぱい》だし、よくなってほしいから」

セドリックは優《やさ》しい口調《くちょう》で説明《せつめい》しました。リンゴ売《う》りのおばあさんは息《いき》がつけないほど驚《おどろ》き、自《じ》分《ぶん》に起《お》きたことが信《しん》じられないという顔《かお》をしたままでした。

「あのおばあさんは、とてもいい人《ひと》なんです」

おばあさんの店《みせ》を離《はな》れると、セドリックはハビシャムさんに言《い》いました。

前《まえ》に、僕《ぼく》が転《ころ》んで膝《ひざ》を擦《す》りむいてしまったとき、ただでリンゴをくれたんです。そのことが忘《わす》れられなくって。親切《しんせつ》にしてくれた人《ひと》って、忘《わす》れられないでしょ？」

世《よ》の中《なか》には、親切《しんせつ》にされたことを簡単《かんたん》に忘《わす》れてしまう人《ひと》もいます。でも素直《すなお》なセドリックには、そんな考《かんが》えなど、これっぽっちも浮《う》かばないようでした。

靴磨《くつみが》きのディックとの会話《かいわ》も楽《たの》しいものでした。

セドリックとハビシャムさんがディックのところを訪《たず》ねてみると、ちょうどディックは、怠《なま》け者《もの》のジェイクと口《くち》げんかをしたばかりで落《お》ち込《こ》んでいました。

セドリックが、自分《じぶん》が訪《たず》ねてきた理由《りゆう》をおだやかな口調《くちょう》で教《おし》えると、ディックは驚《おどろ》いて口《くち》もきけなくなりました。セドリックの話《はなし》が本当《ほんとう》なら、問題《もんだい》はすべて片付《かたづ》くのです。

ディックは、昔《むかし》からの親友《しんゆう》がイギリスの貴族《きぞく》になり、長生《ながい》きすればいずれ伯爵《はくしゃく》になるかもしれないと聞《き》くと、目《め》をまん丸《まる》に見開《みひら》き、口《くち》をあんぐりと開《あ》けました。びっくりした拍子《ひょうし》に帽子《ぼうし》が落《お》ちたので、帽子《ぼうし》を拾《ひろ》いながらおかしな台詞《せりふ》を口《くち》にしました。

「はあ？　なにバカなことを言《い》ってやがる」

セドリックはちょっと戸惑《とまど》いましたが、勇気《ゆうき》を出《だ》して説明《せつめい》し続《つづ》けます。

「最初《さいしょ》はみんな嘘《うそ》だと思《おも》うんだ。ホッブスさんなんか、僕《ぼく》が日射病《にっしゃびょう》にかかったって思《おも》ったぐらいだからね。僕《ぼく》も、前《まえ》は貴族《きぞく》になるなんてうれしくなかったんだけど、そんなに嫌《いや》じゃなくなってきたし、今《いま》はもう慣《な》れてきたんだ。

伯爵《はくしゃく》は、僕《ぼく》のおじいさまなんだけど、とても親切《しんせつ》な人《ひと》で、僕《ぼく》の願《ねが》いをなんでも叶《かな》えてくれるの。ハビシャムさんにお金《かね》をたくさん預《あず》けてくれたから、ジェイクを追《お》い出《だ》せるように、いくらか持《も》ってきたんだよ」

ディックは、セドリックから受《う》け取《と》ったお金《かね》を、実際《じっさい》にジェイクに渡《わた》すことで縁《えん》を切《き》りました。

さらには新《あたら》しいブラシと、立派《りっぱ》な看板《かんばん》、そして洋服《ようふく》もひと揃《そろ》い手《て》に入《はい》ったので、靴磨《くつみが》きとして独《ひと》り立《だ》ちできるようになったのです。

ディックは、リンゴ売《う》りのおばあさんと同《おな》じように、すぐにはこの幸運《こううん》が信《しん》じられませんでした。まるで夢《ゆめ》を見《み》ているような気持《きも》ちでぼんやりと歩《ある》き回《まわ》りましたし、いまにも夢《ゆめ》が覚《さ》めてしまうのではないかと思《おも》いながら、小《ちい》さな恩人《おんじん》をじっと見《み》ていました。

セドリックはディックのところを立《た》ち去《さ》る前《まえ》、ポケットから手《て》を出《だ》して握手《あくしゅ》を交《か》わしましたが、そのときも相手《あいて》はぼうっとしたままでした。

「じゃあね、さよなら」

セドリックはしっかり挨拶《あいさつ》をしようとしましたが、声《こえ》が少《すこ》し震《ふる》えました。そして何度《なんど》も瞬《まばた》きをしました。

「お仕事《しごと》がうまくいくといいね。君《きみ》を残《のこ》して行《い》っちゃうなんて寂《さび》しいけど、伯爵《はくしゃく》になったらまた帰《かえ》ってこられるんじゃないかな。手紙《てがみ》をもらえるとうれしいな。だってずっと親友《しんゆう》だったんだから。もし手紙《てがみ》をくれるなら、あて先《さき》はここだよ」

セドリックはディックに紙切《かみき》れを渡《わた》しました。

「あとね、僕《ぼく》の名前《なまえ》はもうセドリック・エロルじゃなくて、これからはフォントルロイ卿《きょう》だからね。

それと――それと、さよならディック」

ディックも何度《なんど》も瞬《まばた》きをしました。きちんと教育《きょういく》を受《う》けたことがなかったので、こういう気持《きも》ちをどう表現《ひょうげん》したらいいのかわからなかったのです。ディックは、喉《のど》に込《こ》み上《あ》げてきたものを飲《の》み込むのがやっとでした。

「遠《とお》くになんて、行《い》っちまったりしなきゃいいのに」

ディックはかすれた声《こえ》で返事《へんじ》をして、また何度《なんど》も瞬《まばた》きしました。それからハビシャムさんのほうを見《み》て帽子《ぼうし》に手《て》をやりました。

「ありがとうごぜえます、だんな。こいつを連《つ》れてきてくださって、それにいろいろとお世話《せわ》になっちまって。こいつ――こいつはちょっとおかしなやつなんですけど、ずっと仲良《なかよ》くしてきたんですす。ちっちゃいけど、すごく元気《げんき》のいいやつなんですよ。ちょっと変《か》わってますけど」

セドリックには、他《ほか》にもう1人《ひとり》、別《わか》れの挨拶《あいさつ》をしておかなければならない人《ひと》がいました。食料品《しょくりょうひん》店《てん》の主人《しゅじん》、ホッブスさんです。

セドリックはイギリスに出発《しゅっぱつ》する日《ひ》が来《く》るまで、できる限《かぎ》りホッブスさんのお店《みせ》で、一緒《いっしょ》に時間《じかん》を過《す》ごすようにしました。

ホッブスさんは憂鬱《ゆううつ》そうな暗《くら》い顔《かお》をしていましたし、すっかり元気《げんき》をなくしていました。

セドリックがお別《わか》れのプレゼントの金時計《きんどけい》と鎖《くさり》を得意《とくい》そうな顔《かお》で持《も》ってきたときも、それをよく確《たし》かめる気力《きりょく》もないほどでした。ホッブスさんはずんぐりとした膝《ひざ》に時計《とけい》のケースをのせたまま、何度《なんど》か勢《いきお》いよく鼻《はな》をかみました。

「時計《とけい》に言葉《ことば》が刻《きざ》んであるんだよ。ケースの内側《うちがわ》にね。僕《ぼく》が考《かんが》えて頼《たの》んだんだ。『一番昔《いちばんむかし》からの友達《ともだち》、フォントルロイ卿《きょう》より。ホッブスさんへ。これを見《み》たとき、僕《ぼく》を思《おも》い出《だ》してください』って書《か》いてあるの。僕《ぼく》のことを忘《わす》れないでね』

ホッブスさんは、また大《おお》きな音《おと》を立《た》てて鼻《はな》をかみました。

「忘《わす》れたりなんて、するもんかい」

ホッブスさんの声《こえ》は、ディックと同《おな》じように少《すこ》しかすれていました。

「お前《まえ》さんこそ、イギリスの貴族連中《きぞくれんちゅう》の仲間《なかま》になっても、わしを忘《わす》れんでくれよ」

「誰《だれ》と仲間《なかま》になったって、ホッブスさんのことを忘《わす》れたりするわけがないよ。一緒《いっしょ》にいるときが一《いち》番楽《ばんたの》しかったもん。他《ほか》にも楽《たの》しいことはあったけどね、いつか、僕《ぼく》に会《あ》いに来《き》てくれるといいな。おじいさまもきっと喜《よろこ》ぶよ。ホッブスさんのことを話《はな》したら、会《あ》いに来《こ》いってお手紙《てがみ》を書《か》いてくれるんじゃないかな。ただ――ただ、おじいさまは伯爵《はくしゃく》だけど、ホッブスさん、気《き》にしないよね。おじいさまが伯爵《はくしゃく》だからって理由《りゆう》だけで、誘《さそ》われても会《あ》いに来《こ》ないなんてことはないよね？」

「会《あ》いに行《い》くさ」

心《こころ》のこもった招待状《しょうたいじょう》が届《とど》いたら、自分《じぶん》の政治的《せいじてき》な立場《たちば》——イギリスやイギリス人《じん》、そして貴族《きぞく》や伯爵《はくしゃく》への偏見《へんけん》にこだわりはひとまず置《お》いて、すぐに旅行《りょこう》の準備《じゅんび》をする。ホッブスさんは、そう約束《やくそく》してくれました。

そしてついに、イギリスに向《む》けて渡《わた》る日《ひ》がやってきました。汽船《きせん》に積《つ》み込《こ》むトランクが運《はこ》ばれ、家《いえ》のドアの前《まえ》には馬車《ばしゃ》が停《と》まりました。

小《ちい》さなセドリックの胸《むね》に、なんとも言《い》えない寂《さび》しさが込《こ》み上《あ》げてきました。お母《かあ》さんもしばらく部屋《へや》に閉《と》じこもっていました。部屋《へや》から出《で》てきて階段《かいだん》を下《お》りてきたとき、お母《かあ》さんは大《おお》きく目《め》を見《み》開《ひら》いていましたし、その目《め》は涙《なみだ》で濡《ぬ》れていました。きれいな唇《くちびる》も震《ふる》えています。

セドリックがそばに来《く》ると、お母《かあ》さんは身《み》をかがめました。セドリックはお母《かあ》さんの体《からだ》に腕《うで》を回《まわ》します。そして2人《ふたり》はキスしました。2人《ふたり》は悲《かな》しい気持《きも》ちになっていましたが、セドリックにはそれがなぜなのかよくわかりませんでした。

「僕《ぼく》たち、このおうちが好《す》きだったね、大好《だいす》きな人《ひと》」

セドリックは言《い》いました。

「これからも好《す》きなままだよね？」

「ええ――そうね」

お母《かあ》さんは優《やさ》しい声《こえ》で、そっと答《こた》えました。

「本当《ほんとう》にそうね、坊《ぼう》や」

馬車《ばしゃ》に乗《の》ると、セドリックはお母《かあ》さんにぴったりくっついて座《すわ》りました。お母《かあ》さんは窓《まど》から後《うし》ろを振《ふ》り返《かえ》っています。セドリックはそんなお母《かあ》さんを見《み》つめながら手《て》を撫《な》でて、ぎゅっと握《にぎ》りしめてあげました。

2人《ふたり》はあっという間《ま》に汽船《きせん》に乗《の》っていました。あたりは人々《ひとびと》でにぎわい、ごった返《がえ》しています。航海士《こうかいし》が号令《ごうれい》を出《だ》す中《なか》、ご婦人《ふじん》、紳士《しんし》、子《こ》ども、乳母《うば》が続々《ぞくぞく》と乗《の》り込《こ》んできました。陽気《ようき》に笑《わら》っている人《ひと》もいれば、悲《かな》しそうな顔《かお》をして、黙《だま》っている人《ひと》もいます。泣《な》いている人《ひと》やハンカチで目頭《めがしら》を押《お》さえている人《ひと》もちらほらいました。

セドリックには、物珍《ものめずら》しいことだらけでした。積《つ》み重《かさ》なったロープの束《たば》、巻《ま》き上《あ》げてある帆《ほ》、そして晴《は》れ上《あ》がった青《あお》い空《そら》に届《とど》きそうなほど高《たか》いマスト、そういったものを見回《みまわ》して、後《あと》で船員《せんいん》たちと話《はなし》をして海賊《かいぞく》の話《はなし》を教《おし》えてもらおうと思《おも》いつきました。

セドリックは上甲板《じょうかんぱん》の手《て》すりに寄《よ》りかかり、船員《せんいん》や港《みなと》で働《はたら》く人《ひと》たちが出港《しゅっこう》の最後《さいご》の準備《じゅんび》をする光《こう》景《けい》を眺《なが》めていました。

船《ふね》がいよいよ出発《しゅっぱつ》しようかというとき、甲板《かんぱん》の上《うえ》にいた人《ひと》たちがざわざわし始《はじ》めました。誰《だれ》かが人《ひと》だかりをかき分《わ》けて、自分《じぶん》のほうにやってきたのです。それは手《て》に何《なに》か赤《あか》いものを持《も》った少年《しょうねん》でした。ディックです。ディックはぜいぜい息《いき》を切《き》らしながら、セドリックに話《はな》しかけてきました。

「ずっと走《はし》ってきたんだぜ。おめえを見送《みおく》ろうと思《おも》ってさ。おかげで商売《しょうばい》はすごくうまくいってるよ！　これ、きのう稼《かせ》いだ金《かね》で、おめえに買《か》ったんだ。えれえ人《ひと》たちと一緒《いっしょ》になったときに使《つか》えるだろ？　包《つつ》んでた紙《かみ》は、下《した》にいたやつらをかき分《わ》けてくる間《あいだ》になくなっちまったけどな。ほら、ハンカチだよ」

ディックは一気《いっき》にまくしたてます。やがて汽船《きせん》が出発《しゅっぱつ》することを告《つ》げるベルが鳴《な》り始《はじ》めました。

「んじゃな！　えれえ人《ひと》たちと一緒《いっしょ》になったときに使《つか》ってくれよ」

ディックはこう言《い》うと、あっという間《ま》に走《はし》っていきました。セドリックには、お礼《れい》を言《い》う暇《ひま》もありません。

ディックが苦労《くろう》しながら人込《ひとご》みをかき分《わ》け、戻《もど》っていくのが見《み》えます。渡《わた》り板《いた》がはずされる前《まえ》にかろうじて船《ふね》から降《お》りると、今度《こんど》は波止場《はとば》に立《た》って帽子《ぼうし》を振《ふ》りました。

セドリックはハンカチを握《にぎ》りしめました。鮮《あざ》やかな赤《あか》いシルクで織《お》られたもので、馬《うま》の蹄《ひづめ》につける蹄鉄《ていてつ》と馬《うま》の顔《かお》が、紫色《むらさきいろ》で描《えが》かれているものです。

「さよなら！　さよなら！　元気《げんき》でね！」

「忘《わす》れないでね。リバプールに着《つ》いたら手紙《てがみ》をちょうだい。さようなら！　さようなら！」

やがて波止場《はとば》に残《のこ》された人《ひと》たちが、友人《ゆうじん》たちに向《む》かって叫《さけ》び始《はじ》めました。大《おお》きな汽船《きせん》に乗《の》った人《ひと》たちも叫《さけ》び返《かえ》します。

セドリックは手《て》すりから身《み》を乗《の》り出《だ》して、もらったばかりの赤《あか》いハンカチを振《ふ》りました。

「さよなら、ディック！　ありがとう！　さよなら、ディック！」

大《おお》きな汽船《きせん》は出港《しゅっこう》しました。人々《ひとびと》の中《なか》からまた歓声《かんせい》が上《あ》がります。おそらく涙《なみだ》があふれてきているのでしょう、セドリックのお母《かあ》さんは、ベールを下《お》ろして目元《めもと》を隠《かく》しました。

波止場《はとば》は残《のこ》された人々《ひとびと》でまだごった返《がえ》していました。

ディックの目《め》には、セドリックの幼《おさな》い顔《かお》と、太陽《たいよう》の光《ひかり》を受《う》けてきらきらと輝《かがや》く髪《かみ》が、風《かぜ》になびいている様子《ようす》しか見《み》えなかったし、「さよなら、ディック！」と叫《さけ》んでいる、心《こころ》のこもった子《こ》どもらしい声《こえ》しか聞《き》こえないのでした。

こうしてセドリックは、生《う》まれ育《そだ》ったアメリカを離《はな》れ、見知《みし》らぬ先祖《せんぞ》の土地《とち》、イギリスへとゆっくり汽船《きせん》で向《む》かいました。そこでは伯爵《はくしゃく》の跡継《あとつ》ぎ、フォントルロイ卿《きょう》として過《す》ごすのです。

4　イギリスでの生活《せいかつ》

　イギリスでは一緒《いっしょ》に住《す》めない。お母《かあ》さんからこう教《おし》えられたのは、汽船《きせん》で旅《たび》をしている途中《とちゅう》でした。そのことを知《し》ったセドリックは深《ふか》く悲《かな》しみました。

　セドリックの様子《ようす》を見《み》ていたハビシャムさんは、伯爵《はくしゃく》がお母《かあ》さんを近《ちか》くに住《す》まわせ、しょっちゅう会《あ》うことができるようにしたのは賢《かしこ》いやり方《かた》だったと感《かん》じました。そうでなければ、お母《かあ》さんと別々《べつべつ》に暮《く》らすことなど、セドリックにはとても耐《た》えられなかったでしょう。

　お母《かあ》さんは、優《やさ》しく愛情《あいじょう》を込《こ》めて語《かた》りかけ、自分《じぶん》がいつでもすぐそばにいるのだと安心《あんしん》させようとしました。そのおかげでセドリックも、本当《ほんとう》は離《はな》ればなれになるのではないかと怖《こわ》がったりしないようになっていきました。

「わたしのおうちは、お城《しろ》からそんなに離《はな》れていないのよ、セディー」

　お母《かあ》さんは、繰《く》り返《かえ》しそう言《い》って聞《き》かせました。

「あなたのところからすぐなの。だから、いつでもわたしのところに来《き》ていいし、毎日《まいにち》だって会《あ》えるのよ。いろいろなお話《はなし》を聞《き》かせてちょうだいね！　一緒《いっしょ》に、とても楽《たの》しく過《す》ごせるはずよ。お父《とう》さまのふるさとは、美《うつく》しいところですもの。昔《むかし》、よく話《はな》してくれたのよ。お父《とう》さまはあそこが大好《だいす》きだった。きっとあなたも好《す》きになるわ」

「大好《だいす》きな人《ひと》が一緒《いっしょ》なら、もっと好《す》きになるんだけどな」

未来《みらい》の伯爵《はくしゃく》は、深《ふか》いため息《いき》をつきました。

なぜお母《かあ》さんと別《べつ》の家《いえ》に住《す》まなければならないのか。セドリックにはどうしてもわかりません。お母《かあ》さんも、本当《ほんとう》の理由《りゆう》は明《あ》かさないほうがいいと考《かんが》えていました。

「あの子《こ》は知《し》らないほうがいいと思《おも》うのです」

お母《かあ》さんは、ハビシャムさんにこんなふうに言《い》っていました。

「きちんと理解《りかい》できないでしょうし、ショックを受《う》けて傷《きず》つくだけですわ。それに、おじいさまがわたしのことをとても嫌《きら》っていらっしゃることを知《し》らないほうが、おじいさまに対《たい》してなんのわだかまりもなく、愛情《あいじょう》をもって接《せっ》することができるはずです。セディーはあの通《とお》り優《やさ》しい子《こ》ですが、本当《ほんとう》の理由《りゆう》を聞《き》いてしまったら、きっとおじいさまとの間《あいだ》に壁《かべ》ができてしまいますから。

あの子《こ》は、他《ほか》の人《ひと》を嫌《きら》ったり、冷《つめ》たい態度《たいど》を取《と》ったりするような人《ひと》を見《み》たことがありません。わたしを嫌《きら》う人《ひと》がいると知《し》ったら深《ふか》く傷《きず》つくでしょう。伯爵《はくしゃく》さまのためにも、そうしたほうがずっとよろしいと思《おも》います」

セドリックは不思議《ふしぎ》でたまらないのでしたが、もともと、その理由《りゆう》についてはあまり関心《かんしん》がありませんでした。むしろお母《かあ》さんにいろいろ話《はな》して元気《げんき》づけられたり、これから起《お》きる変化《へんか》のいい面《めん》だけを教《おし》えてもらったりしているうちに、不安《ふあん》は薄《うす》れていきました。

とはいえ、ハビシャムさんは、セドリックが暗《くら》い顔《かお》で座《すわ》り、大人《おとな》のような様子《ようす》で海《うみ》を見《み》ているのを何度《なんど》も見《み》かけました。子《こ》どもらしくないため息《いき》がその唇《くちびる》から漏《も》れたのも、一度《いちど》や二度《にど》ではありません。

「別々《べつべつ》に暮《く》らすのなんて、嫌《いや》なんです」

一度《いちど》、セドリックは大人《おとな》びた口調《くちょう》でハビシャムさんに説明《せつめい》しました。

「僕《ぼく》がどれくらい嫌《いや》か、わかってなんてもらえないでしょうね。でも世《よ》の中《なか》には思《おも》い通《どお》りにならないことがたくさんあるし、我慢《がまん》しなきゃいけないんですよね。メアリーはそう言《い》っていたし、ホッブスさんも同《おな》じようなことを言《い》っていました。それに大好《だいす》きな人《ひと》も、僕《ぼく》におじいさまと住《す》んでもらいたがってるんです。ほら、おじいさまの子《こ》どもたちはみんな死《し》んでしまったから、とても悲《かな》しいと思《おも》うんです。子《こ》どもが全部死《ぜんぶし》んじゃったりしたら、かわいそうですよね。とくにそのうちの1人《ひとり》は、突然死《とつぜんし》んじゃったんだし」

セドリックと知《し》り合《あ》った人《ひと》たちは、会話《かいわ》に夢中《むちゅう》になったときに見《み》せる表情《ひょうじょう》にひかれました。あどけないふっくらとした顔《かお》に素直《すなお》で真剣《しんけん》な表情《ひょうじょう》を浮《う》かべ、時々妙《ときどきみょう》に大人《おとな》びた言葉《ことば》を使《つか》いながら話《はな》す姿《すがた》がとても愛《あい》らしいのです。

ハビシャムさんもまた、セドリックと一緒《いっしょ》に時間《じかん》を過《す》ごすことを、とても楽《たの》しみに思《おも》うようになってきました。

「つまりあなたさまは、伯爵《はくしゃく》をお好《す》きになろうと思《おも》われているわけですな」

「そうです」

セドリックは答《こた》えます。

「おじいさまは僕《ぼく》の親戚《しんせき》でしょ。親戚《しんせき》の人《ひと》なら好《す》きにならなくちゃ。それに僕《ぼく》にとても親切《しんせつ》にしてくれるもの。誰《だれ》かが自分《じぶん》のためにたくさんのことをしてくれて、欲《ほ》しいものをなんでもくれたりしたら、親戚《しんせき》の人《ひと》じゃなくても好《す》きになりますよね」

「ならば伯爵《はくしゃく》も、あなたさまをお好《す》きになると思《おも》いますか？」

ハビシャムさんは尋《たず》ねました。

「もちろん、きっと好《す》きになってくださいますよ。だって僕《ぼく》は親戚《しんせき》だもん。かわいい息子《むすこ》の子《こ》どもだしね。それに、えーと……僕《ぼく》のことをお好《す》きじゃなかったら、欲《ほ》しいものをなんでもあげようとなんて言《い》ってくださるはずがないし、ハビシャムさんを遣《つか》わさないでしょ？」

「なるほど、そんなものですかな？」

「そうですよ」

セドリックはきっぱりと言《い》い切《き》ります。

「そうに決《き》まってます。そう思《おも》いませんか？　誰《だれ》だって自分《じぶん》の孫《まご》は好《す》きでしょ？」

アメリカからイギリスに向《む》かう船旅《ふなたび》では、船酔《ふなよ》いに悩《なや》まされていた人《ひと》たちも快方《かいほう》に向《む》かい、甲板《かんぱん》でデッキチェアに座《すわ》りながら、旅《たび》を楽《たの》しむようになりました。

その頃《ころ》になると、小《ちい》さなフォントルロイ卿《きょう》、つまりセドリックのロマンティックな物語《ものがたり》は船中《ふねじゅう》に知《し》れ渡《わた》っていました。船《ふね》の中《なか》を走《はし》り回《まわ》ったり、お母《かあ》さんややせた年配《ねんぱい》の弁護士《べんごし》と並《なら》んで散歩《さんぽ》したり、船員《せんいん》と話《はなし》をしたりしている様子《ようす》を、誰《だれ》もが興味《きょうみ》を持《も》って眺《なが》めるようにもなっていました。

セドリックはみんなに好《す》かれましたし、どんな人《ひと》とでも友達《ともだち》になりました。船《ふね》の中《なか》を行《い》ったり来《き》たりしている紳士《しんし》たちから一緒《いっしょ》に歩《ある》こうと誘《さそ》われれば、男《おとこ》らしいしっかりとした足取《あしど》りで小《ちい》さな足《あし》を運《はこ》び、冗談《じょうだん》にも楽《たの》しそうに受《う》け答《こた》えします。

また、セドリックが婦人《ふじん》たちと話《はな》しているときは、その話《はなし》の輪《わ》から笑《わら》い声《ごえ》が上《あ》がりましたし、子《こ》どもたちと遊《あそ》ぶときは、誰《だれ》もがいつも大喜《おおよろこ》びしました。

セドリックは、何人《なんにん》かの船員《せんいん》とも大《だい》の親友《しんゆう》になりました。海賊《かいぞく》や難破船《なんぱせん》、無人島《むじんとう》の不思議《ふしぎ》な話《はなし》も聞《き》かせてもらいましたし、ロープを結《むす》んだり、おもちゃの船《ふね》にマストや帆《ほ》を張《は》ったり、驚《おどろ》くべきことに、「トップスル」や「メインスル」といった、船《ふね》の帆《ほ》についても詳《くわ》しくなったのです。

またセドリックは時々《ときどき》、船乗《ふなの》りのような話《はな》しぶりをするようにもなりました。甲板《かんぱん》でショールやコートにくるまって座《すわ》っていた紳士《しんし》や婦人《ふじん》に囲《かこ》まれ、愛嬌《あいきょう》たっぷりにこう言《い》ってみんなを大笑《おおわら》いさせたこともあります。

「まったくいまいましい。今日《きょう》は寒《さむ》くてかなわねえや！」

この船乗《ふなの》りらしい言《い》い回《まわ》しは、ジェリーという名《な》の「古株《ふるかぶ》の水兵《すいへい》さん」から仕入《しい》れたものでした。ジェリーはセドリックと話《はな》すとき、しょっちゅうこの言《い》い回《まわ》しを使《つか》うのです。

ジェリーは、セドリックにワクワクするような冒険《ぼうけん》の話《はなし》をたくさんしてくれました。話《はなし》の数《かず》を数《かぞ》えてみると、２０００〜３０００回《かい》は船旅《ふなたび》をしているはずですし、そのたびに必《かなら》ず船《ふね》は難破《なんぱ》して、恐《おそ》ろしい首刈《くびが》り族《ぞく》がいる孤島《ことう》に流《なが》れ着《つ》いたようです。それにジェリーは、何度《なんど》も体《からだ》の一部《いちぶ》を火《ひ》あぶりにされて食《た》べられ、15回《かい》や20回《かい》は頭《あたま》の皮《かわ》を剥《は》がれたことがあるようでした。

「だから、あんなに頭《あたま》がはげてるんだよ」

セドリックは、お母《かあ》さんに夢中《むちゅう》で説明《せつめい》しました。

「何度《なんど》も頭《あたま》の皮《かわ》を剥《は》がれたら、髪《かみ》の毛《け》なんて生《は》えてこないもんね。パロマチャウィーキン族《ぞく》の王《おう》さまに、ウォプスルマムキー族《ぞく》の族長《ぞくちょう》のドクロで作《つく》ったナイフで剥《は》がされたんだよ。さすがのジェリーも、あのときは本当《ほんとう》に怖《こわ》かったって。王《おう》さまがナイフを振《ふ》り回《まわ》したときに、あまりに怖《こわ》くて髪《かみ》の毛《け》が逆立《さかだ》って、戻《もど》らなくなっちゃったんだって。王《おう》さまはそれをそのままかぶってるから、ヘアブラシみたいに見《み》えるんだってさ。

ジェリーがケーケンしたみたいな話《はなし》、聞《き》いたことがないよ。ホッブスさんにも教《おし》えてあげたいなあ！」

天気《てんき》が荒《あ》れ模様《もよう》のとき、汽船《きせん》に乗《の》った人《ひと》たちは下《した》の甲板《かんぱん》にあるサロンに集《あつ》まっていました。そこでセドリックに、ジェリーが「ケエケン」したことを話《はな》してくれるよう頼《たの》むのです。セドリックは喜《よろこ》んでその輪《わ》に加《くわ》わり、熱心《ねっしん》に話《はな》して聞《き》かせました。大西洋《たいせいよう》を航海《こうかい》しているいくつもの船《ふね》の中《なか》で、これほど人々《ひとびと》に好《す》かれた乗客《じょうきゃく》はいなかったでしょう。

「ジェリーのお話《はなし》をしたらみんながキョーミシンシンだったよ」

セドリックは、そういう話《はなし》もお母《かあ》さんに話《はな》しました。

「でもホント言《い》うとね、大好《だいす》きな人《ひと》、こんなこと言《い》っちゃ悪《わる》いかもしれないけど、本当《ほんとう》の話《はなし》だって思《おも》えない時《とき》もあるんだ。でも本当《ほんとう》にジェリーの身《み》に起《お》こったことなんだよね——すごく不思議《ふしぎ》だけど。

時々《ときどき》ジェリーも話《はなし》を忘《わす》れちゃったり、少《すこ》し間違《まちが》えたりするんだけど、それは何度《なんど》も頭《あたま》の皮《かわ》を剥《は》がれたからなんだ。あんなに何度《なんど》も頭《あたま》の皮《かわ》を剥《は》がれたら忘《わす》れっぽくなるよね」


ディックと別《わか》れてから11日《にち》目《め》、汽船《きせん》はイギリスのリバプールに着《つ》きました。そして12日《にち》目《め》の夜《よる》には、セドリックとお母《かあ》さんとハビシャムさんが乗《の》った馬車《ばしゃ》は汽車《きしゃ》の駅《えき》を出《で》て、コート・ロッジと呼《よ》ばれるお屋敷《やしき》の門《もん》の前《まえ》に到着《とうちゃく》しました。

辺《あた》りは暗《くら》かったので、家《いえ》の様子《ようす》はよく見《み》えませんでした。セドリックに見《み》えたのは、木々《きぎ》が大《おお》きなアーチを描《えが》き、その下《した》に馬車道《ばしゃみち》が通《とお》っていることくらいでした。

馬車《ばしゃ》が進《すす》んでいくと、開《あ》いているドアから明《あか》るい光《ひかり》がもれているのが見《み》えました。

メアリーは、お母《かあ》さんの世話《せわ》をするために一緒《いっしょ》に船《ふね》で旅《たび》してきましたが、一足早《ひとあしはや》く、お屋敷《やしき》に着《つ》いていました。馬車《ばしゃ》から飛《と》び降《お》りたセドリックは、数人《すうにん》の召使《めしつか》いが、広《ひろ》くて明《あか》るい玄関《げんかん》ホールに立《た》っているのに気《き》づきました。ドアの前《まえ》にはメアリーも立《た》っています。

セドリックは歓声《かんせい》を上《あ》げてメアリーに飛《と》びつき、カサカサした赤《あか》いほっぺにキスしました。

「もう来《き》てたんだね。ねえ大好《だいす》きな人《ひと》、メアリーがいるよ」

「来《き》てくれてうれしいわ、メアリー」

お母《かあ》さんは弱々《よわよわ》しい声《こえ》で言《い》いました。

「あなたに会《あ》えて安心《あんしん》したわ。おかげで、知《し》らない土地《とち》へ来《き》た感《かん》じがしなくなった」

お母《かあ》さんの小《ちい》さな手《て》を、メアリーが元気《げんき》づけるように握《にぎ》りしめました。「知《し》らない土地《とち》に来《き》た」

お母《かあ》さんが、どんな気持《きも》ちでいるのか。メアリーにはわかっていました。しかも生《う》まれ育《そだ》ったアメリカを後《あと》にしたばかりか、子《こ》どもと離《はな》ればなれになるのです。

「今度《こんど》来《く》る男《おとこ》の子《こ》は、かなりつらい目《め》に遭《あ》うぜ。かわいそうにな」

召使《めしつか》いたちは、陰《かげ》でそう言《い》い合《あ》っていましたが、未来《みらい》のドリンコート伯爵《はくしゃく》がどんな子《こ》どもなのかということは、まったくわかっていませんでした。

お屋敷《やしき》の広《ひろ》い玄関《げんかん》ホールには、絵《え》や鹿《しか》の角《つの》やそのほか珍《めずら》しいものが飾《かざ》ってありました。個人《こじん》の家《いえ》にこんなものが飾《かざ》ってあるのは見《み》たことがなかったので、セドリックは興味《きょうみ》をひかれました。

「大好《だいす》きな人《ひと》」

セドリックはお母《かあ》さんに話《はな》しかけました。

「すごくきれいなおうちじゃない？　大好《だいす》きな人《ひと》がここに住《す》むっていうのはうれしいな。とっても大《おお》きい家《いえ》なんだね」

ニューヨークの寂《さび》しい通《とお》りに建《た》っていた家《いえ》に比《くら》べれば、このお屋敷《やしき》は段違《だんちが》いに大《おお》きな家《いえ》でしたし、とてもきれいで、ワクワクさせられるような建物《たてもの》でした。

メアリーに案内《あんない》されて上《うえ》の階《かい》に上《あ》がると、そこにはベッドルームがありました。鮮《あざ》やかなインド製《せい》の布《ぬの》で織《お》られたカーテンがかかり、暖炉《だんろ》の火《ひ》が燃《も》えています。暖炉《だんろ》の前《まえ》に敷《し》かれた白《しろ》い毛皮《けがわ》の敷物《しきもの》には、雪《ゆき》のように白《しろ》いペルシャ猫《ねこ》が優雅《ゆうが》に寝《ね》そべっていました。

「お城《しろ》のハウスキーパーさんが、少《すこ》しはくつろげるお部屋《へや》になるんじゃないかっていうことで、奥《おく》さまにその猫《ねこ》をくださったんですよ」

メアリーが説明《せつめい》しました。

「親切《しんせつ》なご夫人《ふじん》でしてね、奥《おく》さまの準備《じゅんび》をすべて整《ととの》えてくださったんです。ちょっとだけお会《あ》いしたんですけど、亡《な》くなった大尉《たいい》のことをとても大切《たいせつ》に思《おも》っていらして、そりゃあ悲《かな》しんでおいででした。

その方《かた》が言《い》うには、大尉《たいい》はとってもかわいらしいお子《こ》さんだったそうですよ。大人《おとな》になってもいい方《かた》で、誰《だれ》に対《たい》しても優《やさ》しい言葉《ことば》をおかけになる立派《りっぱ》な若者《わかもの》だったそうです。

だからわたしもこう申《もう》し上《あ》げたんです。『残《のこ》された坊《ぼっ》ちゃんも、大尉《たいい》にそっくりです。あんなお行儀《ぎょうぎ》のいい立派《りっぱ》なお子《こ》さんはちょっといませんよ』ってね」

着替《きが》えを終《お》えると、2人《ふたり》は下《した》の階《かい》に下《お》り、大《おお》きくて明《あか》るい部屋《へや》に行《い》きました。あの立派《りっぱ》な白《しろ》い猫《ねこ》も、セドリックが撫《な》でてやると、一緒《いっしょ》に下《お》りてきました。

天井《てんじょう》は低《ひく》く、家具《かぐ》はどっしりとしていて美《うつく》しい彫刻《ちょうこく》が刻《きざ》まれています。椅子《いす》は深《ふか》く、高《たか》くて分厚《ぶあつ》い背《せ》もたれがついていました。

独特《どくとく》な形《かたち》をした棚《たな》やキャビネットには、珍《めずら》しいきれいなものが飾《かざ》られていましたし、暖炉《だんろ》の前《まえ》に大《おお》きな虎《とら》の皮《かわ》が敷《し》かれ、その両側《りょうがわ》に肘掛《ひじか》け椅子《いす》が置《お》いてあります。

セドリックが敷物《しきもの》に体《からだ》を投《な》げ出《だ》すと、猫《ねこ》もそばにゆうゆうと体《からだ》を伸《の》ばしました。まるでセドリックと友達《ともだち》になろうとしているようです。

うれしくなったセドリックは猫《ねこ》の頭《あたま》に顔《かお》をくっつけて、撫《な》で続《つづ》けていました。

一方《いっぽう》、少《すこ》し離《はな》れたところでは、お母《かあ》さんとハビシャムさんが小声《こごえ》で話《はなし》をしています。2人《ふたり》が何《なに》を話《はな》しているのかはわかりませんでしたが、お母《かあ》さんは少《すこ》し青《あお》ざめていて、動揺《どうよう》しているようでした。

「今夜《こんや》はお城《しろ》に行《い》かなくてよろしいのでしょう？　わたしと一緒《いっしょ》に泊《と》まれますわね？」

「ええ」

ハビシャムさんも小声《こごえ》で答《こた》えました。

「今夜《こんや》は行《い》かれる必要《ひつよう》はないと存《ぞん》じます。食事《しょくじ》が終《お》わったらすぐに、わたしが城《しろ》に行《い》き、伯爵《はくしゃく》に到着《とうちゃく》をお知《し》らせしますから」

お母《かあ》さんはセドリックをちらりと見《み》ました。

愛《あい》する息子《むすこ》は、虎《とら》の毛皮《けがわ》の上《うえ》に優雅《ゆうが》にのんびりと体《からだ》を伸《の》ばしています。愛《あい》らしい顔《かお》は暖炉《だんろ》の炎《ほのお》に照《て》らされて赤《あか》くなっていますし、カールした髪《かみ》の毛《け》がふわふわと敷物《しきもの》の上《うえ》に広《ひろ》がっていました。大《おお》きな猫《ねこ》は満足《まんぞく》げに喉《のど》を鳴《な》らしながら、眠《ねむ》たそうにしています。自分《じぶん》を優《やさ》しく撫《な》でてくれる小《ちい》さな手《て》の感触《かんしょく》が気持《きも》ちよかったのでしょう。

セドリックの様子《ようす》を見《み》たお母《かあ》さんは、かすかにほほ笑《え》みましたが、悲《かな》しそうな声《こえ》で、ハビシャムさんにこう伝《つた》えました。

「伯爵《はくしゃく》さまは、わたしからどんなに大切《たいせつ》なものを取《と》り上《あ》げようとされているのか、まったくおわかりになっていらっしゃらないのですね。伯爵《はくしゃく》さまに、こうお伝《つた》えいただけますか？　わたしはお金《かね》をいただきたくありません」

「お金《かね》ですと！」

ハビシャムさんは思《おも》わず声《こえ》が大《おお》きくなりました。

「まさか、伯爵《はくしゃく》が提案《ていあん》された、あなたさまへのお手当《てあて》のことではないでしょうな！」

「そのお手当《てあて》のことです」

お母《かあ》さんはあっさりと認《みと》めました。

「お金《かね》は受《う》け取《と》れませんわ。この家《いえ》を与《あた》えていただいただけでも心苦《こころぐる》しいのです。もちろん、おかげさまで坊《ぼう》やの近《ちか》くにいられるのですから、そのことには感謝《かんしゃ》しております。でも、わたしにもわずかながら蓄《たくわ》えはあります――地道《じみち》に暮《く》らすには十分《じゅうぶん》ですわ。だから、それ以上《いじょう》のお金《かね》は必要《ひつよう》ないのです。

伯爵《はくしゃく》さまはわたしのことを毛嫌《けぎら》いしておいでのでしょう。ですからお金《かね》まで受《う》け取《と》ってしまうと、自分《じぶん》が何《なに》か、セドリックを売《う》り渡《わた》すような気持《きも》ちになってしまいますわ。

わたしがあの子《こ》のことを諦《あきら》めたのは、自分《じぶん》のことなど忘《わす》れてしまうほど、あの子《こ》を愛《あい》しているからなんです。それにあの子《こ》の父親《ちちおや》も、そう望《のぞ》むだろうと思《おも》ったからです」

ハビシャムさんは顎《あご》を撫《な》でました。

「かなり変《か》わったお申《もう》し出《で》ですな。伯爵《はくしゃく》は相当《そうとう》お怒《いか》りになるはずです。納得《なっとく》なさらないでしょう」

「よくお考《かんが》えくだされば、わかっていただけると思《おも》うのです」

お母《かあ》さんは、自分《じぶん》の考《かんが》えを説明《せつめい》し続《つづ》けます。

「本当《ほんとう》にお金《かね》は必要《ひつよう》ないのです。それにわたしのことを毛嫌《けぎら》いされて、坊《ぼう》や——ご自分《じぶん》の孫《まご》を、母《はは》親《おや》からお取《と》り上《あ》げになるような方《かた》からお金《かね》をいただき、贅沢《ぜいたく》な生活《せいかつ》などするわけにはいきません」

ハビシャムさんは少《すこ》しの間考《あいだかんが》え込《こ》んだ後《あと》、こう答《こた》えました。

「ご希望《きぼう》はお伝《つた》えしましょう」

やがて夕食《ゆうしょく》が運《はこ》ばれてきて、3人《にん》はテーブルにつきました。大《おお》きな猫《ねこ》はセドリックの近《ちか》くの椅子《いす》に上《あ》がり、食事《しょくじ》の間中《あいだじゅう》、まるで女王《じょおう》さまのように偉《えら》そうに喉《のど》を鳴《な》らしていました。


その夜遅《よるおそ》く、城《しろ》に行《い》ったハビシャムさんは、すぐに伯爵《はくしゃく》のところに通《とお》されました。伯爵《はくしゃく》は暖炉《だんろ》のそばの豪華《ごうか》な肘掛《ひじか》け椅子《いす》に座《すわ》り、片足《かたあし》を足置《あしお》き台《だい》にのせていました。

伯爵《はくしゃく》はもじゃもじゃした眉毛《まゆげ》の下《した》から、鋭《するど》い目《め》つきでハビシャムさんを見《み》ました。落《お》ち着《つ》いているふりをしていても、実《じつ》は緊張《きんちょう》していて密《ひそ》かに興奮《こうふん》しているようです。ハビシャムさんには、そのことがわかりました。

「おおハビシャム、戻《もど》ったか。で、どんな具合《ぐあい》だ？」

「フォントルロイ卿《きょう》と母君《ははぎみ》は、コート・ロッジにおいでです。船旅《ふなたび》を無事《ぶじ》に終《お》えられて、お元気《げんき》でいらっしゃいます」

伯爵《はくしゃく》は手《て》を落《お》ち着《つ》きなく動《うご》かしながら、少《すこ》しじれったそうな声《こえ》で言《い》いました。

「それはよかった。ここまでは上出来《じょうでき》だ。まあワインでも飲《の》んでくつろいでくれ。他《ほか》には？」

「フォントルロイ卿《きょう》は、今夜《こんや》は母君《ははぎみ》のところにお泊《と》まりになります。明日《あした》、わたしがお迎《むか》えに上《あ》がり、城《しろ》にお連《つ》れするつもりです」

伯爵《はくしゃく》は肘《ひじ》を肘掛《ひじか》けにのせたまま、片手《かたて》で目元《めもと》を隠《かく》しました。

「さあ、話《はなし》を続《つづ》けてくれ。

お前《まえ》には、手紙《てがみ》を書《か》いて報告《ほうこく》するようなことはしなくともいいと言《い》ったから、わしはまだ何《なに》も知《し》らんのだ。母親《ははおや》のことなどどうでもいい。どんな子《こ》どもだった？」

ハビシャムさんは自分《じぶん》で注《そそ》いだワインを軽《かる》く一口《ひとくち》飲《の》み、グラスを手《て》にしたまま座《すわ》りました。

「7歳《さい》の子《こ》どもの人柄《ひとがら》を見極《みきわ》めるのは、なかなか難《むずか》しいものです」

ハビシャムさんは慎重《しんちょう》な話《はな》し方《かた》をしましたが、伯爵《はくしゃく》は強《つよ》い偏見《へんけん》を持《も》っていました。目《め》を上《あ》げると、大声《おおごえ》で乱暴《らんぼう》な言葉《ことば》を口《くち》にしたのです。

「バカな子《こ》どもだと、そうだろう？　それか、みっともない小僧《こぞう》か？　半分《はんぶん》はアメリカ人《じん》だからな、違《ちが》うか？」

「母上《ははうえ》がアメリカの女性《じょせい》だからといって、お孫《まご》さまが悪《わる》い影響《えいきょう》を受《う》けたようなことはないと思《おも》われます、伯爵《はくしゃく》。子《こ》どものことはよく存《ぞん》じませんが、わたしの見《み》たところ、かなり優秀《ゆうしゅう》なお子《こ》さまのようでした」

ハビシャムさんは慎重《しんちょう》で冷静《れいせい》な話《はな》し方《かた》をする人《ひと》ですが、このときはいつもより慎重《しんちょう》な話《はな》し方《かた》をしました。頭《あたま》の切《き》れるハビシャムさんは、セドリックの件《けん》については、自分《じぶん》で判断《はんだん》させたほうがいいだろうと感《かん》じていました。何《なに》も聞《き》かされていない状態《じょうたい》で、直接会《ちょくせつあ》ったほうがいいと思《おも》ったのです。

「健康《けんこう》で、体《からだ》もよく育《そだ》っているのか？」

「とてもご健康《けんこう》そうで、立派《りっぱ》に育《そだ》っておられます」

ハビシャムさんは答《こた》えました。

「手足《てあし》がすらりとして、見《み》た目《め》も十分《じゅうぶん》にいいか？」

伯爵《はくしゃく》は、さらに具体的《ぐたいてき》なことを尋《たず》ねてきました。

ハビシャムさんの薄《うす》い唇《くちびる》に、とてもかすかな笑《え》みが浮《う》かびました。コート・ロッジを出発《しゅっぱつ》するときの光景《こうけい》を思《おも》い出《だ》したのです。

「おそらく男《おとこ》のお子《こ》さんとしては、なかなかハンサムではないかと思《おも》います。わたしには判断《はんだん》つきかねますが、イギリスでよく見《み》かける子《こ》どもとは、どこかしら違《ちが》ったところがあるとお感《かん》じになるでしょう」

「そんなことだと思《おも》っていた」

伯爵《はくしゃく》は刺々《とげとげ》しく言《い》いました。痛風《つうふう》の痛《いた》みが出《で》てきたのです。

「厚《あつ》かましい貧乏人《びんぼうにん》の小僧《こぞう》だな。そういうアメリカの小僧《こぞう》のことは、さんざん聞《き》いている」

ハビシャムさんはセドリックをかばうように、こうも言《い》いました。

「フォントルロイ卿《きょう》は、厚《あつ》かましいお子《こ》さまなどではないと存《ぞん》じます。他《ほか》の子《こ》どもとどう違《ちが》うかはうまくご説明《せつめい》できませんが、お孫《まご》さまは、子《こ》どもたちと過《す》ごすよりも、年配《ねんぱい》の人々《ひとびと》と一緒《いっしょ》に時間《じかん》を過《す》ごすほうが多《おお》かったのです。他《ほか》の子《こ》どもと違《ちが》うような印象《いんしょう》を受《う》けるのは、大人《おとな》っぽいところと子《こ》どもっぽいところを、両方《りょうほう》お持《も》ちだからでしょう」

「図々《ずうずう》しいアメリカ人《じん》どもめ！」

伯爵《はくしゃく》は聞《き》く耳《みみ》を持《も》ちません。そして断固《だんこ》とした口調《くちょう》で、言《い》い切《き》りました。

「そういう話《はなし》は前《まえ》にも聞《き》いたことがあるぞ。やつらはそういうのを早熟《そうじゅく》とか自由《じゆう》とか呼《よ》ぶんだ。ところが本当《ほんとう》は下品《げひん》で、生意気《なまいき》で、図々《ずうずう》しいだけだ！」

ハビシャムさんはまたワインを飲《の》みました。

自分《じぶん》の雇《やと》い主《ぬし》である伯爵《はくしゃく》と口論《こうろん》をしたことなどは、これまでほとんどありません。とくに伯爵《はくしゃく》の足《あし》が痛風《つうふう》で痛《いた》み、イライラしているときなどは、絶対《ぜったい》に言《い》い争《あらそ》いをしたりしなかったのです。そういうときには、相手《あいて》を放《ほう》っておくのが一番《いちばん》なのです。

伯爵《はくしゃく》とハビシャムさんは、少《すこ》しの間《あいだ》、お互《たが》いに黙《だま》っていました。沈黙《ちんもく》を破《やぶ》ったのはハビシャムさんでした。

「お母《かあ》さまのエロル夫人《ふじん》から、ご伝言《でんごん》を預《あず》かっております」

「あの女《おんな》からの伝言《でんごん》など聞《き》きたくもない！　あの女《おんな》の話《はなし》など、しないにこしたことはないんだ」

伯爵《はくしゃく》は怒鳴《どな》りましたが、ハビシャムさんは辛抱強《しんぼうづよ》く説明《せつめい》しようとしました。

「これは大切《たいせつ》なお話《はなし》なのです。お母《かあ》さまのエロル夫人《ふじん》は、伯爵《はくしゃく》からのお手当《てあて》を、受《う》け取《と》りたくないとおっしゃっていました」

「なんだと？」

伯爵《はくしゃく》は明《あき》らかに驚《おどろ》いたようで、大声《おおごえ》で叫《さけ》びました。

「今《いま》、なんと言《い》った？」

ハビシャムさんは繰《く》り返《かえ》します。

「お手当《てあて》は必要《ひつよう》ないとおっしゃっているのです。あなたさまとは、親《した》しい関係《かんけい》にあるとは言《い》えませんし……」

「親《した》しい関係《かんけい》ではないだと？」

伯爵《はくしゃく》は激怒《げきど》しました。

「それはこっちの台詞《せりふ》だ。今《いま》は考《かんが》えるのも汚《けが》らわしい！　金《かね》が目当《めあ》ての、キンキン声《ごえ》のアメリカ人《じん》め！　絶対《ぜったい》に会《あ》わんぞ」

「伯爵《はくしゃく》」

ハビシャムさんは、相手《あいて》を諭《さと》すように言《い》いました。

「金《かね》が目当《めあ》てというお言葉《ことば》は、当《あ》てはまらないかと。エロル夫人《ふじん》は、何《なに》もいらないとおっしゃっているのですから。あなたさまからのお金《かね》は受《う》け取《と》らないと」

「さては何《なに》かを企《たくら》んでいるんだな！」

伯爵《はくしゃく》は勝手《かって》に決《き》めつけました。

「わしが会《あ》いに行《い》くよう仕向《しむ》けているのだ。自分《じぶん》の心《こころ》がけが素晴《すば》らしいと認《みと》めさせようという魂胆《こんたん》だな。そんなものは認《みと》めてたまるか！　ただの、アメリカの独立精神《どくりつせいしん》というやつだ！　わしの城《しろ》の門《もん》の前《まえ》で物乞《ものご》いのようなことをされてはたまらん。望《のぞ》もうが望《のぞ》むまいが、金《かね》は受《う》け取《と》らせる！」

「お使《つか》いにはならないでしょうな」

ハビシャムさんはきっぱりと言《い》いました。

「使《つか》おうがどうしようがかまわん！」

伯爵《はくしゃく》は怒鳴《どな》り散《ち》らしました。

「とにかく届《とど》けて受《う》け取《と》らせろ。わしが何《なに》もしないから、貧乏暮《びんぼうぐ》らしをしているなどと言《い》いふらされんようにな。あの女《おんな》は、子《こ》どもがわしを嫌《きら》うように仕向《しむ》けているんだ！　もうとっくに悪口《わるくち》を吹《ふ》き込《こ》んでいるに違《ちが》いない！」

「それは事実《じじつ》と異《こと》なります。あなたさまには、もう一《ひと》つお伝《つた》えしなければならないことがあります。それをお聞《き》きになれば、夫人《ふじん》がそんなことをするはずがないとおわかりになるでしょう」

「そんなものは聞《き》きたくない！」

息切《いきぎ》れと、怒《いか》りと、興奮《こうふん》と、痛風《つうふう》の痛《いた》みのせいで、伯爵《はくしゃく》はあえぐようにしながら言《い》いました。

しかしハビシャムさんは、言《い》うべきことをしっかり伝《つた》えました。

「あなたさまが夫人《ふじん》を嫌《きら》っていらっしゃるために、フォントルロイ卿《きょう》は、母上《ははうえ》と別々《べつべつ》に住《す》まなければならない。夫人《ふじん》はそのことを、ご本人《ほんにん》に一切《いっさい》言わないでほしいとおっしゃいました。あなたさまとお孫《まご》さまの間《あいだ》に、壁《かべ》ができるのではないかと心配《しんぱい》しておられるのです。

そうした難《むずか》しい事情《じじょう》は、お孫《まご》さまにはまだ理解《りかい》できないでしょうが、多《おお》かれ少《すく》なかれあなたさまを怖《こわ》がるようになるでしょう。少《すく》なくとも愛情《あいじょう》は薄《うす》れてしまうと思《おも》われます。

夫人《ふじん》はフォントルロイ卿《きょう》に、『あなたはまだ幼《おさな》くて、いろんなことがきちんとわからないだろうから、大《おお》きくなったら話《はな》してあげる』と言《い》い聞《き》かせていらっしゃいます。夫人《ふじん》はあなたさまとお孫《まご》さまが初《はじ》めて会《あ》うときに、わずかでも悪《わる》い影響《えいきょう》が出《で》ないようにと願《ねが》っておられるのです」

伯爵《はくしゃく》は椅子《いす》に深《ふか》く座《すわ》り込《こ》みました。張《は》り出《だ》した眉毛《まゆげ》の下《した》にある刺々《とげとげ》しい目《め》が、きらりと光《ひか》りました。

「なんだと！　どういうことだ！　息子《むすこ》に話《はな》していないというのか？」

「はい、一言《ひとこと》も」

ハビシャムさんは冷静《れいせい》に言《い》いました。

「それは確《たし》かです。お孫《まご》さまは、あなたさまがこの上《うえ》なく優《やさ》しく、お孫《まご》さまに愛情《あいじょう》を注《そそ》ぐ方《かた》だと信《しん》じていらっしゃいます。夫人《ふじん》は一言《ひとこと》も……あなたさまが立派《りっぱ》な方《かた》だということをわずかでも疑《うたが》わせるようなことは一切《いっさい》、話《はな》しておられません。

それに、ニューヨークではすべてあなたさまのご指示通《しじどお》りに取《と》り計《はか》らいましたので、お孫《まご》さまはおじいさまを、素晴《すば》らしく気前《きまえ》のいい方《かた》だと思《おも》っていらっしゃいます」

「ふん、本当《ほんとう》か？」

伯爵《はくしゃく》はいまひとつ信《しん》じ切《き》っていませんが、ハビシャムさんは念押《ねんお》ししました。

「名誉《めいよ》に誓《ちか》ってお約束《やくそく》いたします。これからフォントルロイ卿《きょう》がどうお思《おも》いになるかは、あなたさま次第《しだい》です。少《すこ》し助言《じょげん》をさせていただければ、母上《ははうえ》のことを悪《わる》くお話《はな》しにならないほうが、お孫《まご》さまとの関係《かんけい》もうまくいかれるのではないかと存《ぞん》じます」

「何《なに》をバカな。相手《あいて》はまだ7歳《さい》の小僧《こぞう》だぞ」

「でもお孫《まご》さまはその7年間《ねんかん》ずっと、母上《ははうえ》のそばでお過《す》ごしになったわけですから。フォントルロイ卿《きょう》は、愛情《あいじょう》のすべてを母上《ははうえ》に捧《ささ》げられているのです」

5　伯爵《はくしゃく》のお城《しろ》

フォントルロイ卿《きょう》ことセドリックと、ハビシャムさんを乗《の》せた馬車《ばしゃ》がお城《しろ》に続《つづ》く長《なが》い並木道《なみきみち》にさしかかったのは次《つぎ》の日《ひ》の午後《ごご》、それも遅《おそ》い時間《じかん》になってからでした。

伯爵《はくしゃく》はセドリックとともに夕食《ゆうしょく》をとるつもりだったので、その時間《じかん》に間《ま》に合《あ》うように連《つ》れてくるように命《めい》じていました。また、心《こころ》に何《なに》か思《おも》うところがあるようで、自分《じぶん》が待《ま》つ部屋《へや》に、セドリックを1人《ひとり》で来《こ》させるようにとも言《い》ってありました。

馬車《ばしゃ》が並木道《なみきみち》を進《すす》みます。セドリックは贅沢《ぜいたく》なクッションにもたれ、熱心《ねっしん》に景色《けしき》を眺《なが》めていました。見《み》るものすべてがおもしろいのです。

まずは馬車《ばしゃ》に興味《きょうみ》をひかれました。大《おお》きくて立派《りっぱ》な馬《うま》が繋《つな》がれていて、その背《せ》にはツヤツヤした鞍《くら》が置《お》かれています。セドリックはまばゆいばかりの制服《せいふく》を着《き》た背《せ》の高《たか》い御者《ぎょしゃ》や召使《めしつか》いにも、興味《きょうみ》をひかれました。特《とく》に興味《きょうみ》を持《も》ったのは、馬車《ばしゃ》の外側《そとがわ》に描《えが》かれた冠《かんむり》でした。そこでさっそく従者《じゅうしゃ》に話《はな》しかけ、冠《かんむり》の意味《いみ》を教《おし》えてもらおうとしました。

馬車《ばしゃ》がお城《しろ》の門《もん》に着《つ》くと、今度《こんど》は入《い》り口《ぐち》を飾《かざ》る、大《おお》きなライオンの石像《せきぞう》をよく見《み》ようと窓《まど》から体《からだ》を乗《の》り出《だ》しました。

やがて蔦《つた》に覆《おお》われた小《ちい》さくてきれいな家《いえ》から、バラのように美《うつく》しく、母親《ははおや》らしい優《やさ》しさをたたえた女《おんな》の人《ひと》が出《で》てきて門《もん》を開《あ》けました。その家《いえ》からは2人《ふたり》の子《こ》どもも出《で》てきて、馬車《ばしゃ》に乗《の》ったセドリックを、目《め》をまん丸《まる》に見開《みひら》いて見《み》つめます。

セドリックも、2人《ふたり》を見《み》ていました。子《こ》どもたちの母親《ははおや》は膝《ひざ》を曲《ま》げて会釈《えしゃく》をすると、にっこりと笑《わら》いました。子《こ》どもたちも、母親《ははおや》にうながされてペコリと頭《あたま》を下《さ》げます。

「僕《ぼく》のことを知《し》っているのかな？」

セドリックはこう尋《たず》ねると、黒《くろ》いビロードの帽子《ぼうし》を取《と》って、元気《げんき》に挨拶《あいさつ》しました。

「はじめまして。こんにちは！」

女《おんな》の人《ひと》は喜《よろこ》んだようでした。バラ色《いろ》の顔《かお》にほほ笑《え》みが広《ひろ》がり、青《あお》い目《め》には優《やさ》しげな表情《ひょうじょう》が浮《う》かびます。

「坊《ぼっ》ちゃまに神《かみ》のご加護《かご》がありますように！　なんてお美《うつく》しいお顔《かお》でしょう！　どうぞご好運《こううん》とお幸《しあわ》せを！　ようこそいらっしゃいました」

馬車《ばしゃ》が動《うご》き出《だ》します。セドリックは帽子《ぼうし》を振《ふ》り、もう一度《いちど》、女《おんな》の人《ひと》に頭《あたま》を下《さ》げました。

「あの人《ひと》のこと、僕《ぼく》は好《す》きだな」

セドリックは言《い》いました。

「きっと男《おとこ》の子《こ》が好《す》きなんですね。ここに来《き》て、あの子《こ》たちと一緒《いっしょ》に遊《あそ》びたいなあ。『結社《けっしゃ》』が作《つく》れるくらい、たくさんの子《こ》がいるのかな？」

いずれ伯爵《はくしゃく》になる人《ひと》が、門番《もんばん》の子《こ》どもと遊《あそ》び友達《ともだち》になることなどまず許《ゆる》されないでしょう。でもハビシャムさんは、そのことを伝《つた》えないのでした。セドリックが他《ほか》の子《こ》どもと違《ちが》うことを教《おし》える時《じ》間《かん》は、この後《あと》たっぷりあると思《おも》ったのです。

馬車《ばしゃ》は、美《うつく》しく立派《りっぱ》な木々《きぎ》の間《あいだ》を進《すす》みました。木々《きぎ》は並木道《なみきみち》の両側《りょうがわ》にそびえ立《た》ち、太《ふと》い枝《えだ》がアーチを作《つく》っていました。

セドリックはこんな木《き》を見《み》たことがありません。大《おお》きくて堂々《どうどう》としていて、枝《えだ》は太《ふと》い幹《みき》の下《した》のほうまで垂《た》れ下《さ》がっています。セドリックは知《し》りませんが、ドリンコート城《じょう》はイギリスでも指折《ゆびお》りの美《うつく》しいお城《しろ》なのです。庭園《ていえん》の広《ひろ》さや美《うつく》しさも格別《かくべつ》で、他《ほか》のお城《しろ》とは比《くら》べようがないほど立派《りっぱ》でした。

馬車《ばしゃ》は、見事《みごと》な庭園《ていえん》を通《とお》りすぎていきます。

大《おお》きな木《き》が一本堂々《いっぽんどうどう》と立《た》っている場所《ばしょ》もあれば、何本《なんぼん》か固《かた》まって立《た》っているところもあります。

背《せ》の高《たか》いシダが生《お》い茂《しげ》っていたかと思《おも》うと、ツリガネスイセンの花《はな》が咲《さ》き乱《みだ》れ、辺《あた》り一面《いちめん》が真《ま》っ青《さお》に染《そ》まっている場所《ばしょ》もいくつもありました。緑《みどり》の葉《は》っぱの下《した》からウサギが跳《と》び出《だ》し、白《しろ》く短《みじか》いしっぽをチラリと見《み》せて走《はし》っていくのを見《み》ると、セドリックはそのたびにうれしさのあまり笑《わら》い声《ごえ》を上《あ》げました。ヤマウズラの群《む》れが突然《とつぜん》バサバサと飛《と》び立《た》っていったときには、歓声《かんせい》をあげながら拍手《はくしゅ》をしたほどです。

「きれいなところですね」

セドリックはハビシャムさんに言《い》いました。

「こんなにきれいなところは初《はじ》めてです。ニューヨークのセントラルパークよりもきれいだ」

お城《しろ》の建物《たてもの》になかなか着《つ》かないので、セドリックは戸惑《とまど》っていました。

「門《もん》から玄関《げんかん》までって、どのくらいあるんですか？」

「3マイル（約《やく》4・8㎞《キロメートル》）から4マイル（約《やく》6・4㎞《キロメートル》）ぐらいでしょう」

ハビシャムさんは答《こた》えました。

「そんなに遠《とお》いんじゃ、住《す》むのにたいへんですね」

セドリックの目《め》には、その後《ご》も次々《つぎつぎ》と不思議《ふしぎ》なものや素敵《すてき》なものが飛《と》び込《こ》んできました。鹿《しか》が芝生《しばふ》の上《うえ》に横《よこ》たわったり立《た》ったりしているのも見《み》えます。鹿《しか》たちは馬車《ばしゃ》の車輪《しゃりん》の音《おと》にちょっと驚《おどろ》いたように、角《つの》のついた頭《あたま》を並木道《なみきみち》に向《む》けました。セドリックはうっとりしました。

「サーカスが来《き》てるの？　それとも鹿《しか》はここにすんでるのかな？　誰《だれ》の鹿《しか》なんですか？」

「ここにすんでいるのです」

ハビシャムさんが説明《せつめい》します。

「伯爵《はくしゃく》さま、おじいさまの鹿《しか》ですよ」

それから間《ま》もなくして、ようやくお城《しろ》が見《み》えてきました。灰色《はいいろ》の美《うつく》しい建物《たてもの》が、堂々《どうどう》とそびえ立《た》っています。沈《しず》む直前《ちょくぜん》の夕日《ゆうひ》が、たくさんの窓《まど》に反射《はんしゃ》してまばゆく光《ひか》っていました。お城《しろ》には砲塔《ほうとう》や砦《とりで》、大小《だいしょう》の塔《とう》があり、壁《かべ》には蔦《つた》が生《お》い茂《しげ》っています。開《ひら》けた場所《ばしょ》には、テラスや芝生《しばふ》や色《いろ》とりどりの花《はな》が咲《さ》き乱《みだ》れる花壇《かだん》もありました。

「これまで見《み》た中《なか》で一番《いちばん》きれいなところだ！」

セドリックは言《い》いました。ふっくらした顔《かお》は喜《よろこ》びに輝《かがや》いています。

「まるで王《おう》さまのお城《しろ》ですね。おとぎ話《ばなし》の本《ほん》で、一度《いちど》絵《え》を見《み》たことがありますよ」

立派《りっぱ》な玄関《げんかん》のドアが大《おお》きく開《ひら》かれていて、制服《せいふく》を着《き》たたくさんの召使《めしつか》いが2列《れつ》に並《なら》んでセドリックを見《み》ています。いつかこのお城《しろ》を継《つ》ぐことになる、未来《みらい》の伯爵《はくしゃく》を迎《むか》えるためです。

とはいえ、セドリックにはそんなことはわかりません。ほんの2週間前《しゅうかんまえ》までは、ホッブスさんと一緒《いっしょ》にジャガイモや桃《もも》の缶詰《かんづめ》の真《ま》ん中《なか》で、背《せ》の高《たか》い椅子《いす》に座《すわ》って足《あし》をブラブラさせていたのです。

召使《めしつか》いの列《れつ》の先頭《せんとう》には、年配《ねんぱい》の婦人《ふじん》が立《た》っていました。豪華《ごうか》そうな、でもシンプルなデザインの黒《くろ》い絹《きぬ》のガウンを着《き》ていました。髪《かみ》は灰色《はいいろ》で、帽子《ぼうし》をかぶっています。

セドリックが馬車《ばしゃ》を降《お》りて玄関《げんかん》に入《はい》ると、その女《おんな》の人《ひと》が一歩前《いっぽまえ》に出《で》ました。セドリックはその目《め》を見《み》て、何《なに》か自分《じぶん》に話《はな》しかけようとしているのだなと思《おも》いました。手《て》を引《ひ》いていたハビシャムさんが、一瞬《いっしゅん》、立《た》ち止《ど》まりました。

「こちらがフォントルロイ卿《きょう》です。メロン夫人《ふじん》」

ハビシャムさんはセドリックを紹介《しょうかい》しました。

「フォントルロイ卿《きょう》、こちらはハウスキーパーのメロン夫人《ふじん》です」

セドリックは目《め》を輝《かがや》かせて片手《かたて》を差《さ》し出《だ》しました。

「猫《ねこ》をくださった方《かた》ですね？　本当《ほんとう》にありがとうございます」

メロン夫人《ふじん》の年《とし》を重《かさ》ねた上品《じょうひん》な顔《かお》が、先《さき》ほど、門《もん》のところで見《み》かけた女性《じょせい》と同《おな》じように喜《よろこ》びであふれました。

「どこでお目《め》にかかっても一目《ひとめ》でわかりますわ」

メロン夫人《ふじん》はハビシャムさんに言《い》いました。

「お顔《かお》もお振《ふ》る舞《ま》いも、亡《な》くなられた大尉《たいい》とそっくり。今日《きょう》は本当《ほんとう》におめでたい日《ひ》になりましたわ」

一瞬《いっしゅん》、メロン夫人《ふじん》の目《め》に涙《なみだ》が浮《う》かんだように見《み》えました。

でも悲《かな》しそうではありません。メロン夫人《ふじん》はセドリックにっこりほほ笑《え》みかけました。

「あの猫《ねこ》はかわいい子猫《こねこ》を2匹《ひき》、ここに残《のこ》していきましたから。後《あと》でお部屋《へや》にお届《とど》けしますね」

ハビシャムさんが、低《ひく》い声《こえ》でメロン夫人《ふじん》に何《なに》かを尋《たず》ねました。

「伯爵《はくしゃく》は書斎《しょさい》においでです」

メロン夫人《ふじん》が答《こた》えました。

「坊《ぼっ》ちゃまを、お1人《ひとり》でお通《とお》しするようにとのことでした」

それから間《ま》もなくして、セドリックは、制服《せいふく》を着《き》たとても背《せ》の高《たか》い召使《めしつか》いに、書斎《しょさい》の前《まえ》まで案内《あんない》されました。召使《めしつか》いは扉《とびら》を開《あ》けると、うやうやしく告《つ》げました。

「フォントルロイ卿《きょう》がまいられました、伯爵《はくしゃく》さま」

セドリックは入《い》り口《ぐち》をくぐり、部屋《へや》に入《はい》りました。

とても大《おお》きくて豪華《ごうか》な部屋《へや》でした。重々《おもおも》しい家具《かぐ》が置《お》かれ、本《ほん》がぎっしりつまった棚《たな》が何列《なんれつ》も並《なら》んでいます。奥《おく》には重々《おもおも》しいカーテンと、奥行《おくゆ》きのあるひし形《がた》の窓《まど》が見《み》えます。部屋《へや》の端《はし》から端《はし》までの長《なが》さは相当《そうとう》なものでしょう。

お城《しろ》に着《つ》いたときには太陽《たいよう》が沈《しず》んでいたため、部屋《へや》中《じゅう》のものが薄暗《うすぐら》く、陰気《いんき》に見《み》えました。セドリックは一瞬《いっしゅん》、誰《だれ》もいないのではないかと思《おも》いました。

しかしすぐに、幅《はば》の広《ひろ》い暖炉《だんろ》のそばに肘掛《ひじか》けのついた大《おお》きな椅子《いす》があり、誰《だれ》かが座《すわ》っているのが見《み》えました。

その人《ひと》は、すぐには振《ふ》り向《む》きませんでしたが、その部屋《へや》には、セドリックに興味《きょうみ》を持《も》った別《べつ》のものがいました。肘掛《ひじか》け椅子《いす》の近《ちか》くの床《ゆか》に寝《ね》そべっていた、大《おお》きな茶色《ちゃいろ》い犬《いぬ》です。ライオンくらい大《おお》きな体《からだ》と太《ふと》い足《あし》をしている犬《いぬ》で、ゆっくり起《お》き上《あ》がるとのしのし歩《ある》いてきました。

「ドゥーガル、戻《もど》れ」

椅子《いす》に座《すわ》っていた人《ひと》が命令《めいれい》しました。

しかしセドリックは、大《おお》きな犬《いぬ》が近《ちか》づいてきても怖《こわ》がったりしませんでした。とても自然《しぜん》な仕草《しぐさ》で大《おお》きな犬《いぬ》の首輪《くびわ》に手《て》を置《お》くと、一緒《いっしょ》に歩《ある》き始《はじ》めました。

椅子《いす》に座《すわ》っていた伯爵《はくしゃく》が顔《かお》を上《あ》げました。年《とし》を取《と》った大柄《おおがら》な年配《ねんぱい》の紳士《しんし》です。顔《かお》の彫《ほ》りは深《ふか》く、白《しろ》い髪《かみ》も眉毛《まゆげ》ももじゃもじゃで、険《けわ》しい目《め》と目《め》の間《あいだ》には鷲《わし》のくちばしのような鼻《はな》がついています。

伯爵《はくしゃく》の目《め》には、品《ひん》のよい幼《おさな》い少年《しょうねん》の姿《すがた》が映《うつ》っていました。黒《くろ》いビロードにレースの襟《えり》がついた服《ふく》を着《き》て、美《うつく》しくて男《おとこ》らしい小《ちい》さな顔《かお》に、カールした髪《かみ》が揺《ゆ》れています。

この城《しろ》が妖精《ようせい》のおとぎ話《ばなし》に出《で》てくる城《しろ》だとしたら、セドリックはまさに小《ちい》さな妖精《ようせい》の王子《おうじ》さまのように見《み》えたでしょう。もちろんセドリック本人《ほんにん》は、そんなことにまったく気《き》づいていなかったし、妖精《ようせい》にしては少《すこ》し体格《たいかく》がよすぎたかもしれません。

やがてセドリックの無邪気《むじゃき》で人懐《ひとなつ》っこい目《め》と、気難《きむずか》しい伯爵《はくしゃく》の鋭《するど》い目《め》が合《あ》いました。

セドリックは大《おお》きな犬《いぬ》の首《くび》に手《て》を置《お》いて、ためらうことなく自分《じぶん》を見上《みあ》げて立《た》っています。

力強《ちからづよ》く美《うつく》しい孫《まご》の姿《すがた》を見《み》たとたん、気性《きしょう》の激《はげ》しい年老《としお》いた伯爵《はくしゃく》の心《こころ》にも、勝《か》ち誇《ほこ》るような喜《よろこ》びが湧《わ》き上《あ》がりました。伯爵《はくしゃく》は、セドリックが大《おお》きな犬《いぬ》に対《たい》しても、そして自分《じぶん》に対《たい》してもはにかんだり怖《こわ》がったりすることがないのを見《み》て満足《まんぞく》したのです。

セドリックは、門番《もんばん》の奥《おく》さんやハウスキーパーのメロン夫人《ふじん》を見《み》たときと同《おな》じまなざしで伯爵《はくしゃく》を見《み》つめ、すぐ近《ちか》くまで歩《あゆ》み寄《よ》りました。

「伯爵《はくしゃく》ですか？　僕《ぼく》はあなたの孫《まご》で、ハビシャムさんに連《つ》れてきてもらったんです。フォントルロイ卿《きょう》です」

セドリックは片手《かたて》を差《さ》し出《だ》しました。相手《あいて》が伯爵《はくしゃく》であっても、それが礼儀正《れいぎただ》しい振《ふ》る舞《ま》い方《かた》だろうと思《おも》ったからです。

「お元気《げんき》そうでなによりです」

セドリックは打《う》ち解《と》けた様子《ようす》で話《はな》し続《つづ》けました。

「お会《あ》いできて、とてもうれしく思《おも》います」

伯爵《はくしゃく》は興味深《きょうみぶか》そうに目《め》を光《ひか》らせながら握手《あくしゅ》しました。そしてもじゃもじゃの眉毛《まゆげ》の下《した》にある目《め》で、絵《え》のように美《うつく》しい少年《しょうねん》の姿《すがた》を頭《あたま》の先《さき》からつま先《さき》まで見《み》つめました。あまりの驚《おどろ》きに、最初《さいしょ》はうまい言葉《ことば》が見《み》つからなかったのです。

「わしに会《あ》えてうれしいだと？」

伯爵《はくしゃく》は言《い》いました。

「はい。とっても」

セドリックはこう答《こた》えながら、近《ちか》くにあった椅子《いす》に座《すわ》りました。背《せ》もたれがついた、かなり高《たか》さのある椅子《いす》でしたので、足《あし》が床《ゆか》につきません。でもセドリックは気持《きも》ちよさそうに座《すわ》ると、堂々《どうどう》としたおじいさまを熱心《ねっしん》に、それでいて行儀《ぎょうぎ》よく見《み》つめました。

「僕《ぼく》はあなたがどんな顔《かお》なのかずっと考《かんが》えていたんです」

セドリックはさらに話《はなし》を続《つづ》けました。

「船《ふね》のベッドに寝《ね》ながら、おじいさまはお父《とう》さんに似《に》ているのかなって思《おも》ってました」

「どうだ？」

伯爵《はくしゃく》は尋《たず》ねました。

「ええと……お父《とう》さんが亡《な》くなったとき、僕《ぼく》はとても小《ちい》さかったんです。だからお父《とう》さんがどんな顔《かお》だったのか、はっきり覚《おぼ》えていなくて。でも似《に》ていないんじゃないかって思《おも》います」

「がっかりした、そういうことだな？」

「いいえ、とんでもない」

セドリックは礼儀《れいぎ》正《ただ》しく答《こた》えました。

「もちろん、お父《とう》さんに似《に》ている人《ひと》がいればうれしいけれど、お父《とう》さんに似《に》ていなくたって、おじいさまの顔《かお》は好《す》きですよ。身内《みうち》のことは、誰《だれ》だって好《す》きじゃないですか」

伯爵《はくしゃく》は椅子《いす》の背《せ》にもたれかかり、孫《まご》を見《み》つめました。

伯爵《はくしゃく》は、身内《みうち》が好《す》きなどという気持《きも》ちを持《も》ち合《あ》わせている人《ひと》ではありません。むしろこれまでの人生《じんせい》では、身内《みうち》と激《はげ》しい口論《こうろん》をし、家《いえ》から追《お》い出《だ》し、罵《ののし》ることばかりをしてきました。そして身内《みうち》の人《ひと》たちも、伯爵《はくしゃく》を心《こころ》から嫌《きら》っていました。

セドリックは、朗《ほが》らかに話《はな》し続《つづ》けます。

「おじいさまみたいに親切《しんせつ》にしてくださったら、よけいに好《す》きになりますよ」

伯爵《はくしゃく》の目《め》が、またきらりと光《ひか》りました。

「ほう！　わしがお前《まえ》に親切《しんせつ》にしてやったというのか？」

「ええブリジットや、リンゴ売《う》りのおばあさんや、ディックに親切《しんせつ》にしてくださって、本当《ほんとう》にありがとうございました」

「ブリジット！」

伯爵《はくしゃく》は大声《おおごえ》を上《あ》げました。

「ディック！　リンゴ売《う》りだと！」

「はい！」

セドリックは説明《せつめい》します。

「おじいさまのくださったお金《かね》をその人《ひと》たちのために使《つか》ったんです。僕《ぼく》が欲《ほ》しがったらお金《かね》を与《あた》えるようにって、ハビシャムさんに言《い》ってくださったでしょう」

「ふん、あれのことか？　好《す》きなものを買《か》うためにやった金《かね》だな。あれで何《なに》を買《か》った？　その話《はなし》を聞《き》こうじゃないか」

伯爵《はくしゃく》はもじゃもじゃの眉毛《まゆげ》を寄《よ》せながら、鋭《するど》い目《め》でセドリックを見《み》ました。自分《じぶん》の跡《あと》を継《つ》ぐことになる孫《まご》が、どんなに贅沢《ぜいたく》なお金《かね》の使《つか》い方《かた》をしたのか、ひそかに興味《きょうみ》を持《も》ったのです。

「そっか！　おじいさまは、ディックやリンゴ売《う》りのおばあさんやブリジットのことを知《し》りませんものね。おじいさまが、こんなに遠《とお》くに住《す》んでいるってことを忘《わす》れてました。ディックやリンゴ売《う》りのおばあさんやブリジットは、みんな僕《ぼく》の大切《たいせつ》な友達《ともだち》なんです。それとマイケルが熱病《ねつびょう》になって……」

「マイケルとは誰《だれ》だ？」

伯爵《はくしゃく》が尋《たず》ねます。

「マイケルはブリジットの旦那《だんな》さんです。2人《ふたり》ともとても困《こま》っていたんです。12人《にん》も子《こ》どもがいるのに、お父《とう》さんが病気《びょうき》で働《はたら》けなかったら、すごくたいへんですよね。マイケルはずっとまじめに生《い》きてきた人《ひと》なんです。ブリジットはよくうちに来《き》て泣《な》いていました。ハビシャムさんが夕方《ゆうがた》にいらっしゃった時《とき》も、キッチンで泣《な》いていたんです。食《た》べる物《もの》もほとんどないし、部屋代《へやだい》も払《はら》えないって。

僕《ぼく》はちょうどブリジットと話《はな》しているときに、ハビシャムさんに呼《よ》ばれたんです。それでおじいさまが僕《ぼく》にいくらかお金《かね》をくださったって聞《き》いたから、大急《おおいそ》ぎでキッチンに行《い》ってブリジットにお金《かね》を渡《わた》したんです。

おかげでみんなうまくいきました。ブリジットは自分《じぶん》の目《め》が信《しん》じられないって顔《かお》をしていました。だから僕《ぼく》、おじいさまにはとても感謝《かんしゃ》しているんです」

「何《なに》！　お前《まえ》が自分《じぶん》のためにやったことの1つがそれだというのか？　他《ほか》には？」

伯爵《はくしゃく》は太《ふと》い声《こえ》で質問《しつもん》し続《つづ》けながら、どんどんセドリックに興味《きょうみ》を持《も》っていきました。

背《せ》の高《たか》い椅子《いす》のそばには、ドゥーガルが座《すわ》っていました。ドゥーガルは誰《だれ》にでもすぐ懐《なつ》くような犬《いぬ》ではありませんが、セドリックに撫《な》でられながら静《しず》かにしています。しかも、そのライオンのような大《おお》きな頭《あたま》を、孫《まご》の膝《ひざ》にゆったりとのせているのです。

セドリックは小《ちい》さな手《て》で新《あたら》しい友達《ともだち》を撫《な》でながら答《こた》えました。

「それと、あとはディックのことです。おじいさまもディックのこと、きっと好《す》きになると思《おも》います。とってもまじめで、オカタイやつですから」

伯爵《はくしゃく》は、こういうアメリカ的《てき》な表現《ひょうげん》に慣《な》れていません。

「それはどういう意味《いみ》だ？」

セドリックは、しばらく考《かんが》えました。実《じつ》は意味《いみ》がよくわかっていなかったのですが、ディックが好《この》んで使《つか》っていたので、何《なに》かすごく立派《りっぱ》なことを表現《ひょうげん》する言葉《ことば》だと思《おも》い込《こ》んでいたのです。

「たぶん、人《ひと》をだましたりしないという意味《いみ》だと思《おも》います。それか、自分《じぶん》より小《ちい》さい子《こ》どもを叩《たた》いたりしないとか。ディックは、とっても上手《じょうず》に靴《くつ》を磨《みが》いてピカピカに光《ひか》らせるんですよ。靴磨《くつみが》きの名人《めいじん》なんです」

「それもお前《まえ》の知《し》り合《あ》いなのか？」

伯爵《はくしゃく》は言《い》いました。

「ええ、とっても前《まえ》からの友達《ともだち》の1人《ひとり》です。ホップスさんほど古《ふる》くはないけれど、すごく古《ふる》い友達《ともだち》です。ディックは船《ふね》が出発《しゅっぱつ》するときに、こんなプレゼントをくれたんです」

セドリックはポケットに手《て》を突《つ》っ込《こ》むと、きちんと折《お》りたたまれた赤《あか》いものを取《と》り出《だ》して大事《だいじ》そうに、そして誇《ほこ》らしげに開《ひら》いてみせました。大《おお》きな紫色《むらさきいろ》の蹄鉄《ていてつ》と馬《うま》の模様《もよう》がついている、赤《あか》い絹《きぬ》のハンカチです。

「僕《ぼく》はこれをいつも持《も》っているんです。首《くび》に巻《ま》いてもいいし、ポケットに入《い》れておいてもいいでしょ？　僕《ぼく》がジェイクを追《お》っ払《ぱら》って新《あたら》しいブラシを買《か》ってあげた後《あと》、初《はじ》めて稼《かせ》いだお金《かね》で買《か》ってくれた、記念《きねん》の品《しな》なんです。

僕《ぼく》はホップスさんの時計《とけい》にも、こんな言葉《ことば》を彫《ほ》ってもらったんです。『これを見《み》たとき、僕《ぼく》を思《おも》い出《だ》してください』って。だからこのハンカチを見《み》るたびにディックを思《おも》い出《だ》しちゃいますよね」

ドリンコート伯爵《はくしゃく》は、言葉《ことば》では言《い》い表《あらわ》せないほど気持《きも》ちが昂《たか》ぶっていました。

伯爵《はくしゃく》は世《よ》の中《なか》のありとあらゆることを経験《けいけん》してきましたから、めったなことでは驚《おどろ》いたりしません。しかしセドリックの話《はなし》があまりに突拍子《とっぴょうし》もなかったので、息《いき》もつけないほどびっくりしましたし、奇妙《きみょう》な感情《かんじょう》が心《こころ》の中《なか》に湧《わ》き上《あ》がりました。

これまで伯爵《はくしゃく》は、子《こ》どもをかわいいと思《おも》ったことがありませんでした。確《たし》かにセドリックのお父《とう》さんにあたる三男《さんなん》の大尉《たいい》に関《かん》しては、時々《ときどき》、ハンサムで頼《たの》もしい子《こ》どもだと感《かん》じたことがあるのも覚《おぼ》えています。しかし伯爵《はくしゃく》にとって子《こ》どもとは、厳《きび》しく縛《しば》り付《つ》けておかなければならない小《ちい》さな動物《どうぶつ》のような生《い》き物《もの》――わがままで、欲張《よくば》りで騒々《そうぞう》しいだけにしか思《おも》えなかったのです。

セドリックを迎《むか》えにやったときにも、アメリカで育《そだ》ったのなら、さぞみっともない子《こ》どもに違《ちが》いないと思《おも》い込《こ》んでいましたし、自分《じぶん》の孫《まご》でも、愛情《あいじょう》などまるで感《かん》じていませんでした。そこそこ見《み》た目《め》がよく、人並《ひとな》みに分別《ふんべつ》があればいいとしか思《おも》っていなかったのです。

セドリックを1人《ひとり》で部屋《へや》に通《とお》すように命《めい》じたのもそのためです。がっかりする姿《すがた》を他《ほか》の人《ひと》に見《み》られるのは、プライドが許《ゆる》さなかったのです。

ところが目《め》の前《まえ》には、こんなに美《うつく》しくて、子《こ》どもらしい上品《じょうひん》さを備《そな》えている男《おとこ》の子《こ》がいます。どんなに高望《たかのぞ》みをしても、ここまで素晴《すば》らしい孫《まご》に会《あ》えるとは思《おも》っていませんでした。しかもその孫《まご》は、自分《じぶん》が毛嫌《けぎら》いしてきたアメリカ人《じん》の女性《じょせい》の子《こ》どもなのです。

そもそも伯爵《はくしゃく》は、目《め》の前《まえ》にいる人《ひと》が自分《じぶん》を怖《こわ》がったり、きまりが悪《わる》そうにするのを見慣《みな》れきていました。ですから、孫《まご》もおどおどしたり、恥《は》ずかしがったりするに違《ちが》いないと思《おも》っていました。

しかしセドリックはドゥーガルを怖《こわ》がらなかったのと同《おな》じように、伯爵《はくしゃく》のことも怖《こわ》がらないのでした。厚《あつ》かましいのではありません。ただ無邪気《むじゃき》で人懐《ひとなつ》っこいのです。

この小《ちい》さな少年《しょうねん》は、自分《じぶん》のことを友達《ともだち》だと思《おも》っていますし、きっと親切《しんせつ》にしてくれる人《ひと》で、ここで会《あ》ったことを喜《よろこ》んでいるに違《ちが》いないと信《しん》じているようです。そして子《こ》どもらしいやり方《かた》で自分《じぶん》を喜《よろこ》ばせ、楽《たの》しませようとしています。

疑《うたぐ》ったり、おじけづいたり、性格《せいかく》のあらを探《さが》そうとしない人間《にんげん》と一緒《いっしょ》にいるというのは、悪《わる》くない気分《きぶん》でした。相手《あいて》が、黒《くろ》いビロードの服《ふく》を着《き》た小《ちい》さな少年《しょうねん》であってもです。

2人《ふたり》はまた話《はな》し始《はじ》めました。話《はな》せば話《はな》すほど、気難《きむずか》しい伯爵《はくしゃく》も興味《きょうみ》をそそられていきましたし、話《はなし》の内容《ないよう》に戸惑《とまど》ってもいました。そして今《いま》まで感《かん》じたことのないような喜《よろこ》びを、密《ひそ》かに感《かん》じ始《はじ》めてもいました。

セドリックは、伯爵《はくしゃく》のすべての質問《しつもん》に喜《よろこ》んで答《こた》えようとしました。そしてはきはきと落《お》ち着《つ》いて話《はな》しました。セドリックはディックやジェイクのこと、リンゴ売《う》りのおばあさんのこと、ホッブスさんのことなどをすべて話《はな》しました。

さらには共和党大会《きょうわとうたいかい》の大《おお》きな旗《はた》やスライド上映《じょうえい》、たいまつの行列《ぎょうれつ》やロケット花火《はなび》が素晴《すば》らしかったことも説明《せつめい》しました。話《はなし》が7月《がつ》4日《か》の独立記念日《どくりつきねんび》のことになるといっそう熱《ねつ》が入《はい》りましたが、突《とつ》然《ぜん》、何《なに》かを思《おも》い出《だ》したように話《はな》すのをやめました。

「どうかしたか？　なぜ続《つづ》けない？」

セドリックは椅子《いす》の上《うえ》で、ちょっと不安《ふあん》そうな顔《かお》をしてもじもじしています。

「お聞《き》きになりたくないんじゃないかなと思《おも》ったんです。このおうちの一族《いちぞく》の誰《だれ》かが、あの戦争《せんそう》に行《い》っていたかもしれないし。おじいさまがイギリス人《じん》だってこと忘《わす》れていました」

「続《つづ》けてよろしい」

伯爵《はくしゃく》は言《い》いました。

「ここのものは、誰《だれ》もアメリカの独立戦争《どくりつせんそう》には行《い》っておらん。だがお前《まえ》は、自分《じぶん》もイギリス人《じん》だということを忘《わす》れているようだな」

「いいえ、違《ちが》います！　僕《ぼく》はアメリカ人《じん》です！」

「お前《まえ》はイギリス人《じん》だ。父親《ちちおや》がイギリス人《じん》なのだから」

伯爵《はくしゃく》は少《すこ》しおもしろがってこう言《い》ったのですが、セドリックにはおもしろいどころではありません。セドリックは、髪《かみ》の毛《け》の生《は》え際《ぎわ》まで熱《あつ》くなるのを感《かん》じました。

「僕《ぼく》はアメリカで生《う》まれました。アメリカで生《う》まれたら、アメリカ人《じん》になるはずですよ……でもごめんなさい」

セドリックは真剣《しんけん》な表情《ひょうじょう》で、礼儀《れいぎ》正《ただ》しく付《つ》け加《くわ》えました。

「逆《さか》らうようなことを言《い》っちゃって。でもホッブスさんがそう言《い》ってたんです。またイギリスと戦争《せんそう》が起《お》きたら、僕《ぼく》は、その、アメリカ人《じん》として振《ふ》る舞《ま》わなければならないって」

伯爵《はくしゃく》は険《けわ》しい顔《かお》をしたまま、少《すこ》しだけ笑《わら》いました。顔《かお》つきは変《か》わりませんし、ほんの少《すこ》ししか笑《わら》いませんでしたが、笑《わら》ったのは確《たし》かです。

「ほう、そうか？」

伯爵《はくしゃく》はアメリカという国《くに》とアメリカ人《じん》が大嫌《だいきら》いでしたが、この小《ちい》さな少年《しょうねん》がアメリカという国《くに》に強《つよ》い忠誠心《ちゅうせいしん》を感《かん》じていて、とても真剣《しんけん》で熱心《ねっしん》に話《はな》すのを見《み》るのはおもしろかったのです。

しかし2人《ふたり》に、独立記念日《どくりつきねんび》についてそれ以上深《いじょうふか》く話《はな》す時間《じかん》はありませんでした。夕食《ゆうしょく》の時間《じかん》になったからです。セドリックは立《た》ち上《あ》がると伯爵《はくしゃく》に歩《あゆ》み寄《よ》り、痛風《つうふう》で痛《いた》む足《あし》を見《み》ました。

「よかったらお手伝《てつだ》いしましょうか？　僕《ぼく》に、寄《よ》りかかってもらってもいいですよ。前《まえ》に、ジャガイモの樽《たる》がホッブスさんの足《あし》の上《うえ》に転《ころ》がってけがをしたとき、いつももたれかかってもらったんです」

伯爵《はくしゃく》は勇《いさ》ましい身内《みうち》を上《うえ》から下《した》まで眺《なが》め、ぶっきらぼうに言《い》いました。

「お前《まえ》にできると思《おも》うのか？」

「できると思《おも》います。僕《ぼく》は頑丈《がんじょう》なんです。もう7歳《さい》だし。片方《かたほう》の手《て》で杖《つえ》をついて、もう片方《かたほう》の手《て》で寄《よ》りかかってください。ディックは僕《ぼく》のことを、まだ7歳《さい》にしてはいい筋肉《きんにく》してるってほめてくれるんです」

セドリックは握《にぎ》ったこぶしを肩《かた》のほうまで上《あ》げて、ディックがほめてくれた筋肉《きんにく》を見《み》せようとしました。その顔《かお》があまりにも真剣《しんけん》で熱心《ねっしん》だったので、部屋《へや》の中《なか》にいた召使《めしつか》いは笑《わら》いをこらえるため、伯爵《はくしゃく》の頭《あたま》の上《うえ》のほうにかけてある醜《みにく》い肖像画《しょうぞうが》を、一生懸命《いっしょうけんめい》に見《み》つめなければならないのでした。

「そうか。ではやってみろ」

セドリックは伯爵《はくしゃく》に杖《つえ》を渡《わた》し、立《た》ち上《あ》がるのを手伝《てつだ》おうとしました。

伯爵《はくしゃく》は礼儀正《れいぎただ》しい人《ひと》とはいえません。いつもは召使《めしつか》いの肩《かた》を借《か》りるのですが、痛風《つうふう》の痛《いた》みがひどいときには召使《めしつか》いたちを激《はげ》しく罵《ののし》り、震《ふる》え上《あ》がらせることもたびたびありました。

しかしこの夜《よる》は痛風《つうふう》の足《あし》が何度《なんど》も痛《いた》んでいたにもかかわらず、罵《ののし》ることはありません。伯爵《はくしゃく》はゆっくり立《た》ち上《あ》がると、勇《いさ》ましく差《さ》し出《だ》された小《ちい》さな肩《かた》に自分《じぶん》の手《て》を置《お》きました。セドリックは、慎重《しんちょう》に一歩《いっぽ》、足《あし》を踏《ふ》み出《だ》しました。

「ただ、寄《よ》りかかってもらえればいいですよ。ゆっくり歩《ある》きますから」

セドリックは励《はげ》ますように元気《げんき》な声《こえ》で言《い》いました。

伯爵《はくしゃく》は、自分《じぶん》の体重《たいじゅう》がそんなに軽《かる》いものではないことを、相手《あいて》にわからせてみようと考《かんが》えました。実際《じっさい》、何歩《なんぽ》か進《すす》んだだけで、セドリックの顔《かお》は赤《あか》くなり、心臓《しんぞう》の鼓動《こどう》が速《はや》くなりました。

それでもセドリックは、しっかりと足《あし》を踏《ふ》みしめます。

「怖《こわ》がらないで寄《よ》りかかってくださいね。僕《ぼく》は大丈夫《だいじょうぶ》ですから。もし――もし、そんなに長《なが》い距離《きょり》じゃなかったらですけど」

実際《じっさい》、食堂《しょくどう》まではそれほど遠《とお》くなかったのですが、セドリックには、テーブルの上座《かみざ》の椅子《いす》にたどりつくまでの距離《きょり》が、とても長《なが》く感《かん》じられました。

足《あし》を一歩《いっぽ》進《すす》めるごとに、肩《かた》に置《お》かれた手《て》は重《おも》くなっていくような気《き》がしますし、顔《かお》はだんだん火照《ほて》ってきます。息《いき》も苦《くる》しくなりましたが、諦《あきら》めようなどとはこれっぽっちも考《かんが》えないのでした。幼《おさな》いながらも筋肉《きんにく》に力《ちから》を入《い》れ、頭《あたま》をしゃんと上《あ》げて、足《あし》を引《ひ》きずって歩《ある》く伯爵《はくしゃく》を励《はげ》ましました。

「体重《たいじゅう》をかけると、足《あし》はすごく痛《いた》むんですか？」

セドリックは聞《き》きました。

「辛子《からし》の入《はい》ったお湯《ゆ》につけてみたことはありますか？　ホッブスさんはよくやってました。それと、アルニカっていう薬《くすり》がよく効《き》くって聞《き》きましたけど」

大《おお》きな犬《いぬ》はゆっくりと2人《ふたり》について歩《ある》いています。その後《うし》ろに大《おお》きな召使《めしつか》いが続《つづ》きました。

召使《めしつか》いは小《ちい》さな少年《しょうねん》が喜《よろこ》んで肩《かた》を貸《か》し、必死《ひっし》に力《ちから》を振《ふ》り絞《しぼ》っている姿《すがた》を見《み》て何度《なんど》も顔《かお》をしかめました。伯爵《はくしゃく》も一度《いちど》、ちらっと横《よこ》を見下《みお》ろして、セドリックの真《ま》っ赤《か》な顔《かお》を目《め》にすると顔《かお》をしかめました。

やがてセドリックと伯爵《はくしゃく》は、食事《しょくじ》をする部屋《へや》にようやく入《はい》り、椅子《いす》にたどりつきました。伯爵《はくしゃく》はセドリックの肩《かた》から手《て》をはずし、無事《ぶじ》に席《せき》に座《すわ》ります。

セドリックは、ディックからもらったハンカチを取《と》り出《だ》して、おでこの汗《あせ》をふきました。

「今夜《こんや》は暑《あつ》いですよね。

でも、おじいさまには火《ひ》があったほうがいいんですよね。たぶん……足《あし》のためにいいのですから。

ただ僕《ぼく》には、ほんとにちょっとだけ暑《あつ》すぎるみたいです」

セドリックは伯爵《はくしゃく》の気持《きも》ちを思《おも》いやっていたので、暖炉《だんろ》の火《ひ》を消《け》してほしいなどと、自分《じぶん》がほのめかしているようには受《う》け取《と》られたくなかったのです。

「ずいぶん大仕事《おおしごと》だったからな」

「いいえ、違《ちが》います！　そんなにたいへんじゃなかったです。ちょっと体《からだ》が熱《あつ》くなっただけです。夏《なつ》になれば誰《だれ》だって暑《あつ》くなりますからね」

セドリックは、こう言《い》いながら、汗《あせ》で濡《ぬ》れた髪《かみ》の毛《け》を、ディックからもらったハンカチで勢《いきお》いよくこすりました。

セドリックの椅子《いす》はテーブルの反対側《はんたいがわ》の端《はし》、伯爵《はくしゃく》の椅子《いす》の真向《まむ》かいにありました。肘掛《ひじか》けがついていて、セドリックよりはるかに大《おお》きな人《ひと》が座《すわ》るためのものでした。立派《りっぱ》な部屋《へや》、高《たか》い天井《てんじょう》、どっしりとした家具《かぐ》、大《おお》きな召使《めしつか》いと大《おお》きな犬《いぬ》、そして伯爵《はくしゃく》。セドリックにとっては、自分《じぶん》の体《からだ》が小《ちい》さく感《かん》じられるようなものばかりでしたし、テーブルの端《はし》の立派《りっぱ》な椅《い》子《す》に座《すわ》ると、セドリックはさらに小《ちい》さく見《み》えました。

伯爵《はくしゃく》はたった1人《ひとり》でお城《しろ》に住《す》み、かなり贅沢《ぜいたく》な暮《く》らしをしていました。食事《しょくじ》を楽《たの》しみにしていて、テーブルマナーをきちんと守《まも》りながら食《た》べていたのです。セドリックは、テーブルの反対側《はんたいがわ》からその様子《ようす》を見《み》ていました。2人《ふたり》の間《あいだ》にある豪華《ごうか》なグラスや皿《さら》がきらめき、セドリックの慣《な》れない目《め》にはまぶしすぎるほどです。

この光景《こうけい》を誰《だれ》かが見《み》たら思《おも》わずほほ笑《え》んでいたでしょう。威厳《いげん》に満《み》ちた立派《りっぱ》な部屋《へや》、制服姿《せいふくすがた》の大《おお》きな給仕係《きゅうじがかり》、きらめくろうそくの灯《ひ》、美《うつく》しく輝《かがや》く銀器《ぎんき》やグラス。テーブルの上座《かみざ》にはいかめしい顔《かお》の年老《としお》いた伯爵《はくしゃく》、そして下座《しもざ》にはとても小《ちい》さな少年《しょうねん》が座《すわ》っています。

伯爵《はくしゃく》はいつも、自分《じぶん》が食《た》べるものにとてもこだわっていましたから、コックも当然《とうぜん》のように非常《ひじょう》に気《き》を遣《つか》いました。伯爵《はくしゃく》が気《き》に入《い》らなかったり、食欲《しょくよく》がわかないような料理《りょうり》を出《だ》したらたいへんなことになります。

しかし今日《きょう》の伯爵《はくしゃく》は、いつもより少《すこ》し食欲《しょくよく》があるようでした。料理《りょうり》の香《かお》りや、グレイビーソースの味加減《あじかげん》の他《ほか》に、何《なに》か考《かんが》えることができたからでしょう。孫《まご》のことです。

伯爵《はくしゃく》はテーブルの反対側《はんたいがわ》から、ずっとセドリックを見《み》ていました。そして自分《じぶん》ではあまりたくさん話《はなし》をせずに、孫相手《まごあいて》に話《はなし》をさせました。

伯爵《はくしゃく》は、自分《じぶん》が子《こ》どもの話《はなし》を聞《き》いて楽《たの》しいと思《おも》う場面《ばめん》など、一度《いちど》も想像《そうぞう》したことがありません。しかしセドリックは、最初《さいしょ》はおかしなことを言《い》って自分《じぶん》を戸惑《とまど》わせましたし、今《いま》は自分《じぶん》を楽《たの》しませてくれています。

また伯爵《はくしゃく》は、セドリックの根性《こんじょう》と辛抱強《しんぼうづよ》さを試《ため》そうと、幼《おさな》い子《こ》どもの肩《かた》に自分《じぶん》の体重《たいじゅう》をかけたことを何度《なんど》も思《おも》い返《かえ》しました。セドリックは怖《お》じ気《け》づいたりせず、最後《さいご》まで絶対《ぜったい》に諦《あきら》めようとしないのでした。伯爵《はくしゃく》はそのことに満足《まんぞく》していたのです。

「いつも王冠《おうかん》をかぶっているわけじゃないんですね？」

セドリックが尊敬《そんけい》を込《こ》めて、話《はな》しかけてきました。

「そうだ。わしには似合《にあ》わんからな」

伯爵《はくしゃく》は苦笑《にがわら》いしながら答《こた》えました。

「ホッブスさんは、おじいさまならいつも王冠《おうかん》をかぶっていると言《い》ってたんです。でもその後《あと》で考《かんが》え直《なお》して、帽子《ぼうし》をかぶるときは、王冠《おうかん》を脱《ぬ》がなきゃならないだろうって言《い》ってました」

「そうだな。時々《ときどき》、脱《ぬ》ぐこともある」

召使《めしつか》いの1人《ひとり》が突然《とつぜん》横《よこ》を向《む》き、口《くち》を手《て》で押《お》さえておかしな咳《せき》ばらいをしました。もちろん、笑《わら》いをこらえるためです。

セドリックは先《さき》に食事《しょくじ》を終《お》えて、椅子《いす》の背《せ》にもたれて部屋《へや》を見渡《みわた》しました。

「おじいさまは自分《じぶん》のおうちが自慢《じまん》でしょうね。こんなにきれいなところ見《み》たことないですもの。といってもまだ7つだから、いろいろ見《み》てきたわけじゃないんですけど」

「わしが自慢《じまん》に思《おも》うだと？」

「誰《だれ》だって自慢《じまん》すると思《おも》いますよ。これが自分《じぶん》の家《いえ》だったら、僕《ぼく》は自慢《じまん》するな。何《なに》もかもがきれいなんだもん。お庭《にわ》も木《き》も——すごくきれい。それにあの葉《は》っぱがサラサラいう音《おと》！」

でもそれから一瞬《いっしゅんま》間をおき、セドリックはちょっと寂《さび》しそうな表情《ひょうじょう》をして、伯爵《はくしゃく》のほうを眺《なが》めました。

「でも2人《ふたり》だけで住《す》むには大《おお》きすぎますよね？」

「確《たし》かに2人《ふたり》には十分《じゅうぶん》な広《ひろ》さだ。大《おお》きすぎると思《おも》うのか？」

セドリックは一瞬《いっしゅん》、ためらいながら話《はなし》を続《つづ》けました。

「そんなふうに考《かんが》えてみただけなんです。ここに住《す》んでいる2人《ふたり》があまり仲良《なかよ》くなかったら、時々《ときどき》、寂《さび》しくなるんじゃないかって」

「わしとは友達《ともだち》になれそうか？」

伯爵《はくしゃく》が尋《たず》ねました。

「ええ。なれると思《おも》います。ホッブスさんと僕《ぼく》だって、すごく仲《なか》のいい友達《ともだち》でした。大好《だいす》きな人《ひと》を別《べつ》にすると、ホッブスさんが一番《いちばん》の親友《しんゆう》だったんです」

伯爵《はくしゃく》のもじゃもじゃの眉毛《まゆげ》がぴくりと動《うご》きました。

「大好《だいす》きな人《ひと》、とは誰《だれ》のことだ？」

「僕《ぼく》のお母《かあ》さんのことです」

セドリックは、とても低《ひく》い声《こえ》で小《ちい》さくつぶやきました。

セドリックとお母《かあ》さんは、これまでずっと「親友《しんゆう》」でしたし、お母《かあ》さんのことを考《かんが》えれば考《かんが》えるほど、おしゃべりしたい気分《きぶん》ではなくなってきていました。

またセドリックは、ちょっと疲《つか》れていましたし、そろそろ寝《ね》る時間《じかん》でした。この数日間《すうじつかん》、興奮《こうふん》しっぱなしだったのですから、疲《つか》れていてもおかしくはありません。しかも今日《きょう》は、自分《じぶん》の家《いえ》で「親《しん》友《ゆう》」に優《やさ》しく見守《みまも》ってもらいながら眠《ねむ》るのではないのです。きっとそのことも思《おも》い出《だ》して、なんとなく寂《さび》しい気持《きも》ちになってきたのでしょう。

セドリックは、かすかに浮《う》かない表情《ひょうじょう》をしていました。食事《しょくじ》が終《お》わるころには、伯爵《はくしゃく》もそのことに気《き》がついていましたが、セドリックは我慢《がまん》しました。

やがて2人《ふたり》が書斎《しょさい》に戻《もど》っていきます。伯爵《はくしゃく》の片側《かたがわ》には召使《めしつか》いが付《つ》き添《そ》いましたが、手《て》は孫《まご》の肩《かた》に置《お》かれていました。ただしセドリックの肩《かた》に置《お》かれた手《て》は、食堂《しょくどう》に入《はい》ってくるときほど重《おも》く感《かん》じられないのでした。

召使《めしつか》いが出《で》ていって2人《ふたり》きりになると、セドリックは暖炉《だんろ》の前《まえ》の敷物《しきもの》に座《すわ》り込《こ》みました。そばには犬《いぬ》のドゥーガルがいます。しばらくの間《あいだ》、セドリックは黙《だま》って犬《いぬ》の耳《みみ》を撫《な》でながら、暖炉《だんろ》の火《ひ》を見《み》つめていました。

伯爵《はくしゃく》も孫《まご》を見《み》つめていました。セドリックは物思《ものおも》いにふけるような目《め》をしてて、何《なに》かを考《かんが》え込《こ》んでいるようです。そして一度《いちど》か二度《にど》、小《ちい》さくため息《いき》もつきました。

「フォントルロイ」

ついに伯爵《はくしゃく》は口《くち》を開《ひら》きました。

「何《なに》を考《かんが》えているのだ？」

セドリックは顔《かお》を上《あ》げ、男《おとこ》らしく笑《わら》って見《み》せようとしました。

「大好《だいす》きな人《ひと》のことを考《かんが》えていたんです。それと――それと僕《ぼく》、立《た》って部屋《へや》を歩《ある》き回《まわ》ったほうがいいのかなって思《おも》ってました」

セドリックは立《た》ち上《あ》がりました。そしてポケットに手《て》を突《つ》っ込《こ》んで行《い》ったり来《き》たりし始《はじ》めました。その目《め》には涙《なみだ》が浮《う》かんでいますし、唇《くちびる》はキュッと結《むす》ばれています。

セドリックはまっすぐに顔《かお》を上《あ》げて、しっかりとした足取《あしど》りで部屋《へや》の中《なか》を歩《ある》き続《つづ》けましたが、ドウーガルが心配《しんぱい》そうにその後《あと》をついていきます。セドリックは片手《かたて》をポケットから出《だ》し、犬《いぬ》の頭《あたま》を撫《な》でました。

「とてもいい犬《いぬ》ですね。僕《ぼく》はもう友達《ともだち》になりました。僕《ぼく》の気持《きも》ちがわかるんですね」

「どんな気持《きも》ちだね？」

小《ちい》さな少年《しょうねん》が初《はじ》めてのホームシックに悩《なや》んでいるのを見《み》て、伯爵《はくしゃく》の心《こころ》は乱《みだ》れました。しかし、勇《ゆう》敢《かん》にも一生懸命《いっしょうけんめい》乗《の》り越《こ》えようとしている姿《すがた》は、伯爵《はくしゃく》にとってうれしくもありました。

「こちらへ来《き》なさい」

セドリックは伯爵《はくしゃく》のそばに行《い》くと、茶色《ちゃいろ》い目《め》に困《こま》ったような表情《ひょうじょう》を浮《う》かべながら説明《せつめい》しました。

「僕《ぼく》はこれまで、自分《じぶん》の家《いえ》から離《はな》れたことがなかったんです。自分《じぶん》の家《いえ》じゃなくて、他《ほか》の人《ひと》のお城《しろ》に泊《と》まるのって変《へん》な気持《きも》ちになるんですね。

でも、大好《だいす》きな人《ひと》もそんなに遠《とお》くにいるわけじゃないし。そのことを忘《わす》れないでって、言《い》ってました――それに――それに僕《ぼく》はもう7歳《さい》ですから――大好《だいす》きな人《ひと》がくれた写真《しゃしん》だって見《み》られるし」

セドリックはポケットに手《て》を入《い》れ、スミレ色《いろ》のビロードで周《まわ》りが覆《おお》われた、小《ちい》さなケースを取《と》り出《だ》しました。

「これです。ほら、このバネを押《お》すと開《ひら》くんです。それで、ほらここに大好《だいす》きな人《ひと》がいるんです！」

セドリックは伯爵《はくしゃく》の椅子《いす》のそばに来《き》ていました。小《ちい》さなケースを取《と》り出《だ》しながら肘掛《ひじか》けに寄《よ》りかかったので、伯爵《はくしゃく》の腕《うで》にも自然《しぜん》ともたれかかる格好《かっこう》になりました。子《こ》どもなら誰《だれ》もがそうするものだと信《しん》じ切《き》っているようです。

「ほら、ここにいますよ」

ケースが開《ひら》くとセドリックはそう言《い》い、ほほ笑《え》んで伯爵《はくしゃく》を見上《みあ》げました。

伯爵《はくしゃく》は眉《まゆ》をひそめました。本当《ほんとう》は写真《しゃしん》など見《み》たくなかったのですが、自分《じぶん》の気持《きも》ちとはうらはらに目《め》がいってしまいました。

若《わか》くてかわいらしい女性《じょせい》がこちらを見上《みあ》げています。横《よこ》にいる子《こ》どもとあまりにそっくりなので、伯爵《はくしゃく》はとても驚《おどろ》いてしまいました。

「お前《まえ》はこの人《ひと》がとても好《す》きなようだな」

セドリックは優《やさ》しい声《こえ》で率直《そっちょく》に答《こた》えました。

「はい。ホッブスさんは友達《ともだち》で、ディックやブリジットやメアリーやマイケルも友達《ともだち》です。でも大好《だいす》きな人《ひと》は——僕《ぼく》の親友《しんゆう》なんです。お互《たが》いにどんなことでも話《はな》せるし。お父《とう》さんは死《し》んでしまったから、僕《ぼく》が大好《だいす》きな人《ひと》のお世話《せわ》をするんです。大人《おとな》になったら働《はたら》いて、大好《だいす》きな人《ひと》のためにお金《かね》を稼《かせ》がなきゃ」

「何《なに》をして稼《かせ》ぐつもりだ？」

セドリックは、写真《しゃしん》を手《て》にしたまま、暖炉《だんろ》の敷物《しきもの》の上《うえ》に座《すわ》り込《こ》みました。そして何《なに》やら真剣《しんけん》に考《かんが》え始《はじ》めました。

「たぶん、ホッブスさんと商売《しょうばい》をやるかもしれないけれど、本当《ほんとう》は大統領《だいとうりょう》になりたいんです」

「それより、我《わ》が国《くに》の貴族院《きぞくいん》の議員《ぎいん》にしてやろう」

伯爵《はくしゃく》は答《こた》えました。

「そうですね。もし大統領《だいとうりょう》が無理《むり》で、貴族院《きぞくいん》の人《ひと》になるっていうのがいい仕事《しごと》なら、なってみてもいいかもしれないな。食料品店《しょくりょうひんてん》の仕事《しごと》って、時々《ときどき》飽《あ》きちゃうこともあるから」

きっと将来《しょうらい》の仕事《しごと》のことを真剣《しんけん》に考《かんが》えていたのでしょう。セドリックはしばらくものも言《い》わず暖《だん》炉《ろ》の火《ひ》を見《み》つめていました。

伯爵《はくしゃく》は、もう話《はな》しかけようとしませんでした。椅子《いす》の背《せ》にもたれ、孫《まご》を見《み》つめていたのです。年《とし》老《お》いた伯爵《はくしゃく》の心《こころ》には、これまで感《かん》じたことのない奇妙《きみょう》な思《おも》いがたくさんよぎっていました。

長《なが》い沈黙《ちんもく》が辺《あた》りを包《つつ》みました。

30分《ぷん》ほどたった頃《ころ》、ハビシャムさんが案内《あんない》されてきました。ハビシャムさんが入《はい》っていくと、大《おお》きな部屋《へや》は静《しず》まり返《かえ》っていました。

伯爵《はくしゃく》は相変《あいか》わらず椅子《いす》の背《せ》にもたれています。

ハビシャムさんが近《ちか》づくと伯爵《はくしゃく》は少《すこ》し動《うご》き、何《なに》かを注意《ちゅうい》するように手《て》を上《あ》げました。まるで無意《むい》識《しき》に体《からだ》が動《うご》いてしまったようでした。

ドゥーガルはまだ寝《ね》ていました。その立派《りっぱ》な犬《いぬ》のすぐそばには、髪《かみ》の毛《け》がカールした頭《あたま》を腕《うで》にのせて、小《ちい》さなフォントルロイ卿《きょう》が眠《ねむ》っていました。

6 伯爵《はくしゃく》と、その孫《まご》

次《つぎ》の日《ひ》の朝《あさ》、目《め》を覚《さ》ましたセドリックに最初《さいしょ》に聞《き》こえてきたのは、暖炉《だんろ》の火《ひ》がパチパチと燃《も》える音《おと》、そして低《ひく》い話《はな》し声《ごえ》でした。

「気《き》をつけてね、ドーソン。そのことについては何《なに》も言《い》ってはいけないの」

誰《だれ》かがそう言《い》うのが聞《き》こえました。

「あの方《かた》がなぜご一緒《いっしょ》でないのかご存《ぞん》じないし、理由《りゆう》は伏《ふ》せておかなければならないわ」

「伯爵《はくしゃく》さまのご命令《めいれい》なら、秘密《ひみつ》は守《まも》らなきゃいけませんね」

別《べつ》の人《ひと》が答《こた》えているのが聞《き》こえました。

「でも、マダム、失礼《しつれい》を承知《しょうち》で言《い》わせていただくと、残酷《ざんこく》なお話《はなし》ですよ。あの、夫《おっと》を亡《な》くしたお気《き》の毒《どく》できれいなご夫人《ふじん》を、ご自分《じぶん》の分身《ぶんしん》みたいな子供《こども》と離《はな》ればなれにするなんて。それに坊《ぼっ》ちゃまはあんなにかわいくて、生《う》まれつき品《ひん》があるじゃないですか。

マダム、召使《めしつか》いのジェームズとトーマスがね、きのうの夜《よる》、使用人部屋《しようにんべや》で話《はな》してましたよ。あんなに純真《じゅんしん》でお行儀《ぎょうぎ》がいい子《こ》は、生《う》まれてこのかた見《み》たことがないし、それは他《ほか》の連中《れんちゅう》も同《おな》じだろうって。純粋《じゅんすい》でお行儀《ぎょうぎ》が良《よ》くて、お食事《しょくじ》をされているときだって、まるでご自分《じぶん》の親友《しんゆう》と一緒《いっしょ》にいるみたいに楽《たの》しそうにされていたっていうじゃないですか。まるで天使《てんし》さんみたいに、朗《ほが》らかで。お相手《あいて》のほうは、こう言《い》っちゃなんですが、こっちの体《からだ》が凍《こお》りつくようなことをしょっちゅうされる、おっそろしいお方《かた》として有名《ゆうめい》なのに。でもこれはあたしの考《かんが》えですがね、伯爵《はくしゃく》さまも、かわいいお孫《まご》さんだってことに気《き》づかれたんでしょうね。坊《ぼっ》ちゃまを見《み》つめてジェームズにこうおっしゃったんですから。『起《お》こさないように気《き》をつけろ』って」

セドリックは枕《まくら》の上《うえ》で頭《あたま》を動《うご》かし、寝返《ねがえ》りを打《う》ってからまぶたを開《ひら》きました。

部屋《へや》には女《おんな》の人《ひと》が２人《ふたり》いました。色鮮《いろあざ》やかな花模様《はなもよう》のカーテンがかけられ、すべてが明《あか》るく生《い》き生《い》きとしていました。暖炉《だんろ》には火《ひ》が入《はい》っていて、蔦《つた》の絡《から》まる窓《まど》から、太陽《たいよう》の光《ひかり》が射《さ》し込《こ》んでいます。

２人《ふたり》の女《おんな》の人《ひと》がセドリックに近《ちか》づいてきました。１人《ひとり》はハウスキーパーのメロン夫人《ふじん》だとわかりました。もう１人《ひとり》は、優《やさ》しそうな中年《ちゅうねん》の女《おんな》の人《ひと》で、これ以上《いじょう》ないというほど親切《しんせつ》で人《ひと》のよさそうな顔《かお》をしています。

「おはようございます、フォントルロイさま」

メロン夫人《ふじん》が声《こえ》をかけました。

「ぐっすりお休《やす》みになられましたか？」

セドリックは目《め》をこすってほほ笑《え》みました。

「おはようございます。ここに連《つ》れてきてもらったの、わからなかったな」

「上《うえ》にお連《つ》れしたときは、よくお眠《ねむ》りになっていらっしゃいましたからね。ここが坊《ぼっ》ちゃまの寝室《しんしつ》です。

こちらはドーソンです。坊《ぼっ》ちゃまのお世話《せわ》をさせていただく係《かかり》です」

セドリックはベッドに起《お》き上《あ》がって座《すわ》り、伯爵《はくしゃく》にしたのと同《おな》じように、ドーソンに手《て》を差《さ》し出《だ》しました。

「はじめまして。お世話《せわ》をしに来《き》てくださって、本当《ほんとう》にありがとうございます」

「ドーソンとお呼《よ》びくださいね。坊《ぼっ》ちゃま。いつもドーソンと呼《よ》ばれていますから」

メロン夫人《ふじん》はほほ笑《え》んで言《い》いました。

「ミス・ドーソン、それともミセス・ドーソン？」

「めっそうもない！　ミスでもミセスでもありません。ただのドーソンで結構《けっこう》でございますよ」

今度《こんど》はドーソン本人《ほんにん》が、満面《まんめん》の笑《え》みを浮《う》かべて言《い》いました。

「お目覚《めざ》めでしたらドーソンにお着替《きが》えのお手伝《てつだ》いをさせてください。その後《あと》、子《こ》ども部屋《べや》で朝食《ちょうしょく》になさいますか？」

「着替《きが》えはずっと前《まえ》にできるようになったから大丈夫《だいじょうぶ》だよ。ありがとう。大好《だいす》きな人《ひと》が教《おし》えてくれたんだ。『大好《だいす》きな人《ひと》』ってお母《かあ》さまのことなんだけどね。

僕《ぼく》の家《いえ》ではメアリーが1人《ひとり》で家事《かじ》をやってくれていたの……洗濯《せんたく》とか全部《ぜんぶ》ね。

メアリーにあんまり迷惑《めいわく》かけちゃいけないから、お風呂《ふろ》だってちゃんと1人《ひとり》で入《はい》れるようになったよ。でも、お風呂《ふろ》から上《あ》がったら、細《こま》かいところのテンケンをしてもらえるといいんだけど。ちゃんと洗《あら》えてないことも時々《ときどき》あるからね」

ドーソンとメロン夫人《ふじん》はちらりとお互《たが》いを見《み》ました。

「ドーソンに頼《たの》めばなんでもしてくれますよ」

メロン夫人《ふじん》がこう言《い》うと、ドーソンも気持《きも》ちのいい陽気《ようき》な声《こえ》で相《あい》づちを打《う》ちます。

「そうですとも。ご自分《じぶん》でお着替《きが》えなさりたければ、そうなさっていいんですよ。わたしはおそばに立《た》って、必要《ひつよう》なときがあれば手伝《てつだ》って差《さ》し上《あ》げます」

「ありがとう。ボタンをうまくとめられないときがあるから、そういうときは誰《だれ》かに頼《たの》まなきゃならないんです」

セドリックはドーソンがとても親切《しんせつ》な人《ひと》だと思《おも》いました。そして、お風呂《ふろ》や着替《きが》えが終《お》わるまでには、とびきりの仲良《なかよ》しになりました。

セドリックはドーソンからいろんなことを教《おし》えてもらいました。兵隊《へいたい》だったご主人《しゅじん》が戦争《せんそう》で亡《な》くなったこと、息子《むすこ》さんは船乗《ふなの》りで長《なが》く海《うみ》に出《で》ていること、その息子《むすこ》さんが、海賊《かいぞく》や首刈《くびか》り族《ぞく》や中国《ちゅうごく》の人《ひと》たちやトルコの人《ひと》たちを見《み》たことがあるということもわかりました。息子《むすこ》さんは、珍《めずら》しい貝殻《かいがら》やサンゴを持《も》って帰《かえ》ってくるのだそうです。

ドーソンがこれまでの人生《じんせい》でずっと、小《ちい》さな子《こ》どもたちの世話《せわ》をしてきたこともわかりました。少《すこ》し前《まえ》までは、イギリスの別《べつ》のところにあるお屋敷《やしき》にいて、レディ・ギネス・ボーンという名《な》のかわいい小《ちい》さな女《おんな》の子《こ》の世話《せわ》をしていたのだそうです。

「あなたさまのご親戚《しんせき》なんですよ。いつかお会《あ》いになるかもしれませんね」

「そう思《おも》う？　だといいなあ。小《ちい》さい女《おんな》の子《こ》って友達《ともだち》になったことないんだもん。でも、見《み》ているのは好《す》きなんです」

着替《きが》えを終《お》えたセドリックは、朝《あさ》ごはんのために隣《となり》の部屋《へや》に行《い》きました。

そこもかなり大《おお》きな部屋《へや》です。セドリックは、自分《じぶん》の体《からだ》がまたとても小《ちい》さくなってしまったような気《き》持《も》ちになりました。おいしそうな朝《あさ》ごはんが用意《ようい》されたテーブルにつくと、セドリックはドーソンに打《う》ち明《あ》けました。

「僕《ぼく》は、とても小《ちい》さいよね」

セドリックの声《こえ》は少《すこ》し沈《しず》んでいます。

「こんなに大《おお》きなお城《しろ》に住《す》んで、大《おお》きな部屋《へや》をたくさん持《も》つには小《ちい》さすぎるよね。そう思《おも》わない？」

「とんでもない！」

ドーソンは言《い》いました。

「最初《さいしょ》はちょっとだけ変《へん》な感《かん》じがしますけど、そのときだけでございますよ。すぐに慣《な》れて、ここがお好《す》きになります。こんなに美《うつく》しいところなんですから」

「もちろん、すごくきれいなところだよ」

セドリックはそう言《い》って、小《ちい》さくため息《いき》をつきました。

「大好《だいす》きな人《ひと》がいなくてこんなに寂《さび》しい気持《きも》ちじゃなかったら、もっと好《す》きになれるのに。

朝《あさ》ごはんも、いつも一緒《いっしょ》に食《た》べていたからね。大好《だいす》きな人《ひと》のお茶《ちゃ》にお砂糖《さとう》とかクリームを入《い》れて、トーストを渡《わた》すんだ。それがすごく楽《たの》しかったの」

「まあまあ」

ドーソンは慰《なぐさ》めるように言《い》いました。

「お母《かあ》さまには毎日《まいにち》お会《あ》いになれますし、お話《はな》ししてあげたいと思《おも》うこともたくさんできますよ。

そうそう！　その辺《へん》をちょっと歩《ある》いて、いろんなものを見《み》たら――犬《いぬ》とか、馬《うま》でいっぱいの馬小《うまご》屋《や》とか。坊《ぼっ》ちゃまが見《み》たいと思《おも》う馬《うま》も一頭《いっとう》……」

「馬《うま》がいるの？」

セドリックは思《おも》わず大声《おおごえ》を出《だ》しました。

「僕《ぼく》、馬《うま》が大好《だいす》きなんだ。ホッブスさんが、お店《みせ》の荷馬車《にばしゃ》を引《ひ》くジムという馬《うま》を飼《か》っていたの。全《ぜん》然《ぜん》、言《い》うことを聞《き》かないこともあるけど、きれいな馬《うま》なんだよ」

「それじゃあ、馬小屋《うまごや》をご覧《らん》になるまでお待《ま》ちにならないと。それに、お隣《となり》のお部屋《へや》もまだご覧《らん》になっていないじゃありませんか」

「何《なに》があるの？」

セドリックは尋《たず》ねました。

「まずは朝《あさ》ごはんを召《め》し上《あ》がって、その後《あと》、ご覧《らん》になれますよ」

ドーソンは言《い》いました。

セドリックは部屋《へや》を見《み》たくてたまらなくなり、朝《あさ》ごはんをせっせと口《くち》に運《はこ》びました。

ドーソンがこんなにもったいぶって、秘密《ひみつ》めいた態度《たいど》をしているのですから。隣《となり》の部屋《へや》にはとても素敵《すてき》なものがあるに違《ちが》いありません。

「じゃあこれで」

しばらくたつと、セドリックは椅子《いす》から滑《すべ》り下《お》りました。

「もうおなかいっぱい。見《み》に行《い》っていい？」

ドーソンはうなずき、先《さき》に立《た》って歩《ある》いていきました。ドーソンはますます謎《なぞ》めいた態度《たいど》を取《と》るようになりました。

セドリックは、部屋《へや》を見《み》たくてたまらなくなりました。

ドーソンがドアを開《あ》けると、セドリックは驚《おどろ》きのあまり声《こえ》も出《で》ません。ポケットに手《て》を突《つ》っ込《こ》んで立《た》ったまま、部屋《へや》の中《なか》を見《み》つめていました。

セドリックの顔《かお》は、最初《さいしょ》は驚《おどろ》いたせいで赤《あか》くなりましたし、次《つぎ》には興奮《こうふん》したせいで赤《あか》くなりました。こんな部屋《へや》を見《み》たら、たいていの男《おとこ》の子《こ》はびっくりするでしょう。

他《ほか》の部屋《へや》と同《おな》じように、ここも広《ひろ》い部屋《へや》でした。でもセドリックは、他《ほか》のどの部屋《へや》より素敵《すてき》だと思《おも》いました。ほかの部屋《へや》とはまったく違《ちが》う魅力《みりょく》があったのです。

家具《かぐ》は下《した》の階《かい》にある部屋《へや》ほど重々《おもおも》しくも古風《こふう》でもなく、カーテンや敷物《しきもの》、壁《かべ》は明《あか》るい色《いろ》です。そして棚《たな》には本《ほん》がぎっしりとつまり、テーブルにたくさんのおもちゃが置《お》いてありました。

ニューヨークにいる頃《ころ》、お店《みせ》のショーウィンドーに飾《かざ》ってあるのを夢中《むちゅう》で眺《なが》めたような、きれいで精巧《せいこう》に作《つく》られた憧《あこが》れのおもちゃです。

「男《おとこ》の子《こ》の部屋《へや》みたいだけど」

セドリックは興奮《こうふん》がおさまると、ようやく口《くち》を開《ひら》きました。

「誰《だれ》の部屋《へや》なの？」

「中《なか》に入《はい》っていいんですよ。坊《ぼっ》ちゃまのものなんですから！」

「僕《ぼく》の！」

セドリックは叫《さけ》びました。

「そうなの？　どうして僕《ぼく》のなの？　誰《だれ》がくれたの？」

セドリックは短《みじか》く歓声《かんせい》を上《あ》げながら、部屋《へや》に飛《と》び込《こ》んでいきました。

「おじいさまだ！」

セドリックの目《め》が星《ほし》のように輝《かがや》きました。

「おじいさまに決《き》まってる！」

「その通《とお》り、伯爵《はくしゃく》さまですよ」

ドーソンは言《い》いました。

「坊《ぼっ》ちゃまがきちんと小《ちい》さな紳士《しんし》さまらしく振《ふ》る舞《ま》って、伯爵《はくしゃく》さまを困《こま》らせたりせずに、いつも元《げん》気《き》に楽《たの》しくしていらっしゃれば、欲《ほ》しいものをなんでもくださいますよ」

セドリックは夢中《むちゅう》になりました。じっくり眺《なが》めたり、触《さわ》ってみたりしなければならないおもちゃがあまりにたくさんあるのです。しかも、これらすべてのおもちゃは、自分《じぶん》だけのために用意《ようい》されたと知《し》って、よけいに興味《きょうみ》がわきました。自分《じぶん》がニューヨークを出発《しゅっぱつ》する前《まえ》から、たくさんの人《ひと》がロンドンからやってきて工事《こうじ》をしたり、セドリックが好《この》みそうな本《ほん》やおもちゃを運《はこ》び入《い》れてくれたりしたというのです。

「こんなに優《やさ》しいおじいさまを持《も》った子《こ》って他《ほか》にいるかな？」

セドリックが尋《たず》ねると、ドーソンの顔《かお》に一瞬《いっしゅん》、あいまいな表情《ひょうじょう》が浮《う》かびました。伯爵《はくしゃく》をあまりよく思《おも》っていなかったのです。お城《しろ》で働《はたら》き始《はじ》めてから、それほど日《ひ》にちはたっていませんでしたが、伯爵《はくしゃく》の変人《へんじん》ぶりについては、使用人部屋《しようにんべや》でみんなが遠慮《えんりょ》なく話《はな》すのを聞《き》いていました。たとえばトーマスという一番背《いちばんせ》の高《たか》い召使《めしつか》いは、伯爵《はくしゃく》がセドリックの子《こ》ども部屋《べや》を準備《じゅんび》させるとき、こんなふうに指示《しじ》を出《だ》していたと話《はな》していました。

「なんでも好《す》きなようにやらせろ。部屋《へや》をおもちゃでいっぱいにしてな。そうすれば母親《ははおや》のことなどすぐに忘《わす》れるだろう。

とにかく喜《よろこ》ばせて、頭《あたま》の中《なか》を他《ほか》のことでいっぱいにするんだ。簡単《かんたん》な話《はなし》だ。男《おとこ》の子《こ》なんてそんなものだ」

そんな考《かんが》えを持《も》っていただけに、伯爵《はくしゃく》はセドリックが予想《よそう》していたのとはまるで違《ちが》う男《おとこ》の子《こ》だったことに、少《すこ》しムッとしてもいました。

あまりよく眠《ねむ》れなかったので、午前中《ごぜんちゅう》は自分《じぶん》の部屋《へや》にこもって過《す》ごしていましたし、お昼《ひる》ごはんを食《た》べた後《あと》に、ようやく孫《まご》を呼《よ》び寄《よ》せたのです。

セドリックは、すぐにやってきました。らせん階段《かいだん》を跳《と》びはねるように下《お》りてくる音《おと》が聞《き》こえたかと思《おも》うとドアが開《あ》きました。セドリックの頬《ほお》が赤《あか》くなり、目《め》が輝《かがや》いています。

「呼《よ》んでもらえるのを待《ま》ってたんです」

セドリックは言《い》いました。

「ずっと前《まえ》から支度《したく》してたんですよ。あのおもちゃ、本当《ほんとう》にありがとうございました！　本当《ほんとう》に、すごくうれしいです。午前中《ごぜんちゅう》はずっとあのおもちゃで遊《あそ》んでたんです」

「ほお、気《き》に入《い》ったか？」

「ええ、とっても。どれくらいうれしいか、口《くち》では言《い》えないくらい」

セドリックの顔《かお》は、喜《よろこ》びでさらに赤《あか》くなっていました。

「野球《やきゅう》みたいなおもちゃがあって、板《いた》の上《うえ》で黒《くろ》と白《しろ》の駒《こま》を使《つか》って遊《あそ》ぶんです。針金《はりがね》に通《とお》した球《たま》で得点《とくてん》をつけるんですよ。

ドーソンに教《おし》えようと思《おも》ったんだけど、最初《さいしょ》は全然《ぜんぜん》覚《おぼ》えられなくて。女《おんな》の人《ひと》だから野球《やきゅう》やったことないですもんね。僕《ぼく》の説明《せつめい》がよくなかったのかもしれないし。

でもおじいさまは、やり方《かた》をよく知《し》ってますよね？」

「知《し》らんと思《おも》うな。アメリカのスポーツだろう？　クリケットのようなものか？」

「僕《ぼく》は、クリケットを見《み》たことがないんです」

セドリックは興奮《こうふん》気味《ぎみ》に説明《せつめい》します。

「でもホッブスさんに何回《なんかい》か野球《やきゅう》を見《み》に連《つ》れていってもらいました。とってもおもしろいんです。すごくワクワクしちゃいますよ！　そのおもちゃを取《と》ってきて見《み》せてあげましょうか？　おもしろいから、足《あし》の痛《いた》いのが忘《わす》れられるかもしれないし。今朝《けさ》は、足《あし》がすごく痛《いた》いですか？」

「まあ、具合《ぐあい》がいいとは言《い》えんな」

これが伯爵《はくしゃく》の答《こた》えでした。

「それだと、痛《いた》いのは忘《わす》れられないかも。ゲームの話《はなし》なんてすると、うるさいかもしれないですね。おもしろそうだと思《おも》いますか、それともうるさいですか？」

セドリックが心配《しんぱい》そうに尋《たず》ねると、意外《いがい》な答《こた》えが返《かえ》ってきました。

「部屋《へや》に行《い》って、取《と》ってきなさい」

伯爵《はくしゃく》は子《こ》どもにやり方《かた》を教《おし》えてもらいながら、ゲームをしたことなど一度《いちど》もありません。でも物珍《めずら》しさのせいで、興味《きょうみ》を覚《おぼ》えたのです。

セドリックがゲームの入《はい》った箱《はこ》を両手《りょうて》に抱《かか》え、好奇心《こうきしん》いっぱいの顔《かお》で戻《もど》ってくると、伯爵《はくしゃく》の口元《くちもと》にかすかな笑《え》みが浮《う》かびました。

「このテーブルを、おじいさまの椅子《いす》の近《ちか》くに引《ひ》っ張《ぱ》ってきてもいいですか？」

「トーマスを呼《よ》ぼう。あれにやらせればいい」

伯爵《はくしゃく》は言《い》いました。

「自分《じぶん》でできますよ。そんなに重《おも》くないから」

やがて小《ちい》さなテーブルが、伯爵《はくしゃく》の椅子《いす》のそばまで引《ひ》きずられました。ゲームが箱《はこ》から出《だ》され、テーブルの上《うえ》に並《なら》べられます。そしてセドリックが説明《せつめい》を始《はじ》めました。

「やってみるとすごくおもしろいんですよ。いいですか、黒《くろ》い駒《こま》はおじいさまので、白《しろ》い駒《こま》が僕《ぼく》の。この駒《こま》は選手《せんしゅ》の代《か》わりで、フィールドを1周《しゅう》したら得点《とくてん》で1点入《てんはい》ります。これはアウトで、ここが1塁《るい》、2塁《るい》、3塁《るい》、そしてホームベース」

セドリックは本当《ほんとう》の試合《しあい》でピッチャー、キャッチャー、バッターがどう動《うご》くかをすべてやってみせました。そして、ホッブスさんと一緒《いっしょ》に行《い》った試合《しあい》で「ものすごい当《あ》たり」をキャッチするのを見《み》た体験《たいけん》を、熱心《ねっしん》に語《かた》って聞《き》かせました。

説明《せつめい》が終《お》わり、白熱《はくねつ》したゲームが始《はじ》まります。伯爵《はくしゃく》は、自分《じぶん》もおもしろがってゲームをしているのに気《き》づきましたし、セドリックも夢中《むちゅう》になって遊《あそ》んでいます。

いい球《たま》を投《な》げたときには元気《げんき》よく笑《わら》い、「ホームラン」のときには有頂天《うちょうてん》になり、そして運《うん》よくいいプレーが生《う》まれれば、それが自分《じぶん》でも相手《あいて》でも大喜《おおよろこ》びします。だからセドリックと遊《あそ》んでいると、誰《だれ》もが楽《たの》しくなってしまうのです。

「あなたは白《しろ》と黒《くろ》の木《き》の駒《こま》を色鮮《いろあざ》やかなゲーム盤《ばん》の上《うえ》に置《お》いて、髪《かみ》の毛《け》がカールした小《ちい》さな少年《しょうねん》を相手《あいて》にゲームを楽《たの》しみ、痛風《つうふう》の痛《いた》みやかんしゃくを忘《わす》れるようになるでしょう」

1週間前《しゅうかんまえ》にそんなことを言《い》ったりしたら、伯爵《はくしゃく》はひどく機嫌《きげん》を損《そこ》ねたに違《ちが》いありません。でもこの日《ひ》の伯爵《はくしゃく》は、我《われ》を忘《わす》れてセドリックと遊《あそ》んでいました。召使《めしつか》いのトーマスがドアを開《あ》けて、お客《きゃく》さんが来《き》たことを告《つ》げたときもです。

そのお客《きゃく》さんとは、黒《くろ》い服《ふく》に身《み》を包《つつ》んだ年配《ねんぱい》の紳士《しんし》でした。伯爵《はくしゃく》の教区《きょうく》の牧師《ぼくし》さんです。

このモードント牧師《ぼくし》にとって、ドリンコート城《じょう》を訪《たず》ねるほど嫌《いや》な仕事《しごと》はありませんでした。確《たし》かに伯爵《はくしゃく》は寄付《きふ》をしてくれる人《ひと》でしたが、権力《けんりょく》を持《も》っているのをいいことに、牧師《ぼくし》さんをこれでもかというほど嫌《いや》な気持《きも》ちにさせるのです。

伯爵《はくしゃく》は教会《きょうかい》のことや、寄付《きふ》をするということが大嫌《だいきら》いでした。自分《じぶん》の領地《りょうち》に住《す》んでいる小作人《こさくにん》が生活《せいかつ》に困《こま》っているとか、病気《びょうき》にかかったから寄付《きふ》をしなければならないと言《い》われるたびに、そいつらの勝手《かって》だ、などと怒《おこ》り出《だ》すのです。痛風《つうふう》の痛《いた》みがひどいときには、気《き》の毒《どく》な話《はなし》を聞《き》いても、痛《いた》くもかゆくもないなどと言《い》い切《き》ってしまうほどでした。

確《たし》かに痛風《つうふう》の痛《いた》みが少《すく》なく、人間的《にんげんてき》な心《こころ》を持《も》ち合《あ》わせているときには、牧師《ぼくし》さんにいくらかのお金《かね》を渡《わた》すこともありました。それでも、寄付《きふ》する前《まえ》には牧師《ぼくし》さんにひどい嫌《いや》みを言《い》いましたし、教区《きょうく》に住《す》んでいる人《ひと》たちは、役立《やくた》たずのバカばかりだなどと言《い》うのです。

それに伯爵《はくしゃく》は機嫌《きげん》がよくても悪《わる》くても、できるだけ皮肉《ひにく》を言《い》って、相手《あいて》の気分《きぶん》を損《そこ》ねるようなことをわざと口《くち》にするのです。モードント牧師《ぼくし》ですら、何《なに》か重《おも》いものを相手《あいて》に投《な》げつけるのがキリスト教徒《きょうと》に許《ゆる》されていたら、と思《おも》うほどでした。

モードント牧師《ぼくし》は、数年前《すうねんまえ》からドリンコート伯爵《はくしゃく》の城《しろ》がある地区《ちく》の担当《たんとう》になっていましたが、伯爵《はくしゃく》が進《すす》んで誰《だれ》かに親切《しんせつ》にしたのを見《み》たことはありませんでした。

ましてや今日《きょう》は、すぐに解決《かいけつ》しなければならない問題《もんだい》を相談《そうだん》しに来《き》ましたし、いつもよりも不安《ふあん》な気持《きも》ちになる理由《りゆう》が2つありました。

1つ目《め》は、伯爵《はくしゃく》がここ何日《なんにち》か痛風《つうふう》に悩《なや》まされていて、恐《おそ》ろしく機嫌《きげん》が悪《わる》いことが村《むら》にまで知《し》れ渡《わた》っていたことです。これは、伯爵《はくしゃく》の城《しろ》で働《はたら》いている若《わか》い女《おんな》の人《ひと》が、村《むら》で小《ちい》さな店《みせ》を営《いとな》んでいるお姉《ねえ》さん、ディブルさんのところに行《い》って城《しろ》のうわさ話《ばなし》をするためでした。ディブルさんは、縫《ぬ》い針《ばり》や木綿《もめん》、ハッカを売《う》って生活《せいかつ》をしていました。さまざまなうわさ話《ばなし》もです。城《しろ》のことであれ、農家《のうか》の人《ひと》のことであれ、村《むら》に住《す》んでいる人《ひと》のことであれ、ディブルさんはすべてを知《し》っていました。ディブルさんは、召使《めしつか》いのトーマスが、伯爵《はくしゃく》からパン皿《ざら》を投《な》げつけられたという話《はなし》まで仕入《しい》れていました。

2つ目《め》の理由《りゆう》は、まさにセドリックのことでした。

伯爵家《はくしゃくけ》の美《うつく》しい三男《さんなん》、大尉《たいい》がアメリカの女《おんな》の人《ひと》と結婚《けっこん》したときに、伯爵《はくしゃく》がどんなに怒《おこ》ったか、そして大尉《たいい》にどんなにむごい仕打《しう》ちをしたかは、誰《だれ》もが知《し》っています。

背《せ》が高《たか》く、明《あか》るくて笑顔《えがお》が素敵《すてき》な若《わか》い大尉《たいい》は、伯爵《はくしゃく》の家《いえ》でただ1人《ひとり》、周《まわ》りから好《す》かれた人《ひと》でした。ところが伯爵《はくしゃく》は最後《さいご》まで結婚《けっこん》を認《みと》めなかったので、大尉《たいい》は外国《がいこく》の地《ち》で、貧乏《びんぼう》なまま亡《な》くなってしまいました。しかも伯爵《はくしゃく》は大尉《たいい》の奥《おく》さんとなった気《き》の毒《どく》な女《おんな》の人《ひと》も毛嫌《けぎら》いしていたのです。

また伯爵《はくしゃく》が孫《まご》のことを考《かんが》えるのも嫌《いや》がっていて、上《うえ》の2人《ふたり》の息子《むすこ》が亡《な》くなって跡継《あとつ》ぎがいなくなるまで会《あ》おうともしなかったことも、誰《だれ》もが知《し》っていました。

しかも伯爵《はくしゃく》は、アメリカからやってくる孫《まご》が、ろくでもない子《こ》どもではないかと恐《おそ》れていました。プライドが高《たか》くて怒《おこ》りっぽい伯爵《はくしゃく》は、こうした気持《きも》ちを隠《かく》しきっているつもりでいました。しかし、城《しろ》の使用人《しようにん》たちは伯爵《はくしゃく》の顔色《かおいろ》や機嫌《きげん》をうかがいながら、いつもうわさ話《ばなし》をしていたのです。

モードント牧師《ぼくし》は、立派《りっぱ》な木《き》の下《した》を歩《ある》きながら、話題《わだい》の少年《しょうねん》がその前《まえ》の晩《ばん》に城《しろ》に着《つ》いたばかりだということを思《おも》い出《だ》していました。

気《き》の毒《どく》な少年《しょうねん》が伯爵《はくしゃく》をがっかりさせているのは、ほぼ間違《まちが》いないでしょう。今《いま》ごろは荒《あ》れ狂《くる》って、最初《さいしょ》にやってきた人《ひと》にその怒《いか》りをぶつけるに違《ちが》いありません。不幸《ふこう》にもその人物《じんぶつ》とは自分《じぶん》になるのだろう、牧師《ぼくし》さんはそう思《おも》っていたのです。

ところが書斎《しょさい》に入《はい》ってみると、子《こ》どもの楽《たの》しげな笑《わら》い声《ごえ》が響《ひび》いてくるではありませんか。牧師《ぼくし》さんは驚《おどろ》いて後《あと》ずさりし、あやうくトーマスとぶつかりそうになりました。

「ツーアウト!」

興奮《こうふん》した子《こ》どもの声《こえ》が響《ひび》き渡《わた》ります。

部屋《へや》の中《なか》には伯爵《はくしゃく》の椅子《いす》があり、伯爵《はくしゃく》は足置《あしお》きに足《あし》を乗《の》せていました。その脇《わき》の小《ちい》さなテーブルにゲームが置《お》いてあります。

さらに伯爵《はくしゃく》のすぐ近《ちか》くには、小《ちい》さな男《おとこ》の子《こ》がいて、なんと伯爵《はくしゃく》の腕《うで》や、痛風《つうふう》の痛《いた》みが出《で》ていないほうの膝《ひざ》に寄《よ》りかかっているのが見《み》えました。少年《しょうねん》の顔《かお》は赤《あか》く火照《ほて》っていて、瞳《ひとみ》は興奮《こうふん》でキラキラ輝《かがや》いています。

「ほら、ツーアウトですよ。今度《こんど》は運《うん》が悪《わる》かったようですね」

セドリックと伯爵《はくしゃく》が、誰《だれ》か来《き》たことに気《き》がついたのはそのときでした。

伯爵《はくしゃく》は振《ふ》り向《む》き、いつもの癖《くせ》で、もじゃもじゃの眉《まゆ》をひそめました。

モードント牧師《ぼくし》がさらに驚《おどろ》いたことに、いつもより機嫌《きげん》が悪《わる》いと思《おも》っていた伯爵《はくしゃく》は、逆《ぎゃく》に機嫌《きげん》がよさそうでした。自分《じぶん》がどんなに嫌《いや》な人間《にんげん》なのか、その気《き》になれば、いかに他人《たにん》に不愉快《ふゆかい》な思《おも》いをさせられるかということを忘《わす》れてしまっているようでした。

「ああ、おはよう、モードント。新《あたら》しくやることができてね」

伯爵《はくしゃく》の声《こえ》は刺々《とげとげ》しいものでしたが、いつもより愛想《あいそ》よく手《て》を差《さ》し出《だ》しました。そしてもう一方《いっぽう》の手《て》を、セドリックの肩《かた》に置《お》きました。

セドリックの体《からだ》を少《すこ》し前《まえ》に押《お》し出《だ》したとき、伯爵《はくしゃく》の目《め》は喜《よろこ》びのような表情《ひょうじょう》をたたえていました。この少年《しょうねん》を自分《じぶん》の跡継《あとつ》ぎとして紹介《しょうかい》できることに、密《ひそ》かに喜《よろこ》びと誇《ほこ》りを感《かん》じているようです。

「これが新《あたら》しいフォントルロイ卿《きょう》だ。フォントルロイ、こちらはモードントさんだ。ここの教区《きょうく》の牧師《ぼくし》を務《つと》めておる」

セドリックは牧師《ぼくし》さんを見上《みあ》げて、手《て》を差《さ》し出《だ》しました。

「お近《ちか》づきになれて光栄《こうえい》です」

セドリックは、ホッブスさんが、新《あたら》しいお客《きゃく》をていねいに迎《むか》えるときに使《つか》っていた言葉《ことば》を思《おも》い出《だ》しながら言《い》いました。

モードント牧師《ぼくし》は小《ちい》さな手《て》を少《すこ》しの間握《あいだにぎ》り、思《おも》わずほほ笑《え》みながら相手《あいて》の顔《かお》を見《み》ました。他《ほか》の人《ひと》たちと同《おな》じように、牧師《ぼくし》さんも会《あ》った瞬間《しゅんかん》からセドリックのことを好《す》きになったのです。

牧師《ぼくし》さんが一番心《いちばんこころ》ひかれたのは、セドリックの美《うつく》しさや上品《じょうひん》さではありません。心《こころ》の中《なか》にある、素直《すなお》で自然《しぜん》な思《おも》いやりでした。セドリックが口《くち》にした言葉《ことば》は風変《ふうが》わりでしたが、どの言葉《ことば》も丁寧《ていねい》で、人《ひと》を楽《たの》しい気持《きも》ちにさせるのです。

セドリックを見《み》つめている間《あいだ》、牧師《ぼくし》さんは伯爵《はくしゃく》のことをすっかり忘《わす》れていました。セドリックはがらんとして陰気《いんき》な印象《いんしょう》を与《あた》える部屋《へや》を、明《あか》るい雰囲気《ふんいき》に変《か》えたような気《き》がしました。

「お近《ちか》づきになれて光栄《こうえい》です。フォントルロイ卿《きょう》」

牧師《ぼくし》さんは言《い》いました。

「長《なが》い旅《たび》をしてこられたのでしょう。ご無事《ぶじ》にお着《つ》きになって、多《おお》くの者《もの》が喜《よろこ》ぶと思《おも》います」

「本当《ほんとう》に長《なが》い旅行《りょこう》でした」

セドリックは答《こた》えました。

「でも、大好《だいす》きな人……お母《かあ》さんと一緒《いっしょ》で、僕《ぼく》は1人《ひとり》ぼっちじゃなかったから。お母《かあ》さんが一緒《いっしょ》なら、誰《だれ》だって寂《さび》しくはないですもんね。それに船《ふね》がとてもきれいだったんです」

「かけたまえ。モードント」

牧師《ぼくし》さんは椅子《いす》に腰《こし》かけました。フォントルロイ卿《きょう》と伯爵《はくしゃく》をちらちらと見《み》ています。

「伯爵《はくしゃく》に心《こころ》よりお祝《いわ》いを申《もう》し上《あ》げます」

牧師《ぼくし》さんは温《あたた》かく伯爵《はくしゃく》に話《はな》しかけました。しかし伯爵《はくしゃく》はどうやら、セドリックを呼《よ》び寄《よ》せた喜《よろこ》びを、表《おもて》に出《だ》さないようにしているようでした。

「父親《ちちおや》に似《に》ておるんだ。息子《むすこ》より、もっとまっとうに振《ふ》る舞《ま》ってくれればいいが」

伯爵《はくしゃく》は少《すこ》しぶっきらぼうに返事《へんじ》をすると、こう付《つ》け加《くわ》えました。

「それで、今朝《けさ》はなんの用《よう》だ、モードント？　今度《こんど》は誰《だれ》が困《こま》っているというのだ？」

予想《よそう》していたよりも話《はなし》は切《き》り出《だ》しやすそうでしたが、牧師《ぼくし》さんは少《すこ》したmonths めらってから、説明《せつめい》を始《はじ》めました。

「ヒギンズ、エッジ農場《のうじょう》のヒギンズです。不運続《ふうんつづ》きでして。去年《きょねん》の秋《あき》には自分《じぶん》が病気《びょうき》だったのですが、今度《こんど》は子《こ》どもがしょうこう熱《ねつ》にかかりました。

それほどやりくりがうまいとは申《もう》せませんが、不運《ふうん》が続《つづ》いたせいで、当然《とうぜん》のことながらあちこち支払《しはら》いが遅《おく》れています。今《いま》は地代《ちだい》が払《はら》えずにおりまして。管理人《かんりにん》のニュイックからは、地代《ちだい》を払《はら》えないのなら出《で》て行《い》けと言《い》われましたが、もちろんそんなことになればたいへんです。ヒギンズの妻《つま》も病気《びょうき》なのです。

それできのう、ヒギンズがわたしのところに参《まい》りまして、あなたさまのところへ行《い》き、少《すこ》し時間《じかん》をいただけるように頼《たの》んでほしいと言《い》ってきたのでございます。時間《じかん》さえいただければ、仕事《しごと》のほうは挽回《ばんかい》できるはずだそうです」

「誰《だれ》でもそう言《い》うもんだ」

伯爵《はくしゃく》は少《すこ》しムッとしたように言《い》いました。

セドリックが少《すこ》し身《み》を乗《の》り出《だ》しました。それまでは伯爵《はくしゃく》と牧師《ぼくし》さんの間《あいだ》に立《た》って話《はなし》を聞《き》いていたのですが、すぐにヒギンズのことに興味《きょうみ》を持《も》ったのです。

子《こ》どもは何人《なんにん》いるんだろう、しょうこう熱《ねつ》にかかった子《こ》どもは、どれだけ辛《つら》いんだろう。2人《ふたり》の会話《かいわ》が進《すす》めば進《すす》むほど、セドリックは目《め》を大《おお》きく見開《みひら》いて、モードント牧師《ぼくし》をじっと見《み》つめるようになりました。

「ヒギンズは人《ひと》のいい男《おとこ》でございます」

牧師《ぼくし》さんは、伯爵《はくしゃく》をなんとか説得《せっとく》しようとします。

「小作人《こさくにん》としては悪《わる》い男《おとこ》だがな。それにいつも支払《しはら》いが遅《おく》れる。ニュイックが言《い》っていたぞ」

「でも今《いま》は、かなり困《こま》っているのでございます。

ヒギンズは、妻《つま》と子《こ》どもをとても大切《たいせつ》にしております。もし農場《のうじょう》が取《と》り上《あ》げられたら文字通《もじどお》り飢《う》えてしまいます。家族《かぞく》には栄養《えいよう》のあるものが必要《ひつよう》なのに、それが食《た》べさせられません。

子《こ》どものうちの2人《ふたり》は、しょうこう熱《ねつ》のせいでとても弱《よわ》っておりまして。医者《いしゃ》からはワインなど高価《こうか》なものを与《あた》えるように言《い》われたそうですが、ヒギンズにはとても買《か》えないものばかりなのです」

「マイケルのときとおんなじだ！」

牧師《ぼくし》さんに一歩近《いっぽちか》づいたセドリックが、突然《とつぜん》、声《こえ》を出《だ》しました。

伯爵《はくしゃく》はわずかにハッとしました。

「お前《まえ》を忘《わす》れておった！　この部屋《へや》には情《なさ》け深《ぶか》い人間《にんげん》がおったのだ。マイケルとは誰《だれ》だったかな？」

伯爵《はくしゃく》の彫《ほ》りの深《ふか》い目《め》が、何《なに》かをおもしろがるように、またきらりと光《ひか》りました。

「ブリジットの旦那《だんな》さんです。熱《ねつ》が出《で》てしまった人《ひと》。部屋代《へやだい》も出《だ》せなくて、ワインや必要《ひつよう》なものも買《か》えなくて。それでおじいさまがお金《かね》をくださったんですよね」

伯爵《はくしゃく》は眉《まゆ》をひそめましたが不機嫌《ふきげん》ではなさそうです。そして今度《こんど》はモードント牧師《ぼくし》を見《み》ました。

「これは将来《しょうらい》、どんな領主《りょうしゅ》になるのだろうな。ハビシャムには、この子《こ》になんでも欲《ほ》しがるものを与《あた》えるように言《い》ったのだ。欲《ほ》しいものはなんでもとな。

それがどうだ、欲《ほ》しがったのは、乞食《こじき》に与《あた》える金《かね》だったらしい」

「いいえ！　あの人《ひと》たちは乞食《こじき》じゃありません」

今度《こんど》はセドリックが必死《ひっし》になりました。

「ブリジットの旦那《だんな》さんのマイケルは、とっても腕《うで》のいいレンガ職人《しょくにん》だったんです！　それにみんな働《はたら》いてました」

「おお、そうか！　乞食《こじき》ではなかったな。腕《うで》のいいレンガ職人《しょくにん》、靴磨《くつみが》き、リンゴ売《う》りといった連中《れんちゅう》だった」

伯爵《はくしゃく》は少《すこ》し黙《だま》ってセドリックを見《み》ました。新《あたら》しい考《かんが》えを思《おも》いついたのです。

困《こま》っている人《ひと》たちを助《たす》けてやろうという、気高《けだか》い気持《きも》ちから思《おも》いついたアイデアではないにしても、悪《わる》い内容《ないよう》ではありません。

「こっちへ来《き》なさい。こういう場合《ばあい》、お前《まえ》ならどうする？」

セドリックは痛風《つうふう》の足《あし》にぶつからないように気《き》をつけながら、伯爵《はくしゃく》のできるだけ近《ちか》くに立《た》ちました。

モードント牧師《ぼくし》は一瞬《いっしゅん》、なんとも言《い》えない興奮《こうふん》を覚《おぼ》えました。牧師《ぼくし》さんはドリンコートの土地《とち》で暮《く》らす人《ひと》たちを、長《なが》い間《あいだ》見《み》てきました。また、ここに立《た》って両《りょう》手《て》をポケットに突《つ》っ込《こ》み、茶色《ちゃいろ》の目《め》を見開《みひら》いている小《ちい》さな少年《しょうねん》が、いずれ伯爵《はくしゃく》の跡取《あとと》りになることも知《し》っていました。高慢《こうまん》でわがままな老人《ろうじん》の気《き》まぐれからだったとしても、一《ひと》つの大《おお》きな力《ちから》が、今《いま》、この少年《しょうねん》に与《あた》えられようとしているのです。

「お前《まえ》ならどうするのだ？」

伯爵《はくしゃく》はもう一度《いちど》尋《たず》ねました。

セドリックはさらに伯爵《はくしゃく》に近《ちか》づき、信頼《しんらい》の気持《きも》ちと愛情《あいじょう》を込《こ》めて膝《ひざ》に手《て》を置《お》きました。

「僕《ぼく》がお金持《かねも》ちだったら、そして小《ちい》さい子《こ》どもじゃなくて、いろんなことを決《き》められるんだったら、農家《のうか》の方《かた》にはそのまま住《す》んでもらいます。子《こ》どもたちにも必要《ひつよう》なものをあげてね。

でも僕《ぼく》はまだ子《こ》どもだから」

セドリックは一瞬《いっしゅん》、間《ま》を置《お》きました。その顔《かお》は見《み》るからに輝《かがや》いています。

「だけど、おじいさまならなんでもできますよね？」

「ふふん。それがお前《まえ》の意見《いけん》というわけか、そうだな？」

伯爵《はくしゃく》は孫《まご》をじっと見《み》すえました。やはり不機嫌《ふきげん》そうではありません。

「ニュイックさんって誰《だれ》ですか？」

「わしの代理《だいり》をしている人間《にんげん》だ。小作人《こさくにん》の中《なか》には、あいつをそれほど好《す》きではないものもおる」

「おじいさまが、ニュイックさんに手紙《てがみ》を書《か》くんですか？

ペンとインクを持《も》ってきましょうか？　ゲームをテーブルからどかしますから」

管理人《かんりにん》のニュイックがひどいことをするのを、伯爵《はくしゃく》が黙《だま》って見過《みす》ごしてしまう。そんな考《かんが》えは、セドリックにまったく浮《う》かばなかったのです。

伯爵《はくしゃく》は孫《まご》を見《み》たまま一瞬《いっしゅんかん》考えました。

「お前《まえ》は手紙《てがみ》が書《か》けるか？」

「はい。あまりうまくないけど」

「じゃあ、テーブルからものを下《お》ろしなさい。そしてわたしの机《つくえ》から、ペンとインクと紙《かみ》を持《も》ってきなさい」

モードント牧師《ぼくし》はますます興味《きょうみ》をひかれました。セドリックは言《い》われた通《とお》りにテーブルの上《うえ》を片付《かたづ》け、すぐに、紙《かみ》と大《おお》きなインクスタンドとペンを用意《ようい》しました。

「用意《ようい》ができました！」

セドリックは元気《げんき》に言《い》いました。

「おじいさま、これで書《か》けますよ」

「手紙《てがみ》を書《か》くのはお前《まえ》だ」

伯爵《はくしゃく》は言《い》いました。

「僕《ぼく》が！」

セドリックは大声《おおごえ》を上《あ》げました。その顔《かお》がみるみる赤《あか》くなっていきます。

「僕《ぼく》が書《か》いても大丈夫《だいじょうぶ》ですか？　辞書《じしょ》がないと、それか綴《つづ》りを教《おし》えてくれる人《ひと》がいないと、字《じ》を間《ま》違《ちが》えちゃうときがあるし」

「かまわん。ヒギンズは綴《つづ》りが間違《まちが》っていても、文句《もんく》を言《い》ったりしないだろう。情《なさ》けをかけてやるのはわしではない。お前《まえ》だ。さあ、ペンにインクをつけなさい」

セドリックはペンを握《にぎ》り、インクボトルに浸《ひた》しました。そして手紙《てがみ》が書《か》ける位置《いち》に座《すわ》って、テーブルにもたれかかりました。

「じゃあ、なんて書《か》けばいいですか？」

「こうだ。『今《いま》のところは、ヒギンズのことはそっとしておくように』。それから『フォントルロイ』と署名《しょめい》するんだ」

セドリックはもう一度《いちど》ペンをインクボトルに浸《ひた》しました。そして腕《うで》をテーブルに置《お》き、ゆっくりと真剣《しんけん》に、心《こころ》を込《こ》めながら手紙《てがみ》を書《か》き始《はじ》めました。

しばらくすると、ついに手紙《てがみ》ができあがりました。セドリックはそれを伯爵《はくしゃく》に渡《わた》しました。笑《え》みを浮《う》かべていますが、少《すこ》し心配《しんぱい》そうな顔《かお》をしています。

「これで大丈夫《だいじょうぶ》ですか？」

伯爵《はくしゃく》の口元《くちもと》がピクリと動《うご》きました。

「よろしい。ヒギンズはさぞかし喜《よろこ》ぶだろうな」

伯爵《はくしゃく》は手紙《てがみ》をモードント牧師《ぼくし》に渡《わた》しました。そこには、こう書《か》いてありました。

「新《しん》あいなるニユイクさま。今《いま》のところわ、ヒギンズさんお、そそっとしておいてください。お願《ねが》します。けいぎ　フォントルロイ」

「ホッブスさんがいつも手紙《てがみ》にこんなふうに書《か》いていたんです。だからお願《ねが》いしますって書《か》いたほうがいいかなって思《おも》って。『そっとしておく』って、これであってますか？」

「辞書《じしょ》に載《の》っているのとは少《すこ》し違《ちが》うな」

「僕《ぼく》もそうじゃないかと心配《しんぱい》してたんです。綴《つづ》りを聞《き》いてから書《か》けばよかった。長《なが》い単語《たんご》って、いつも間違《まちが》えちゃうんです。ちゃんと辞書《じしょ》を見《み》なくちゃ。それが一番安心《いちばんあんしん》です。書《か》き直《なお》しますね」

セドリックは手紙《てがみ》を書《か》き直《なお》しました。今度《こんど》は伯爵《はくしゃく》に綴《つづ》りを教《おそ》わりながら注意《ちゅうい》して書《か》いたので、立派《りっぱ》な手紙《てがみ》ができあがりました。

モードント牧師《ぼくし》は、手紙《てがみ》を手《て》に伯爵《はくしゃく》の家《いえ》を出《で》ました。これでヒギンズさんは立《た》ち退《の》かずにすみそうです。

でも牧師《ぼくし》さんには、それ以外《いがい》にも収穫《しゅうかく》がありました。これまでドリンコート城《じょう》から帰《かえ》るときには感《かん》じたことがなかったような、大《おお》きな喜《よろこ》びと明《あか》るい希望《きぼう》を感《かん》じていたのです。

牧師《ぼくし》さんをドアまで送《おく》ったセドリックは、伯爵《はくしゃく》のところに戻《もど》ってきました。

「もう大好《だいす》きな人《ひと》のところに行《い》っていいですか？　僕《ぼく》を待《ま》ってると思《おも》うんです」

伯爵《はくしゃく》はしばらく黙《だま》っていました。

「馬小屋《うまごや》にお前《まえ》のものがある。先《さき》にそれを見《み》てみなさい。ベルを鳴《な》らして人《ひと》を呼《よ》ぶといい」

「お願《ねが》いです」

セドリックはさっと顔《かお》を赤《あか》らめて言《い》いました。

「とってもうれしいんだけど、でもそれを見《み》るのは明日《あした》にしたほうがいいかな。大好《だいす》きな人《ひと》はずっと待《ま》っているだろうから」

「まあ、いいだろう。じゃあ馬車《ばしゃ》を呼《よ》ぼう」

伯爵《はくしゃく》はこういうと、何気《なにげ》ない口調《くちょう》で付《つ》け加《くわ》えました。

「ポニーなんだがな」

「ポニー！」

セドリックは思《おも》わず叫《さけ》びました。

「誰《だれ》のポニーですか？」

「お前《まえ》のだ」

「僕《ぼく》のってことは、上《うえ》の部屋《へや》にあるおもちゃみたいに？」

「そうだ。ポニーを見《み》たいか？　庭《にわ》に連《つ》れてくるように言《い》おうか？」

セドリックの顔《かお》がどんどん赤《あか》くなっていきました。

「ポニーが飼《か》えるなんて思《おも》ったこともなくて！　まだ信《しん》じられないです！　大好《だいす》きな人《ひと》が喜《よろこ》ぶだろうなあ。おじいさまは、僕《ぼく》に本当《ほんとう》になんでもくださるんですね」

「見《み》たいか？」

伯爵《はくしゃく》はもう一度《いちど》尋《たず》ねました。

でもセドリックは、大《おお》きく息《いき》を吸《す》ってから答《こた》えました。

「すっごく見《み》たい。見《み》たくてたまりません。でも時間《じかん》がないんじゃないかな」

「いますぐ会《あ》いに行《い》かなければならないのか？　後《あと》に延《の》ばせないのか？」

伯爵《はくしゃく》は引《ひ》き留《と》めようとしましたが、セドリックは誘惑《ゆうわく》に乗《の》りません。

「だって大好《だいす》きな人《ひと》は、僕《ぼく》のことを朝《あさ》からずっと考《かんが》えていたんですよ。僕《ぼく》だって、大好《だいす》きな人《ひと》のことを考《かんが》えていたんです！」

「おお！　そうか、そうなんだな。じゃあベルを鳴《な》らしなさい」

セドリックと伯爵《はくしゃく》は馬車《ばしゃ》に乗《の》り、お母《かあ》さんのところに向《む》かうことにしました。馬車《ばしゃ》はアーチの形《かたち》になっている木々《きぎ》の下《した》を抜《ぬ》けて並木道《なみきみち》を進《すす》んでいきます。伯爵《はくしゃく》はずっと黙《だま》っていますが、セドリックは黙《だま》っていられませんでした。

色《いろ》は？　大《おお》きさは？　名前《なまえ》は？　食《た》べ物《もの》は何《なに》が一番好《いちばんす》き？　何歳《なんさい》？　朝《あさ》、どれくらい早起《はやお》きして見《み》に行《い》けばいいですか？　と、ポニーのことを質問《しつもん》し続《つづ》けたのです。

「大好《だいす》きな人《ひと》はすごく喜《よろこ》ぶだろうな」

セドリックは1人《ひとり》でしゃべり続《つづ》けました。

「僕《ぼく》にこんなに親切《しんせつ》にしてくれたんだから、おじいさまにすごく感謝《かんしゃ》すると思《おも》います！　僕《ぼく》が前《まえ》からポニーが大好《だいす》きだってこと、大好《だいす》きな人《ひと》は知《し》ってるし。

でも僕《ぼく》も大好《だいす》きな人《ひと》も、ポニーを飼《か》えるなんて思《おも》ってもみなくて。ニューヨークの五番街《ごばんがい》にポニーを飼《か》っている男《おとこ》の子《こ》がいたんです。朝《あさ》になるとそれに乗《の》って出《で》てくるんだけど、僕《ぼく》たちはポニーが見《み》たくて、その子《こ》の家《いえ》の前《まえ》を歩《ある》いたりしてたんです」

セドリックはクッションにもたれかかり、しばらくは何《なに》も話《はな》さずに、うっとりと伯爵《はくしゃく》を眺《なが》めていました。

「僕《ぼく》、おじいさまが世界《せかい》で一番素晴《いちばんすば》らしい人《ひと》だと思《おも》います」

セドリックは突然《とつぜん》、伯爵《はくしゃく》をほめ始《はじ》めました。

「いつもいいことをなさってるでしょ？　他《ほか》の人《ひと》たちのことを考《かんが》えてあげているし。自分《じぶん》のことは考《かんが》えず、他《ほか》の人《ひと》のことを思《おも》いやるのが一番素晴《いちばんすば》らしいことなんだって、大好《だいす》きな人《ひと》が言《い》ってました。おじいさまはまさにそういう人《ひと》ですもんね」

伯爵《はくしゃく》は呆然《ぼうぜん》としました。自分《じぶん》が素晴《すば》らしい人間《にんげん》だと言《い》われたので、なんと返事《へんじ》をすればいいのかわからなくなりましたし、じっくりと自分《じぶん》のことを考《かんが》えてみようと思《おも》ったのです。

底意地《そこいじ》が悪《わる》くて、身勝手《みがって》な気持《きも》ちからやったすべてのことが、単純《たんじゅん》に物事《ものごと》を考《かんが》えてしまうこの子《こ》にかかると、素晴《すば》らしく心《こころ》の広《ひろ》い行《おこな》いということになってしまいます。そんなことは経験《けいけん》したことがありません。

「おじいさまは、もう、とってもたくさんの人《ひと》を幸《しあわ》せにしてますよね」

セドリックは大《おお》きく、澄《す》みきった、無垢《むく》な瞳《ひとみ》に尊敬《そんけい》の気持《きも》ちをたたえながら、伯爵《はくしゃく》を見《み》つめ続《つづ》けています。

「マイケルとブリジットと12人《にん》の子《こ》どもたちでしょう、リンゴ売《う》りのおばあさんに、ディックにホッブスさん。ヒギンズさんと奥《おく》さんと子《こ》どもたち。それとモードント牧師《ぼくし》も——だってモードント牧師《ぼくし》ももちろん喜《よろこ》んでたから——それと大好《だいす》きな人《ひと》と僕《ぼく》でしょう。これはポニーや他《ほか》にもいろんなことをしてくださったからです。

指《ゆび》と頭《あたま》の中《なか》で数《かぞ》えてみたんですけど、おじいさまが親切《しんせつ》にした人《ひと》は27人《にん》もいたんです。こんなにいるのってすごいですよ——27人《にん》ですよ!」

「そういう人《ひと》たちに親切《しんせつ》にしたのが、このわしだと言《い》うのか?」

「もちろんですよ。わかるでしょ? みんなを幸《しあわ》せにしたんです。それとおじいさまは知《し》っていますか?」

セドリックは少《すこ》しためらいながら続《つづ》けました。

「みんな、伯爵《はくしゃく》という人《ひと》たちのことをよく知《し》らないから誤解《ごかい》しちゃうんです。ホッブスさんもそうだった。僕《ぼく》、手紙《てがみ》を書《か》いてそのことをホッブスさんに教《おし》えてあげます」

「ホップスさんとやらは、伯爵《はくしゃく》についてどう思《おも》っていたのかな？」

「えっと、つまり、問題《もんだい》なのは、ホップスさんは本《ほん》で読《よ》んだだけで、実際《じっさい》には1人《ひとり》も伯爵《はくしゃく》を知《し》らないってことなんです。

ホップスさんは――おじいさま、悪《わる》く思《おも》わないでくださいね――伯爵《はくしゃく》というのはとてもひどい『ボークン（暴君《ぼうくん》）』だって。だから自分《じぶん》の店《みせ》の周《まわ》りを、うろつかせたりしないぞって言《い》うんです。

でもおじいさまのことを知《し》ったら、絶対《ぜったい》に考《かんが》え方《かた》が変《か》わりますよね。だからホップスさんにおじいさまのことを伝《つた》えようと思《おも》ってるんです」

「なんと伝《つた》えるつもりだ？」

「こう言《い》おうと思《おも》ってます」

セドリックの顔《かお》は興奮《こうふん》で輝《かがや》いています。

「これまでに聞《き》いたこともないぐらい親切《しんせつ》な人《ひと》だって。いつも他《ほか》の人《ひと》のことを考《かんが》えていて、みんなに幸《しあわ》せになってもらいたいと思《おも》ってるって……それと、僕《ぼく》は大《おお》きくなったら、おじいさまみたいになりたいって」

「わしのようにか！」

伯爵《はくしゃく》は、夢中《むちゅう》で話《はな》し続《つづ》けるセドリックの顔《かお》を眺《なが》めながら繰《く》り返《かえ》しました。

しわだらけの肌《はだ》が、少《すこ》しずつくすんだ赤《あか》い色《いろ》に染《そ》まってきます。伯爵《はくしゃく》はあわてて目《め》をそらし馬車《ばしゃ》の窓《まど》から外《そと》を見《み》ました。大《おお》きなブナの木《き》のつやつやとした赤茶色《あかちゃいろ》の葉《は》っぱを太陽《たいよう》が照《て》らしています。

「ええ、おじいさまみたいに」

セドリックはそう言《い》うと、控《ひか》えめにこう付《つ》け加《くわ》えました。

「もしなれれば、ですけど。たぶん僕《ぼく》は、おじいさまほど立派《りっぱ》な人《ひと》じゃないと思《おも》うけど、そうなれるように努力《どりょく》してみようと思《おも》って」

馬車《ばしゃ》は堂々《どうどう》とした並木道《なみきみち》を進《すす》んでいきました。

大《おお》きく枝《えだ》を広《ひろ》げた木々《きぎ》や、青《あお》いツリガネスイセンの花《はな》。深《ふか》い芝生《しばふ》の上《うえ》には鹿《しか》が立《た》ったり寝《ね》そべったりしていて、馬車《ばしゃ》が通《とお》ると驚《おどろ》いたような瞳《ひとみ》でこちらを振《ふ》り向《む》きますし、茶色《ちゃいろ》のウサギがあわてて走《はし》っていく姿《すがた》もちらりと見《み》えます。ヤマウズラの羽《はね》の音《おと》、鳥《とり》たちのさえずりや歌声《うたごえ》。セドリックの心《こころ》は喜《よろこ》びにあふれていて、そうしたすべてのものが、以前《いぜん》にもまして美《うつく》しく思《おも》えました。

伯爵《はくしゃく》も同《おな》じように外《そと》を見《み》ているようでしたが、セドリックとはまったく違《ちが》うことを考《かんが》えていました。自分《じぶん》の長《なが》い人生《じんせい》を振《ふ》り返《かえ》っていたのです。

伯爵《はくしゃく》は人《ひと》のために何《なに》かをしてあげたり、他人《たにん》のことを考《かんが》えてあげたりしたことはこれまで一度《いちど》もありません。自分《じぶん》が持《も》つ財産《ざいさん》と権力《けんりょく》を自分《じぶん》の楽《たの》しみのためだけに使《つか》って、時間《じかん》を無駄《むだ》に過《す》ごしてきたことを思《おも》い出《だ》してしまいました。そうやって長《なが》い年月《ねんげつ》が流《なが》れて年《とし》を取《と》ってみると、莫大《ばくだい》な財産《ざいさん》はあっても孤独《こどく》で、親《した》しい友人《ゆうじん》もいない人間《にんげん》になっていました。周《まわ》りの人《ひと》たちはみな自分《じぶん》を嫌《きら》っているか、怖《こわ》がっているか、あるいはお世辞《せじ》を言《い》ってペコペコするだけなのです。

伯爵《はくしゃく》は広《ひろ》い敷地《しきち》を改《あらた》めて眺《なが》めました。

セドリックは、伯爵《はくしゃく》が持《も》つ領地《りょうち》がどれだけ広《ひろ》くて、どんなに大《おお》きな収入《しゅうにゅう》をもたらしてくれるか、そしてどれだけ大勢《おおぜい》の人《ひと》が家《いえ》を構《かま》えて住《す》んでいるかということも知《し》りませんでした。

貧《まず》しい人《ひと》であろうと、裕福《ゆうふく》な人《ひと》であろうと、その土地《とち》には伯爵《はくしゃく》の財産《ざいさん》や名誉《めいよ》、権力《けんりょく》をうらやみ、自分《じぶん》のものにしたいと思《おも》っている人《ひと》がたくさんいます。

でもほんの一瞬《いっしゅん》でも「いい人《ひと》だ」と言《い》ってくれたり、純粋《じゅんすい》な心《こころ》を持《も》つセドリックのように、伯爵《はくしゃく》みたいになりたいと言《い》ったりする人《ひと》は1人《ひとり》もいないのです。

伯爵《はくしゃく》は70年《ねん》の間《あいだ》、自分《じぶん》のことばかり考《かんが》えて生《い》きてきました。

いくら皮肉《ひにく》なものの考《かんが》え方《かた》をする人《ひと》で、世間《せけん》ずれした人《ひと》でも、そんな人生《じんせい》を振《ふ》り返《かえ》るのは楽《たの》しいことではありません。

実際《じっさい》、伯爵《はくしゃく》はこれまで、人生《じんせい》を振《ふ》り返《かえ》るなどという面倒《めんどう》なことはしたことがありません。今《いま》、人《じん》生《せい》について考《かんが》え始《はじ》めたのは、1人《ひとり》の少年《しょうねん》が自分《じぶん》を実際《じっさい》よりもいい人間《にんげん》だと信《しん》じ切《き》って、自分《じぶん》をお手《て》本《ほん》にしようとしているからでした。

自分《じぶん》は本当《ほんとう》に手本《てほん》になれるような人間《にんげん》なのだろうか。伯爵《はくしゃく》の心《こころ》には、こんな疑問《ぎもん》が浮《う》かんだのです。

伯爵《はくしゃく》が外《そと》に目《め》を向《む》けながら眉《まゆ》をひそめているのを見《み》て、セドリックは、おじいさまの足《あし》がまた痛《いた》んでいるに違《ちが》いないと思《おも》いました。そこで子《こ》どもながらに相手《あいて》を思《おも》いやり、じゃまにならないよう、木々《きぎ》やシダや鹿《しか》の様子《ようす》を黙《だま》って眺《なが》めていました。

馬車《ばしゃ》は門《もん》を出《で》てから緑《みどり》の小道《こみち》を少《すこ》し進《すす》み、そこで停《と》まりました。セドリックのお母《かあ》さんがいる別《べっ》のお屋敷《やしき》、コート・ロッジに着《つ》いたのです。セドリックは、背《せ》の高《たか》い従者《じゅうしゃ》が馬車《ばしゃ》のドアを開《あ》け切《き》る前《まえ》に外《そと》に飛《と》び出《だ》していました。

伯爵《はくしゃく》はハッとして物思《ものおも》いから覚《さ》めました。

「何《なに》！　もう着《つ》いたのか？」

「はい。杖《つえ》を持《も》ってきますね。僕《ぼく》に寄《よ》りかかって降《お》りてください」

「いや、わしは馬車《ばしゃ》から降《お》りん」

伯爵《はくしゃく》はぶっきらぼうに言《い》いました。

「降《お》りないって……大好《だいす》きな人《ひと》に会《あ》わないんですか？」

驚《おどろ》いたセドリックは、大《おお》きな声《こえ》で尋《たず》ねました。

「大好《だいす》きな人《ひと》とやらも、それでいいと言《い》ってくれるだろう。さあ行《い》きなさい。そして新《あたら》しいポニーを見《み》たい気持《きも》ちを振《ふ》り切《き》って、ここに来《き》たと伝《つた》えたらいい」

「がっかりするだろうな。すごくおじいさまに会《あ》いたがるはずだから」

セドリックはこう言《い》って説得《せっとく》しようとしましたが、伯爵《はくしゃく》はそっけなく答《こた》えただけでした。

「そんなふうには思《おも》わんだろう。帰《かえ》りがけに迎《むか》えに寄《よ》るからな。さあトーマス、馬車《ばしゃ》を出《だ》せ。ジェフリーズにそう言《い》うんだ」

トーマスが馬車《ばしゃ》のドアを閉《し》めました。セドリックは、けげんそうな顔《かお》をしましたが、すぐに小道《こみち》を走《はし》っていきました。

やがて馬車《ばしゃ》はゆっくりと動《うご》き出《だ》しました。伯爵《はくしゃく》は椅子《いす》にもたれずに、そのまま外《そと》を見《み》てます。木々《きぎ》の隙間《すきま》からお屋敷《やしき》のドアが見《み》えました。小《ちい》さなセドリックが階段《かいだん》を駆《か》け上《あ》がると、小柄《こがら》でほっそりした人《ひと》がかけ寄《よ》って出迎《でむか》えました。若《わか》い女性《じょせい》で、黒《くろ》い服《ふく》に身《み》を積《つ》んでいます。

2人《ふたり》は飛《と》び上《あ》がるように抱《だ》き合《あ》いました。セドリックはお母《かあ》さんの腕《うで》に飛《と》び込《こ》むと首《くび》にしがみつき、顔中《かおじゅう》にキスをしていました。

7　教会《きょうかい》での出来事《できごと》

次《つぎ》の日曜《にちよう》の朝《あさ》、モードント牧師《ぼくし》の教会《きょうかい》には大勢《おおぜい》の人《ひと》が集《あつ》まりました。牧師《ぼくし》さんが思《おも》い出《だ》せる限《かぎ》り、日曜《にちよう》の礼拝《れいはい》がこれほど混《こ》んだことはありません。

いつもは牧師《ぼくし》の説教《せっきょう》をほとんど聞《き》きに来《こ》ない人《ひと》まで顔《かお》を見《み》せていましたし、隣《となり》の教区《きょうく》のヘイゼルトンから来《き》ている人《ひと》もいました。

その前《まえ》の週《しゅう》、このあたりは、小《ちい》さなフォントルロイ卿《きょう》の話《はなし》でもちきりでした。

ディブルさんは、1ペニーの縫《ぬ》い針《ばり》や半《はん》ペニーのテープを買《か》うついでに話《はなし》を聞《き》こうというお客《きゃく》さんへの対応《たいおう》で大忙《おおいそが》しになりました。店《みせ》のドアについている小《ちい》さなベルは、出《で》たり入《はい》ったりする人《ひと》たちのおかげで、壊《こわ》れるのではないかというほど鳴《な》りっぱなしでした。

実際《じっさい》、ディブルさんはなんでもよく知《し》っていました。

「それが、信《しん》じられないかもしれませんけどね、ジェニファーさん」

ディブルさんはこんなふうに説明《せつめい》していました。

「あの坊《ぼっ》ちゃんは、怖《こわ》いものなんかないみたいだって、トーマスさんが言《い》うんですよ。伯爵《はくしゃく》に話《はな》したり笑《わら》いかけたりして、最初《さいしょ》からまるで友達《ともだち》みたいに話《はな》すってんですから。トーマスさんが言《い》うにはね、伯爵《はくしゃく》も驚《おどろ》いちまって何《なに》も言《い》えずにただ話《はなし》を聞《き》いて、眉毛《まゆげ》の下《した》から坊《ぼっ》ちゃんをじっと見《み》ることしかできなかったんですって。で、これもトーマスさんの意見《いけん》ですけどね、伯爵《はくしゃく》はあんなにひどい人《ひと》ですけど、心《こころ》の中《なか》では喜《よろこ》んでいるし、自慢《じまん》に思《おも》ったに違《ちが》いないって。だってとびきり器量《きりょう》がよくて、すごく古風《こふう》なところはあるけど、礼儀《れいぎ》も正《ただ》しくて。あれほどの子《こ》にお目《め》にかかれるとは思《おも》わなかったって、トーマスさんが言《い》ってましたよ」

さらには、セドリックがヒギンズを助《たす》けてあげた話《はなし》も広《ひろ》まりました。モードント牧師《ぼくし》は、自宅《じたく》で食事《しょくじ》をしたときに話《はな》しただけなのですが、それを聞《き》いた召使《めしつか》いが台所《だいどころ》で話《はな》し、そこから山火事《やまかじ》のようにうわさが広《ひろ》がっていったのです。

ヒギンズは市《いち》が立《た》った日《ひ》に町《まち》に姿《すがた》を現《あらわ》すと、ありとあらゆる人《ひと》から質問攻《しつもんぜ》めにあいました。ニュイックも同《おな》じように質問《しつもん》を浴《あ》びせられ、そのうち2、3人《にん》には「フォントルロイ」と署名《しょめい》された手《て》紙《がみ》を見《み》せるはめになりました。

こういううわさを聞《き》きつけた農家《のうか》のおかみさんたちは、日曜日《にちようび》が来《く》ると、旦那《だんな》さんと一緒《いっしょ》に歩《ある》いたり、小《ちい》さな二輪馬車《にりんばしゃ》に乗《の》ったりしながら、教会《きょうかい》へやってきました。旦那《だんな》さんたちも、いつかは自《じ》分《ぶん》たちの地主《じぬし》となるセドリックに、少《すこ》し興味《きょうみ》があったのでしょう。

一方《いっぽう》、伯爵《はくしゃく》は、教会《きょうかい》に通《かよ》う習慣《しゅうかん》はありませんでした。

しかしこの最初《さいしょ》の日曜《にちよう》には出《で》かけてみることにしました。伯爵家《はくしゃくけ》のために用意《ようい》された大《おお》きな席《せき》で、自分《じぶん》の横《よこ》にセドリックを座《すわ》らせてみようと、気《き》まぐれに思《おも》いついたのです。

教会《きょうかい》の庭《にわ》では大勢《おおぜい》の人《ひと》がうろうろしていましたし、表《おもて》の道路《どうろ》にも、朝《あさ》からたくさんの人《ひと》が集《あつ》まっていました。門《もん》や玄関《げんかん》のところに何人《なんにん》かずつ固《かた》まって、伯爵《はくしゃく》が本当《ほんとう》に来《く》るかどうか、しきりに話《はな》し合《あ》っています。この話《はな》し合《あ》いが最高《さいこう》に盛《も》り上《あ》がったとき、1人《ひとり》の女《おんな》の人《ひと》が突然《とつぜん》、大声《おおごえ》を上《あ》げました。

「ああ。あの方《かた》がきっとお母《かあ》さんよ。なんて若《わか》くてきれいでいらっしゃるんでしょ」

周《まわ》りにいた人《ひと》が一斉《いっせい》に振《ふ》り向《む》きました。黒《くろ》い服《ふく》に身《み》を包《つつ》んだほっそりとした女性《じょせい》が、小道《こみち》を歩《ある》いてきます。セドリックのお母《かあ》さんです。

お母《かあ》さんは、夫《おっと》を亡《な》くした女性《じょせい》がかぶる帽子《ぼうし》を身《み》につけていましたが、ベールが上《あ》がっていたので、色白《いろじろ》で優《やさ》しそうな顔《かお》が見《み》えました。また帽子《ぼうし》の下《した》で、明《あか》るい色《いろ》の髪《かみ》が、子《こ》どものように柔《やわ》らかくカールしているのも見《み》えます。

でも、セドリックのお母《かあ》さんは、教会《きょうかい》に来《き》ている人《ひと》のことなど考《かんが》えていませんでした。頭《あたま》の中《なか》では、息子《むすこ》のセドリックのことばかり考《かんが》えていたのです。

自分《じぶん》のお屋敷《やしき》を訪《たず》ねてきたときのこと、新《あたら》しいポニーに大喜《おおよろこ》びしていたこと、翌日《よくじつ》、そのポニーに乗《の》って家《いえ》の前《まえ》までやってきたこと、ポニーにまっすぐに座《すわ》ってとても誇《ほこ》らしげでうれしそうだったことを思《おも》い出《だ》していました。

しかし、そのうち、自分《じぶん》が注目《ちゅうもく》の的《まと》になっていることに気《き》づきました。自分《じぶん》が教会《きょうかい》に来《き》たことで、ちょっとした騒《さわ》ぎになっているのです。

そのことに最初《さいしょ》に気《き》づいたのは、赤《あか》いコートを着《き》たおばあさんが、こちらに膝《ひざ》を曲《ま》げて会釈《えしゃく》をしたときでした。続《つづ》けてもう1人《ひとり》が同《おな》じことをして「奥《おく》さまに神《かみ》のお恵《めぐ》みを！」と言《い》いました。さらに男《おとこ》の人《ひと》たちも、お母《かあ》さんが前《まえ》を通《とお》ると次々《つぎつぎ》に帽子《ぼうし》を取《と》って挨拶《あいさつ》をしてきます。

最初《さいしょ》、お母《かあ》さんには、なんでみんながそんな振《ふ》る舞《ま》いをするのかがわかりませんでしたが、自分《じぶん》がセドリックの母親《ははおや》だからだということに気《き》がつきました。

騒《さわ》がしくて、大勢《おおぜい》の人《ひと》が行《ゆ》き交《か》っているニューヨークで暮《く》らしていたお母《かあ》さんは、こうした素朴《そぼく》な敬意《けいい》の表《あらわ》し方《かた》には慣《な》れていません。

そのため最初《さいしょ》は少《すこ》し戸惑《とまど》いましたが、しばらくたつと地元《じもと》の人《ひと》たちの人懐《ひとなつ》っこさや、温《あたた》かさが好《す》きになり、感動《かんどう》しました。お母《かあ》さんは恥《は》ずかしそうに赤《あか》くなり、ほほ笑《え》んでお辞儀《じぎ》を返《かえ》し、祝福《しゅくふく》してくれたおばあさんに優《やさ》しい声《こえ》で「ありがとうございます」と言《い》いました。

セドリックのお母《かあ》さんが、石《いし》の玄関《げんかん》を通《とお》って教会《きょうかい》に入《はい》った瞬間《しゅんかん》、その日一番《ひいちばん》のどよめきが起《お》こりました。

お城《しろ》から馬車《ばしゃ》が到着《とうちゃく》したのです。見事《みごと》な馬《うま》に引《ひ》かれた馬車《ばしゃ》は、制服《せいふく》を着《き》た背《せ》の高《たか》い従者《じゅうしゃ》に付《つ》き添《そ》われながら角《かど》を曲《ま》がり、緑《みどり》の草《くさ》が生《は》えた小道《こみち》を進《すす》んできました。

「来《き》たぞ！」

見物人《けんぶつにん》がどよめきます。馬車《ばしゃ》が停《と》まると、まずトーマスが降《お》りて、ドアを開《あ》けました。続《つづ》いて、黒《くろ》いビロードの服《ふく》に身《み》を包《つつ》んだ小《ちい》さな少年《しょうねん》がぴょんと飛《と》び降《お》りました。カールした美《うつく》しい髪《かみ》の毛《け》が太陽《たいよう》の光《ひかり》を受《う》けて輝《かがや》き、波打《なみう》っています。

男《おとこ》も女《おんな》も子《こ》どもも、教会《きょうかい》に来《き》ていた人《ひと》は、誰《だれ》もが好奇心《こうきしん》いっぱいでその少年《しょうねん》を見《み》ました。

「まるで大尉《たいい》が帰《かえ》ってきたみたいだ！」

見物人《けんぶつにん》の1人《ひとり》が、少年《しょうねん》の父親《ちちおや》を思《おも》い出《だ》して言《い》いました。

「大尉《たいい》の生《い》き写《うつ》しだ！」

セドリックは太陽《たいよう》の光《ひかり》を浴《あ》びながら、これ以上《いじょう》ないというほど愛情《あいじょう》にあふれたまなざしで伯爵《はくしゃく》を見上《みあ》げて立《た》っていました。伯爵《はくしゃく》はトーマスの手《て》を借《か》りて、馬車《ばしゃ》から降《お》りてくるところでした。

自分《じぶん》が手《て》を貸《か》せるところになると、セドリックは手《て》を差《さ》し出《だ》し、まるで身長《しんちょう》が2メートルもある大人《おとな》のように肩《かた》を差《さ》し出《だ》しました。他《ほか》の人《ひと》にとってドリンコート伯爵《はくしゃく》は恐《おそ》ろしい人《ひと》なのに、まったく怖《こわ》がっていないのです。そのことが誰《だれ》の目《め》にもはっきりと見《み》て取《と》れました。

「僕《ぼく》に寄《よ》りかかって」

セドリックがそう言《い》うのが聞《き》こえてきます。

「みんな、おじいさまに会《あ》えて喜《よろこ》んでいますね。みんなおじいさまをよく知《し》ってるんですね！」

「帽子《ぼうし》を取《と》りなさい、フォントルロイ」

伯爵《はくしゃく》は言《い》いました。

「みんな、お前《まえ》にお辞儀《じぎ》をしているぞ」

「僕《ぼく》にですか！」

セドリックはそう叫《さけ》ぶと、さっと帽子《ぼうし》を取《と》りました。集《あつ》まった人《ひと》たちの前《まえ》に金色《きんいろ》の髪《かみ》が現《あらわ》れます。

セドリックは、どうやってみんなに一度《いちど》に挨拶《あいさつ》をしようかと考《かんが》えながら、きらきらと目《め》を輝《かがや》かせて大勢《おおぜい》の人《ひと》たちを見渡《みわた》しました。

「フォントルロイ卿《きょう》に神《かみ》のお恵《めぐ》みを！」

セドリックのお母《かあ》さんに膝《ひざ》を曲《ま》げてお辞儀《じぎ》をした、赤《あか》いコートのおばあさんが声《こえ》をかけました。

「末永《すえなが》くご健康《けんこう》に！」

「ありがとうございます」

セドリックはこう言《い》って挨拶《あいさつ》をしながら、伯爵《はくしゃく》と教会《きょうかい》に入《はい》っていきました。

2人《ふたり》は通路《つうろ》の先《さき》にある特別《とくべつ》な席《せき》、カーテンで仕切《しき》られていて、赤《あか》いクッションが並《なら》べられた席《せき》へと歩《ある》いていきました。周《まわ》りにいる人《ひと》たちは、まだ2人《ふたり》を見《み》つめています。

席《せき》に座《すわ》ったセドリックは、2つのものを発見《はっけん》してうれしくなりました。

最初《さいしょ》の発見《はっけん》は、礼拝堂《れいはいどう》の反対側《はんたいがわ》にお母《かあ》さんが座《すわ》って、セドリックにほほ笑《え》みかけているのが見《み》えたことです。2つ目《め》の発見《はっけん》は、席《せき》の端《はし》の壁《かべ》ぎわにあった石《いし》の像《ぞう》でした。

それは古《ふる》めかしくて、奇妙《きみょう》な姿《すがた》をした2人《ふたり》の人物《じんぶつ》がひざまずいている像《ぞう》でした。互《たが》いに顔《かお》を見合《みあ》わせ、2冊《さつ》の祈祷書《きとうしょ》が載《の》せられた円柱《えんちゅう》を支《ささ》える形《かたち》になっています。

石像《せきぞう》の2人《ふたり》はとても古《ふる》く珍《めずら》しい服《ふく》を着《き》て、お祈《いの》りをするように両手《りょうて》を合《あ》わせていました。その近《ちか》くにある石盤《せきばん》には何《なに》かが書《か》いてあるのですが、セドリックがやっと読《よ》めたのは、昔《むかし》ふうの変《か》わった綴《つづ》りで書《か》かれた次《つぎ》のような言葉《ことば》でした。

「初代《しょだい》ドリンコート伯爵《はくしゃく》グレゴリー・アーサーとその妻《つま》アリソン・ヒルデガード、ここに眠《ねむ》る」

「ちょっといいですか？」

セドリックは、石像《せきぞう》の2人《ふたり》が誰《だれ》なのかを知《し》りたくて、ささやきかけました。

「いったい、なんだ?」

「あの人《ひと》たち、誰《だれ》ですか?」

伯爵《はくしゃく》が説明《せつめい》します。

「お前《まえ》のご先祖《せんぞ》さまだよ。何百年《なんびゃくねん》も前《まえ》の人《ひと》だ」

「たぶん」

セドリックは、2人《ふたり》の石像《せきぞう》を、敬意《けいい》を込《こ》めて見《み》つめながら話《はな》しました。

「たぶん、僕《ぼく》が綴《つづ》りを間違《まちが》えちゃうのは、この人《ひと》たちに似《に》たせいですね」

それからセドリックは、賛美歌《さんびか》が書《か》かれた本《ほん》のページをめくり、どこで合唱《がっしょう》に加《くわ》わればいいか調《しら》べました。

やがて音楽《おんがく》が始《はじ》まります。セドリックは立《た》ち上《あ》がり、向《む》こう側《がわ》にいるお母《かあ》さんを笑顔《えがお》で見《み》つめました。

セドリックは音楽《おんがく》が大好《だいす》きで、お母《かあ》さんと一緒《いっしょ》によく歌《うた》を歌《うた》っていました。そして今《いま》は教会《きょうかい》で、大《おお》きな賛美歌《さんびか》の本《ほん》を開《ひら》いて手《て》に持《も》ち、幼《おさな》いながら精《せい》いっぱい力強《ちからづよ》く、顔《かお》を少《すこ》し上《あ》げて、他《ほか》の人《ひと》たちと幸《しあわ》せそうに合唱《がっしょう》しています。

けがれのない、美《うつく》しく高《たか》い声《こえ》が、鳥《とり》のさえずりのように天高《てんたか》く昇《のぼ》っていきます。教会《きょうかい》には、太陽《たいよう》の光《ひかり》が長《なが》く尾《お》を引《ひ》いて射《さ》し込《こ》んできました。ステンドグラスの窓《まど》の金色《きんいろ》の部分《ぶぶん》から、光《ひかり》が斜《なな》めにセドリックの額《ひたい》にかかるカールした髪《かみ》を輝《かがや》かせています。

セドリックは夢中《むちゅう》で合唱《がっしょう》していました。伯爵《はくしゃく》はその様子《ようす》をうっとりしながら見《み》つめて、向《む》こう側《がわ》から息子《むすこ》を見《み》ていたお母《かあ》さんも心臓《しんぞう》が高鳴《たかな》るのを感《かん》じました。

お母《かあ》さんの心《こころ》に、セドリックの幸《しあわ》せを祈《いの》る気持《きも》ちが湧《わ》き上《あ》がってきます。幼《おさな》い息子《むすこ》が感《かん》じている、けがれのない素朴《そぼく》な喜《よろこ》びが続《つづ》きますように、思《おも》いもよらず降《ふ》りかかってきた運命《うんめい》が、悪《わる》い影響《えいきょう》を与《あた》えたり、害《がい》を与《あた》えたりしませんように。心《こころ》の優《やさ》しいお母《かあ》さんは最近《さいきん》、たくさんの不安《ふあん》を感《かん》じていたのです。

「セディー！」

お母《かあ》さんは前《まえ》の晩《ばん》も、お城《しろ》に戻《もど》ろうとする息子《むすこ》のそばにかがみ込《こ》んでおやすみを言《い》いながら、こう言《い》ったばかりでした。

「かわいいセディー、わたしがもっと賢《かしこ》くて、ためになるお話《はなし》がたくさんできればあなたのためになるのに！　いい子《こ》でいてね。そして勇気《ゆうき》を持《も》って、親切《しんせつ》で、いつでも正直《しょうじき》でいれば、一生《いっしょう》、誰《だれ》も傷《きず》つけずにすむし、多《おお》くの人《ひと》を助《たす》けられるかもしれないわ。

そうすれば、わたしの小《ちい》さな坊《ぼう》やが生《う》まれてきてくれたおかげで、世《よ》の中《なか》がよくなるから。それが何《なに》より大切《たいせつ》なのよ、セディー。1人《ひとり》の男《おとこ》の子《こ》が生《う》まれてきたおかげで、この世《よ》の中《なか》が少《すこ》しでもよくなるっていうのは、他《ほか》のどんなことよりも素晴《すば》らしいことなの。たとえほんの少《すこ》しでもね」

お城《しろ》に戻《もど》ると、セドリックはお母《かあ》さんの言葉《ことば》をそのまま伯爵《はくしゃく》に教《おし》えました。

「そう言《い》われたとき、僕《ぼく》はおじいさまのことを思《おも》い出《だ》したんです。だから、この世《よ》の中《なか》がよくなっているのは、おじいさまのおかげだよ、僕《ぼく》もおじいさまみたいになれるようにがんばるって、大好《だいす》きな人《ひと》に言《い》ったんです」

「そう言《い》ったら、なんと言《い》われた？」

伯爵《はくしゃく》は、少《すこ》し居心地《いごこち》の悪《わる》い気持《きも》ちで尋《たず》ねました。

「その通《とお》りねって言《い》ってました。そして、いつでも人《ひと》のいいところを探《さが》して、そこを好《す》きにならなければいけないわって」

特別席《とくべつせき》の赤《あか》いカーテンの陰《かげ》から教会《きょうかい》の中《なか》を見《み》ていたとき、伯爵《はくしゃく》はセドリックとの会話《かいわ》を思《おも》い出《だ》していました。

教会《きょうかい》に集《つど》った人々《ひとびと》の向《む》こう側《がわ》に、亡《な》くなった息子《むすこ》の妻《つま》が1人《ひとり》で座《すわ》っています。伯爵《はくしゃく》はその姿《すがた》に何《なん》度《ど》も目《め》をやりました。自分《じぶん》は、息子《むすこ》がアメリカ人《じん》と結婚《けっこん》したことを許《ゆる》さなかったのですが、息子《むすこ》が愛《あい》した美《うつく》しい女性《じょせい》は、隣《となり》にいる少年《しょうねん》とそっくりの目《め》をしています。

しかし伯爵《はくしゃく》の様子《ようす》からは、今《いま》も頑固《がんこ》にお母《かあ》さんのことを苦々《にがにが》しく思《おも》っているのか、それとも少《すこ》しでも気持《きも》ちが和《やわ》らいだのかはわかりません。

2人《ふたり》が教会《きょうかい》から出《で》ると、礼拝《れいはい》に参加《さんか》したたくさんの人《ひと》たちが待《ま》っていました。門《もん》に近《ちか》づくと、手《て》に帽子《ぼうし》を持《も》った男《おとこ》の人《ひと》が一歩前《いっぽまえ》に出《で》ましたが、何《なに》かためらっているようです。やつれた顔《かお》をした中年《ちゅうねん》の農民《のうみん》でした。

「ヒギンズか。新《あたら》しい領主《りょうしゅ》さまを見《み》に来《き》たんだろう」

「はい、伯爵《はくしゃく》さま」

農民《のうみん》は、日焼《ひや》けした顔《かお》を赤《あか》らめて言《い》いました。

「ニュイックの旦那《だんな》から、お優《やさ》しい坊《ぼっ》ちゃまが、おらのために口《くち》をきいてくださったたって聞《き》いたもんで。それで、お許《ゆる》しいただければお礼《れい》が言《い》いたいと思《おも》いまして」

自分《じぶん》のことをいろんな面《めん》で助《たす》けてくれたのが、こんなにも小《ちい》さな少年《しょうねん》だと知《し》って、ヒギンズは不思議《ふしぎ》な気持《きも》ちになりました。

その少年《しょうねん》は、ヒギンズの家《いえ》にいる不運《ふうん》な子《こ》どもたちと同《おな》じように、自分《じぶん》を見上《みあ》げて立《た》っています。

セドリックは、自分《じぶん》がいかに大事《だいじ》な役割《やくわり》を果《は》たしたかということに、まるで気《き》づいていないようでした。

「坊《ぼっ》ちゃま、本当《ほんとう》にありがとうごぜえました」

ヒギンズはセドリックにお礼《れい》を言《い》いました。

「いろいろしていただいて。おらは――」

「いえ」

セドリックは謙遜《けんそん》します。

「僕《ぼく》は手紙《てがみ》を書《か》いただけです。いろいろしたのはおじいさまなの。おじいさまがいつもみんなに親切《しんせつ》にしてきたってことは、知《し》ってるでしょ？　奥《おく》さんはもうよくなったんですか？」

ヒギンズは少《すこ》しあっけにとられたようでした。セドリックが、自分《じぶん》に土地《とち》を貸《か》している伯爵《はくしゃく》のことを、人《ひと》に好《す》かれる思《おも》いやりの深《ふか》い人《ひと》だなどと言《い》うので驚《おどろ》いたのです。

「あ、はい、坊《ぼっ》ちゃん」

ヒギンズは口《くち》ごもりながら答《こた》えました。

「かみさんは心配《しんぱい》ごとがなくなってから、よくなりましてございます。心配《しんぱい》ばっかりしてたから、具合《ぐあい》が悪《わる》くなったわけでして」

「それはよかったです」

セドリックは言《い》いました。

「おじいさまは、あなたの子《こ》どもたちがしょうこう熱《ねつ》になったのをすごく気《き》の毒《どく》がっていました。僕《ぼく》も心配《しんぱい》していたんです。おじいさまにも昔《むかし》、子《こ》どもがいたから。僕《ぼく》はその息子《むすこ》の子《こ》どもなんです」

伯爵《はくしゃく》がそんなに優《やさ》しい人《ひと》だなどという話《はなし》は聞《き》いたことがありません。ヒギンズは頭《あたま》がどうにかなりそうでしたし、とにかく伯爵《はくしゃく》のほうを見《み》ないようにしました。そのほうが安全《あんぜん》だし厄介《やっかい》なことにならないだろうと思《おも》ったのです。

伯爵《はくしゃく》は息子《むすこ》たちに対《たい》する愛情《あいじょう》が薄《うす》く、会《あ》うのも1年《ねん》に2度《ど》ほどだというのはよく知《し》られていました。それに自分《じぶん》の子《こ》どもが病気《びょうき》になっても、医者《いしゃ》や看護師《かんごし》がわずらわしいという理由《りゆう》でそそくさとロンドンに出《で》かけてしまうというのも、有名《ゆうめい》な話《はなし》でした。

伯爵《はくしゃく》はもじゃもじゃの眉毛《まゆげ》の下《した》から目《め》を光《ひか》らせていました。自分《じぶん》が子《こ》どものしょうこう熱《ねつ》を気《き》にかけているなどと言《い》われるのは、少《すこ》し照《て》れくさかったのです。

「どうだ、ヒギンズ」

伯爵《はくしゃく》はまんざらでもないような苦笑《にがわら》いを浮《う》かべて言《い》いました。

「お前《まえ》たちはわしを誤解《ごかい》しておったんだ。だがフォントルロイはわしを理解《りかい》している。わしの人柄《ひとがら》について正《ただ》しいことが知《し》りたければフォントルロイに聞《き》くといい。さあ、馬車《ばしゃ》に乗《の》りなさい、フォントルロイ」

セドリックがぴょんと跳《と》び乗《の》ると、馬車《ばしゃ》は草《くさ》に覆《おお》われた小道《こみち》を走《はし》っていきました。馬車《ばしゃ》が角《かど》を曲《ま》がって大通《おおどお》りに入《はい》っても、伯爵《はくしゃく》は口元《くちもと》に苦笑《にがわら》いを浮《う》かべたままでした。

8 ポニーを乗《の》りこなせ

伯爵《はくしゃく》は日《ひ》がたつにつれて、同《おな》じような苦笑《くしょう》を何度《なんど》も浮《う》かべるようになっていました。それどころか、孫《まご》のセドリックと親《した》しくなるにつれて、苦笑《にがわら》いをする回数《かいすう》が増《ふ》えていきましたし、その笑《わら》いから苦々《にがにが》しさが消《き》える瞬間《しゅんかん》すら出《で》てきたのです。

セドリックが来《く》るまで、年老《としお》いた伯爵《はくしゃく》は、孤独《こどく》と痛風《つうふう》と70年《ねん》の人生《じんせい》に飽《あ》き飽《あ》きしていました。体《たい》力《りょく》があって元気《げんき》なときには、あちらこちらへ旅《たび》をして楽《たのし》んでいるようなふりをすることもできましたが、実《じつ》は心《こころ》から楽《たの》しんでいたわけではありませんでした。

しかも、だんだんと体《からだ》の調子《ちょうし》が悪《わる》くなってくると、何《なに》をやっても疲《つか》れてしまうので、痛風《つうふう》と新聞《しんぶん》と本《ほん》を抱《かか》えながら、ドリンコート城《じょう》に閉《と》じこもるようになりました。

そうは言《い》っても、一日中《いちにちじゅう》、新聞《しんぶん》や本《ほん》を読《よ》んでいるわけにはいきません。たとえ豪華《ごうか》な部屋《へや》であっても、痛風《つうふう》で痛《いた》む足《あし》を椅子《いす》に乗《の》せて1人《ひとり》きりで座《すわ》っているというのは耐《た》え難《がた》いことでしたし、伯爵《はくしゃく》に言《い》わせれば「退屈《たいくつ》」がひどくなり、夜《よる》も昼《ひる》も長《なが》く感《かん》じられるようになりました。

伯爵《はくしゃく》は絶《た》えずイライラしたり、さらに不機嫌《ふきげん》になっていきました。やがては、かんしゃくを起《お》こしたり、伯爵《はくしゃく》の顔《かお》を見《み》るのも嫌《いや》だと思《おも》っている召使《めしつか》いに向《む》かって怒鳴《どな》り散《ち》らしたりすることくらいしか、気晴《きば》らしをする方法《ほうほう》はなくなりました。

伯爵《はくしゃく》は賢《かしこ》い人《ひと》でしたから、召使《めしつか》いたちが自分《じぶん》を嫌《きら》っていることはよくわかっていました。また、自分《じぶん》を訪《たず》ねてくる人《ひと》の中《なか》には、伯爵《はくしゃく》が容赦《ようしゃ》なく皮肉《ひにく》を言《い》ったりするのをおもしろいと感《かん》じる人《ひと》もいましたが、伯爵《はくしゃく》のことが好《す》きで訪《たず》ねてくる人《ひと》は1人《ひとり》もいませんでした。伯爵自身《はくしゃくじしん》、そのことはわかっていたのです。

そこに現《あらわ》れたのがセドリックでした。

最初《さいしょ》に孫《まご》に会《あ》ったとき、伯爵《はくしゃく》はまず見《み》た目《め》のよさに満足《まんぞく》し、祖父《そふ》としての密《ひそ》かな誇《ほこ》りが満《み》たされるのを感《かん》じました。これはセドリックにとって幸運《こううん》なことでした。

もしセドリックがそれほど美《うつく》しい少年《しょうねん》でなかったならば、年老《としお》いた伯爵《はくしゃく》は強《つよ》い偏見《へんけん》を持《も》ち続《つづ》けていたでしょうし、孫《まご》が素晴《すば》らしい性格《せいかく》の持《も》ち主《ぬし》であることにも気《き》づかなかったはずです。

とはいえ伯爵《はくしゃく》は、セドリックが美《うつく》しい少年《しょうねん》で、何《なに》も怖《こわ》がらない勇気《ゆうき》を持《も》っているのは、ドリンコート家《け》の血《ち》を受《う》け継《つ》いだためであり、自分《じぶん》の一族《いちぞく》が名門《めいもん》だからなのだろうと考《かんが》えていました。

ところがセドリックが話《はな》すことを聞《き》いたり、育《そだ》ちのよさに気《き》づいたりするうちに、自分《じぶん》の孫《まご》のことがだんだん好《す》きになってきました。セドリックがまだ幼《おさな》く、自分《じぶん》が受《う》け継《つ》いだものの中身《なかみ》がわかっていないとしてもです。

伯爵《はくしゃく》は、自分《じぶん》がセドリックとの生活《せいかつ》を楽《たの》しみ始《はじ》めているのにも気《き》づきました。そこで、かわいそうなヒギンズを助《たす》けられるような力《ちから》を与《あた》えてみるのも、おもしろいだろうと思《おも》ったのです。

伯爵自身《はくしゃくじしん》は、気《き》の毒《どく》なヒギンズを気《き》にかけていたわけではありません。でも、孫《まご》が地元《じもと》の人々《ひとびと》の評判《ひょうばん》になり、幼《おさな》いうちから、領地《りょうち》に住《す》む人《ひと》たちに好《す》かれるのは、悪《わる》い気《き》はしませんでした。

セドリックを教会《きょうかい》に連《つ》れていったのも、同《おな》じ理由《りゆう》からでした。セドリックを見《み》た人《ひと》たちが、どんなふうに興奮《こうふん》したり、興味深《きょうみぶか》そうに眺《なが》めるのかを見《み》てみようと思《おも》いついたのです。

幼《おさな》い孫《まご》が持《も》つ美《うつく》しさ、健康《けんこう》でたくましくて姿勢《しせい》のよい体《からだ》つき、品《ひん》のよい身《み》のこなし、整《ととの》った顔立《かおだ》ち、輝《かがや》くような髪《かみ》がうわさになるのはわかっていましたし、「頭《あたま》の先《さき》から爪《つめ》の先《さき》まで立派《りっぱ》な貴族《きぞく》だ」と言《い》われるだろうとも思《おも》っていました。

実際《じっさい》、伯爵《はくしゃく》はある女《おんな》の人《ひと》が興奮《こうふん》して、そばにいるもう1人《ひとり》にそう言《い》っているのを耳《みみ》にしました。ドリンコート伯爵《はくしゃく》は気位《きぐらい》の高《たか》い老人《ろうじん》で、家名《かめい》や地位《ちい》に誇《ほこ》りを持《も》っていましたから、自分《じぶん》にふさわしい跡取《あとと》りができたことを世間《せけん》に知《し》らせることができて、かなり満足《まんぞく》していました。

ある日《ひ》の朝《あさ》、セドリックが新《あたら》しいポニーに初《はじ》めて乗《の》ってみせたときなどは、伯爵《はくしゃく》はあまりのうれしさに痛風《つうふう》の痛《いた》みを忘《わす》れたほどでした。

伯爵《はくしゃく》は書斎《しょさい》の窓《まど》を開《あ》けさせ、馬《うま》の世話係《せわがかり》が美《うつく》しいポニーを連《つ》れ出《だ》してくるのを座《すわ》って眺《なが》めていました。ポニーはツヤツヤとした栗毛《くりげ》の首《くび》を弓《ゆみ》なりにして、美《うつく》しい頭《あたま》を太陽《たいよう》の光《ひかり》の中《なか》に突《つ》き上《あ》げるような動作《どうさ》をしました。

セドリックが初《はじ》めて乗馬《じょうば》を教《おそ》わっていたときには、自分《じぶん》の孫《まご》が臆病《おくびょう》なところを見《み》せるのではないかと不安《ふあん》を感《かん》じていました。伯爵《はくしゃく》は、初《はじ》めて乗馬《じょうば》を教《おそ》わる子《こ》どもが度胸《どきょう》をなくして、おびえてしまう場面《ばめん》を何度《なんど》も見《み》てきたからです。ましてやセドリックのポニーは、あまり小《ちい》さくありません。

ところがセドリックは、とてもうれしそうにポニーにまたがりました。これまでポニーに乗《の》ったことはありませんから、むしろすっかり有頂天《うちょうてん》になっていました。世話係《せわがかり》のウィルキンスは、手綱《たづな》をとってポニーを引《ひ》き、書斎《しょさい》の前《まえ》を行《い》ったり来《き》たりさせています。

「なかなか胆《きも》の据《す》わった坊《ぼっ》ちゃんだよ」

ウィルキンスは馬小屋《うまごや》に戻《もど》ってから、ニコニコと笑《わら》いながら言《い》いました。

「ポニーに乗《の》せるのに、まったく手《て》がかからないんだからさ。背筋《せすじ》をピンと伸《の》ばして、まっすぐに鞍《くら》に座《すわ》ってな。大人《おとな》だってあんなふうには乗《の》れねえさ。そんでこんなこと言《い》うんだ。

『ウィルキンス、僕《ぼく》まっすぐ乗《の》ってる？　サーカスだとみんなまっすぐに乗《の》ってるよね』って。だからおいら『矢《や》みたいにまっすぐでさあ、坊《ぼっ》ちゃん！』って言《い》ったんだ。そしたら大喜《おおよろこ》びで笑《わら》って『ああ、よかった』って。で『まっすぐじゃなかったら言《い》ってね、ウィルキンス！』だってさ」

しかしセドリックは、手綱《たづな》を引《ひ》かれて歩《ある》くだけでは満足《まんぞく》できませんでした。少《すこ》しすると、窓《まど》から眺《なが》めていた伯爵《はくしゃく》に、こう声《こえ》をかけたのです。

「自分《じぶん》1人《ひとり》で乗《の》っちゃだめですか？　もっと速《はや》く走《はし》ってもいいかな？　ニューヨークの五番街《ごばんがい》の子《こ》は〝だく足《あし》（前脚《まえあし》を高《たか》く上《あ》げてやや速《はや》く走《はし》ること）〟とか〝駆《か》け足《あし》〟をさせてたんです」

「できるのか？」

「ええ、やってみたいです」

伯爵《はくしゃく》はウィルキンスに合図《あいず》をしました。ウィルキンスは自分《じぶん》の馬《うま》を引《ひ》いてきてまたがると、セドリックのポニーにつないだ綱《つな》を持《も》ちました。

それからしばらくの間《あいだ》、セドリックは必死《ひっし》でした。速足《はやあし》で走《はし》らせるのは、馬《うま》を歩《ある》かせることよりもずっと難《むずか》しいのです。ポニーが速《はや》く走《はし》れば走《はし》るほど難《むずか》しくなります。

「す、すごく、ゆ、ゆ、揺《ゆ》れるんだね」

セドリックがウィルキンスに言《い》いました。

「そ、そっちも、ゆ、揺《ゆ》れてる?」

「いいえ、坊《ぼっ》ちゃん。でも、そのうち慣《な》れますよ。『あぶみ』に足《あし》を乗《の》っけて体《からだ》を浮《う》かすんです」

「ず、ずっと、う、浮《う》かしてるけど」

揺《ゆ》れたり跳《は》ねたり、不自然《ふしぜん》に立《た》ったり座《すわ》ったり。セドリックは息《いき》が切《き》れましたし、顔《かお》が真《ま》っ赤《か》になりましたが、力《ちから》を振《ふ》り絞《しぼ》って、できるだけまっすぐにポニーに乗《の》り続《つづ》けようとしました。

伯爵《はくしゃく》はその様子《ようす》を窓《まど》から見《み》ていました。

セドリックとウィルキンスは木々《きぎ》の向《む》こうまで走《はし》っていきましたが、やがて声《こえ》の届《とど》くところまで戻《もど》ってきました。帽子《ぼうし》は脱《ぬ》げていて、頬《ほお》はひなげしの花《はな》のように赤《あか》くなっています。それでもセドリックは唇《くちびる》を固《かた》く結《むす》んで、勇《いさ》ましく速足《はやあし》を続《つづ》けていました。

もし世界《せかい》で一番賢《いちばんかしこ》い人《ひと》が、伯爵《はくしゃく》を喜《よろこ》ばせる方法《ほうほう》を知《し》っていたとしましょう。でもこのときのセドリックほど、伯爵《はくしゃく》を喜《よろこ》ばせることはできなかったはずです。

ポニーが並木道《なみきみち》を、また速足《はやあし》で走《はし》っていきます。それを見《み》ていた伯爵《はくしゃく》の顔《かお》には、うっすらと赤《あか》みがさしていました。もじゃもじゃの眉毛《まゆげ》の下《した》の目《め》には、喜《よろこ》びの表情《ひょうじょう》が浮《う》かんでいます。

伯爵《はくしゃく》は、自分《じぶん》がまた、こんな気持《きも》ちを味《あじ》わえるなどとは夢《ゆめ》にも思《おも》っていませんでした。

伯爵《はくしゃく》は座《すわ》って外《そと》を見《み》ながら、馬《うま》のひづめの音《おと》が戻《もど》ってくるのを今《いま》か今《いま》かと待《ま》っていました。しばらくすると2人《ふたり》が戻《もど》ってきました。セドリックは相変《あいか》わらず帽子《ぼうし》をかぶっていません。ウィルキンスが手《て》に持《も》っていました。少年《しょうねん》の頬《ほお》は先《さき》ほどより赤《あか》く、髪《かみ》が耳元《みみもと》で跳《と》びはねていましたが、きびきびした駆《か》け足《あし》で戻《もど》ってきました。

「見《み》て！」

伯爵《はくしゃく》の前《まえ》で停《と》まると、セドリックは息《いき》を切《き》らして言《い》いました。

「か、駆《か》け足《あし》もできるんです。五番街《ごばんがい》の子《こ》ほどうまくないけど、でもできた。ちゃんと乗《の》っていられたんです！」

それ以来《いらい》、セドリックとウィルキンスとポニーは仲《なか》のいい友達《ともだち》になりました。領地《りょうち》に住《す》む人《ひと》たちは、大通《おおどお》りや緑《みどり》の草《くさ》に覆《おお》われた小道《こみち》を一緒《いっしょ》に駆《か》け足《あし》で走《はし》っていく姿《すがた》を、ほぼ毎《まい》日見《にちみ》かけるようになりましたし、子《こ》どもたちもセドリックの姿《すがた》を見《み》ようと、家《いえ》の入《い》り口《ぐち》まで走《はし》っていくようになりました。

そんなとき、セドリックは帽子《ぼうし》を取《と》って子《こ》どもたちに振《ふ》りながら、こう叫《さけ》ぶのです。

「こんにちは！　おはよう！」

貴族《きぞく》としてはお行儀《ぎょうぎ》がよくないかもしれません。でも、心《こころ》のこもった挨拶《あいさつ》でしたし、セドリックはときには馬《うま》を停《と》めて、子《こ》どもたちと話《はなし》をすることもありました。

あるとき、お城《しろ》に戻《もど》ってきたウィルキンスは、こんな話《はなし》をして聞《き》かせました。セドリックが村《むら》の学校《がっこう》の近《ちか》くで、どうしても馬《うま》を降《お》りると言《い》って聞《き》かなかったというのです。足《あし》が不自由《ふじゆう》な少年《しょうねん》を、自分《じぶん》のポニーに乗《の》せて家《いえ》まで送《おく》るためでした。

ウィルキンスは、馬小屋《うまごや》で仲間《なかま》に話《はな》し始《はじ》めました。

「おいらがなんと言《い》っても聞《き》かないのさ！　おいらが降《お》りるって言《い》ったのに、大《おお》きな馬《うま》だと、その子《こ》の乗《の》り心地《ごこち》が悪《わる》いだろうからってさ。そんで『ウィルキンス、この子《こ》は足《あし》が悪《わる》いけど、僕《ぼく》はそうじゃない。それにこの子《こ》と話《はなし》がしたいんだ』ってこうだよ。

だからその子《こ》も、ポニーに乗《の》らなきゃなんなくなったんだ。

坊《ぼっ》ちゃんはその横《よこ》を歩《ある》いていくんだ。ポケットに両手《りょうて》を突《つ》っ込《こ》んで、帽子《ぼうし》を頭《あたま》の後《うし》ろのほうにずらしてね。口笛《くちぶえ》吹《ふ》いたり気軽《きがる》に話《はな》したりしてさ！

で、その子《こ》の家《いえ》に着《つ》いたら、坊《ぼっ》ちゃんは帽子《ぼうし》をとって『息子《むすこ》さんをお宅《たく》までお連《つ》れしました、奥《おく》さま』って挨拶《あいさつ》するんだ。

それから『息子《むすこ》さんの足《あし》が痛《いた》むみたいでしたし、杖一本《つえいっぽん》では寄《よ》りかかって歩《ある》くのがたいへんじゃないかと思《おも》うんです。僕《ぼく》、おじいさまに頼《たの》んで松葉杖《まつばづえ》を作《つく》ってもらいますね』だと。

あのおっかさん、驚《おどろ》いたのなんのって！　おいらだってぶったまげたよ！」

この話《はなし》を伯爵《はくしゃく》が知《し》ったら怒《おこ》るのではないか。ウィルキンスはそう心配《しんぱい》していましたが、実際《じっさい》には怒《おこ》りませんでした。それどころか大笑《おおわら》いしてセドリックを呼《よ》び、最初《さいしょ》から最後《さいご》まで詳《くわ》しく話《はなし》をさせて、また笑《わら》ったのでした。

何日《なんにち》かして、ドリンコート家《け》の馬車《ばしゃ》が、足《あし》の悪《わる》い少年《しょうねん》の住《す》む小《ちい》さな家《いえ》の前《まえ》に停《と》まりました。セドリックは馬車《ばしゃ》から飛《と》び降《お》りると、丈夫《じょうぶ》で軽《かる》い2本《ほん》の松葉杖《まつばづえ》を銃《じゅう》のように肩《かた》に担《かつ》いで、家《いえ》に向《む》かっていきました。そしてハートル夫人《ふじん》（足《あし》の不自由《ふじゆう》な少年《しょうねん》の苗字《みょうじ》はハートルでした）にこう言《い》って、松葉杖《まつばづえ》を渡《わた》したのです。

「おじいさまがよろしくと言《い》ってました。それと、よかったらこれ、息子《むすこ》さんに。早《はや》く足《あし》が治《なお》るといいですね」

馬車《ばしゃ》に戻《もど》ったセドリックは、伯爵《はくしゃく》に説明《せつめい》しました。

「おじいさまがよろしくって言《い》ってたって伝《つた》えたんです。そんなふうには言《い》われなかったけど、きっとおじいさまが忘《わす》れちゃったんだなって思《おも》ったから。そうでしょ？」

伯爵《はくしゃく》はまた笑《わら》いましたが、違《ちが》うとは言《い》わないのでした。

2人《ふたり》は日《ひ》に日《ひ》に仲《なか》がよくなっていき、セドリックは自分《じぶん》のおじいさまは世界一《せかいいち》思《おも》いやりがあって気前《きまえ》もよく、情《なさ》け深《ぶか》い人《ひと》だと信《しん》じて疑《うたが》わなくなりました。セドリックが望《のぞ》んでいたことが、口《くち》に出《だ》す前《まえ》に叶《かな》えられるのです。さまざまな贈《おく》り物《もの》やおもちゃが惜《お》しみなく与《あた》えられるので、時々《ときどき》戸惑《とまど》ってしまうほどでした。

セドリックには欲《ほ》しいものがすべて与《あた》えられ、やりたいことはなんでもやらせてもらえました。小《ちい》さな少年《しょうねん》にこういうことをするのは、必《かなら》ずしもいいこととは言《い》えませんが、セドリックは浮《う》かれたりしなかったのです。

確《たし》かにセドリックは生《う》まれつき、優《やさ》しい心《こころ》の持《も》ち主《ぬし》でしたが、コート・ロッジでお母《かあ》さんと過《す》ごしていなければ、甘《あま》やかされて育《そだ》ったわがままな子《こ》どもになっていたかもしれません。

セドリックの「一番《いちばん》の親友《しんゆう》」は、息子《むすこ》をしっかりと優《やさ》しく見守《みまも》っていました。2人《ふたり》はいつも長《なが》い間《あいだ》、話《はなし》をしましたし、セドリックがお城《しろ》に帰《かえ》るときには、必《かなら》ずお母《かあ》さんが頬《ほお》にキスをしてくれました。そしてセドリックが覚《おぼ》えておかなければならない、簡単《かんたん》で大切《たいせつ》な言葉《ことば》を胸《むね》に刻《きざ》んでくれるのです。

ただしセドリックには、どうしてもわからないことが1つだけありました。お母《かあ》さんとおじいさまがどうして決《けっ》して会《あ》おうとしないのか、不思議《ふしぎ》でならなかったのです。セドリックは観察力《かんさつりょく》の鋭《するど》い子《こ》でしたから、2人《ふたり》が絶対《ぜったい》に会《あ》わないことに気《き》づいていましたし、この謎《なぞ》について、しょっちゅう考《かんが》えていました。

でもセドリックが、そんな問題《もんだい》を考《かんが》えているとは、誰《だれ》も気《き》づいていません。お母《かあ》さんですら知《し》りませんし、伯爵《はくしゃく》も長《なが》いこと気《き》がつかないのでした。

ドリンコート城《じょう》の馬車《ばしゃ》がコート・ロッジについても、伯爵《はくしゃく》が馬車《ばしゃ》を降《お》りることはありません。伯爵《しゃく》がごくまれに教会《きょうかい》に行《い》くときも、セドリックは玄関《げんかん》に1人《ひとり》で残《のこ》されてお母《かあ》さんと話《はな》すか、お母《かあ》さんと2人《ふたり》でコート・ロッジに帰《かえ》るのです。

それでも毎日《まいにち》、お城《しろ》の温室《おんしつ》からは果物《くだもの》と花《はな》がコート・ロッジに送《おく》られて、こんな日々《ひび》が続《つづ》く中《なか》、伯爵《はくしゃく》がお母《かあ》さんに気配《きくば》りをしてあげたことで、セドリックが抱《いだ》いている尊敬《そんけい》の気持《きも》ちは、揺《ゆ》るぎのないものになりました。

セドリックと一緒《いっしょ》に初《はじ》めて教会《きょうかい》に行《い》った日曜日《にちようび》、伯爵《はくしゃく》はお母《かあ》さんが付《つ》き添《そ》いもなしに1人《ひとり》で家《いえ》に歩《ある》いて帰《かえ》るのを目《め》にしました。そこで、あることをしようと思《おも》いついたのです。

1週間《しゅうかん》ほどたったある日《ひ》、セドリックがお母《かあ》さんの家《いえ》に行《い》こうとすると、ドアのところに、いつもの大《おお》きな2頭立《とうだ》ての馬車《ばしゃ》でなく、小《ち》さくてきれいな小型《こがた》の馬車《ばしゃ》と、鹿毛《かげ》の馬《うま》が用意《ようい》されていました。

「お前《まえ》からお母《かあ》さんへの贈《おく》り物《もの》だ」

伯爵《はくしゃく》はぶっきらぼうに説明《せつめい》しました。

「田舎道《いなかみち》を歩《ある》き回《まわ》ってはいかん。馬車《ばしゃ》がいるだろうし、馬車《ばしゃ》の手入《てい》れは御者《ぎょしゃ》にやらせる。これはくれぐれも、お前《まえ》からの贈《おく》り物《もの》だからな」

セドリックはうれしすぎて、喜《よろこ》びを表現《ひょうげん》し切《き》れないほどでした。セドリックが馬車《ばしゃ》に乗《の》ってコート・ロッジに着《つ》くと、ちょうどお母《かあ》さんが庭《にわ》でバラを摘《つ》んでいるところでした。セドリックは小《ちい》さな馬車《ばしゃ》から飛《と》び出《だ》すと、大急《おおいそ》ぎでお母《かあ》さんのところに行《い》きました。

「大好《だいす》きな人《ひと》！」

セドリックは叫《さけ》びました。

「信《しん》じられる？　これ、大好《だいす》きな人《ひと》のだよ！　僕《ぼく》からの贈《おく》り物《もの》なんだって。この馬車《ばしゃ》でどこにでも行《い》けるよ！」

息子《むすこ》があまりに喜《よろこ》んでいるので、お母《かあ》さんはなんと言《い》っていいかわからなくなりました。馬車《ばしゃ》を贈《おく》ってくれたのは、自分《じぶん》のことを毛嫌《けぎら》いしている伯爵《はくしゃく》です。だからといって贈《おく》り物《もの》を受《う》け取《と》るのを拒《こば》んで、息子《むすこ》をがっかりさせたくはありません。

結局《けっきょく》、お母《かあ》さんはバラや他《ほか》のものをすべて持《も》ったまま馬車《ばしゃ》に乗《の》り込《こ》み、セドリックとあちこちを走《はし》り回《まわ》らざるをえなくなりました。

この間《かん》、セドリックは、おじいさまがどんなに素晴《すば》らしくて優《やさ》しい人《ひと》なのかを話《はな》して聞《き》かせました。その様子《ようす》がとても無邪気《むじゃき》だったので、お母《かあ》さんは時々《ときどき》思《おも》わず笑《わら》ってしまい、かわいい坊《ぼう》やを引《ひ》き寄《よ》せてキスをしました。自分《じぶん》の息子《むすこ》が、友達《ともだち》のほとんどいない老人《ろうじん》のいいところだけを見《み》ていることがわかって、うれしくなったのです。

翌日《よくじつ》、セドリックはホッブスさんに手紙《てがみ》を書《か》きました。とても長《なが》い手紙《てがみ》でした。下書《したが》きを終《お》えると、セドリックは内容《ないよう》を確《たし》かめてもらうため、伯爵《はくしゃく》のところに持《も》っていきました。

「だってね」

セドリックはこんなふうに説明《せつめい》しました。

「綴《つづ》りがあやふやなんです。間違《まちが》っているところを教《おし》えてくだされば、書《か》き直《なお》しますね」

手紙《てがみ》にはこう書《か》いてありました。

「しんあいなるホブスさん、

「僕《ぼく》わおじいさまのことについて教《おし》えてあげたいことがあります　おじいさまはホブスさんが今《いま》まで知《し》ってなかで一番《いちばん》のはくしゃくです　はくしゃくが、ボークンだというのはまちがいです　おじいさまはまったくボークンじゃないです　おじいさまのことをしったら、きっといいお友達《ともだち》になれるはずです　おじいさまは痛風《つうふう》でなやまっていますがとてもしんぶうづよいです

僕《ぼく》はまいにちおじいさまのことがもっと好《す》きになります　なじかというと世《よ》の中《なか》のぜんぶの人《ひと》にしんせつにしてくれるはくしゃくをすきになるからです

おじいさまと話《はなし》をしてもらえたらとおもいます　おじいさまはせかいのことをしっているからなんでも質問《しつもん》できます

ただ、やきゅうはしたことがないみたいです　おじいさまは僕《ぼく》にポニーとばしゃをくれましたママにはきれちなばしょをくれました　僕《ぼく》はへやを3つもっていてぜんぶのしゅるいのオモチャがあるからビッチリするとおもいます

ホブスさんもおしろとにわが好《す》きになるとおもいますし、とてもひろいおしろなのでまい子《こ》になるとウィルキンスがいってました　ウィルキンスは僕《ぼく》の馬《うま》をていれしてくれる人《ひと》です　おしろのしたに口オヤがあるといってました　お庭《にわ》は全部《ぜんぶ》がきれいなのでオドラクとおもいます　すごく大《おお》きな木《き》もあるし。シカとウサギやトリもいます

おじいさまはとてもおかねもちですけど、ホッブスさんが思《おも》っているようにじまんしたりしません　僕《ぼく》はおじいさまといるのがすきでまわりの人《ひと》もとてもていねいで親切《しんせつ》で、ぼうしをとってあい

さつしてくれます　おんなの人《ひと》たちはえしゃくをして、ときどき神《かみ》さまのごかごをって言《い》ってくれます。僕《ぼく》はいまは馬《うま》にものれるようになりましたが、さいしょにはしったときにはゆれました。
僕《ぼく》のおじいさまはやちんがはらえなくなった人《ひと》に、そのままいさせてあげました　ミスメロンはワインとかをビュキの子《こ》どもにもっていってあげました
僕《ぼく》はホブスさんにおあいしたいです　だいすきな人《ひと》ともおしろで一緒《いっしょ》にすみあいです　でもあまりさびしくならないときにはとてもしあわせです　僕《ぼく》はおじいさまがすきです　みんなそうですおへんじをまってます

古《ふる》いとも「で」ち　セドリック　エロル

「ついしん。ろうやにわだれもいません。おじいさまわ、そこにだれもとじこめたことないです」

「ついしん。おじいさまわとてもいいはくしやくで、僕《ぼく》わホブスさんおおもいだします。おじいさまわ、せかいじゅうのみんなにすかれています」

「母親《ははおや》がいなくてそんなに寂《さび》しいのか？」

手紙《てがみ》を読《よ》み終《お》えた伯爵《はくしゃく》は尋《たず》ねました。

「はい」

セドリックは答《こた》えました。

「いてほしいなって、いつも思《おも》います」

セドリックは伯爵《はくしゃく》のそばに寄《よ》って前《まえ》に立《た》ち、相手《あいて》の膝《ひざ》に手《て》を置《お》いて顔《かお》を見上《みあ》げました。

「おじいさまは、一緒《いっしょ》にいてほしいと思《おも》わないの？」

「わしはお前《まえ》の母親《ははおや》を知《し》らんからな」

伯爵《はくしゃく》は少《すこ》し怒《おこ》ったように言《い》いました。

「そうですよね。それが不思議《ふしぎ》なんです。

おじいさまに聞《き》いたりしちゃいけないって言《い》われたから、その――聞《き》かないけど、でも時々考《ときどきかんが》えちゃうし、なんだかよくわからなくなっちゃって。

でも聞《き》かなくてもいいんだ。どうしても寂《さび》しいって思《おも》うときは、窓《まど》のところに行《い》って外《そと》を見《み》るの。僕《ぼく》のために毎晩《まいばん》、明《あ》かりをつけてくれているし、それが遠《とお》くに見《み》えるから、なんて言《い》っているかわかるんです」

「なんと言《い》っているんだ？」

伯爵《はくしゃく》は尋《たず》ねました。

「『お休《やす》み、朝《あさ》まで神様《かみさま》が見守《みまも》ってくださるわ』って。一緒《いっしょ》にいたときに毎晩《まいばん》言《い》ってくれたみたいにね。朝《あさ》には『今日一日《きょういちにち》、神様《かみさま》のお恵《めぐ》みがありますように！』って言《い》ってくれるんです。だから僕《ぼく》、いつも安心《あんしん》できるんです」

「なるほど、そうだろうな」

伯爵《はくしゃく》はそっけなく言《い》いました。そして眉《まゆ》を寄《よ》せて孫《まご》をじっと見《み》つめました。

あまりに長《なが》い間《あいだ》そうやって見《み》つめているので、セドリックは、おじいさまは何《なに》を考《かんが》えているのだろうと不思議《ふしぎ》に思《おも》っていました。

9　悲惨《ひさん》な村《むら》

ドリンコート伯爵《はくしゃく》はこのところ、それまでに考《かんが》えたこともないようなことをあれこれ考《かんが》えていました。どれも多《おお》かれ少《すく》なかれ、孫《まご》にかかわることでした。

伯爵《はくしゃく》の心《こころ》の中《なか》で、これまで最《もっと》も多《おお》くの部分《ぶぶん》を占《し》めていたのはプライドでしたが、セドリックはあらゆる点《てん》で気持《きも》ちを満足《まんぞく》させてくれました。伯爵《はくしゃく》が息子《むすこ》たちに失望《しつぼう》したことは誰《だれ》もが知《し》っています。それだけに、新《あたら》しいフォントルロイ卿《きょう》を見《み》せつけて、勝《か》ち誇《ほこ》ったような喜《よろこ》びを味《あじ》わいたいという気《き》持《も》ちを持《も》ったのは、当然《とうぜん》かもしれません。

また伯爵《はくしゃく》はセドリックに対《たい》して、自分《じぶん》が受《う》け継《つ》いだ力《ちから》を誇《ほこ》りに思《おも》い、その地位《ちい》がいかに素晴《すば》らしいかも理解《りかい》してほしいと思《おも》っていました。そこで将来《しょうらい》のための計画《けいかく》を立《た》てましたし、新《あたら》しい楽《たの》しみを見出《みだ》したことで、痛風《つうふう》の痛《いた》みを忘《わす》れることもありました。

しばらくすると、主治医《しゅじい》も、この貴族《きぞく》の患者《かんじゃ》がどんどん健康《けんこう》になっていっていることに驚《おどろ》きました。ここまで回復《かいふく》するとは考《かんが》えていなかったのです。

伯爵《はくしゃく》がよくなっていったのは、お城《しろ》の中《なか》で退屈《たいくつ》をもてあまし、時間《じかん》がたつのが遅《おそ》いなどと感《かん》じる場面《ばめん》が少《すく》なくなったからでしょう。伯爵《はくしゃく》には足《あし》の痛《いた》みや、痛風《つうふう》以外《いがい》に考《かんが》えることができたのです。

ある日《ひ》の朝《あさ》、村《むら》に住《す》んでいる人《ひと》たちがびっくりする出来事《できごと》がありました。ポニーに乗《の》ったセドリックが、ウィルキンス以外《いがい》の人《ひと》と乗馬《じょうば》をしているではありませんか。それは背《せ》が高《たか》く、たくましい灰色《はいいろ》の馬《うま》に乗《の》った人《ひと》でした。あの伯爵《はくしゃく》です。

計画《けいかく》を思《おも》いついたのはセドリックでした。これからポニーに乗《の》るというときになって、セドリックは伯爵《はくしゃく》に向《む》かって、悲《かな》しそうに言《い》ったのです。

「おじいさまが一緒《いっしょ》に行《い》けるといいのに。僕《ぼく》が出《で》かけると、おじいさまがこんなに大《おお》きなお城《しろ》で独《ひと》りぼっちになってしまうでしょう。

それを考《かんが》えると、僕《ぼく》も寂《さび》しくなっちゃうんです。おじいさまも馬《うま》に乗《の》れたらいいのにな」

セドリックの悲《かな》しそうな声《こえ》を聞《き》いた伯爵《はくしゃく》は、セリムという名前《なまえ》の自分《じぶん》の馬《うま》に鞍《くら》をつけるように命令《めいれい》しました。馬小屋《うまごや》は大騒《おおさわ》ぎになりましたが、それからは毎日《まいにち》のようにセリムに鞍《くら》がつけられるようになりました。

そして栗毛《くりげ》のポニーにまたがった小《ちい》さなセドリックの横《よこ》で、背《せ》が高《たか》く、顔立《かおだ》ちが整《ととの》っていて、鷲《わし》のような厳《きび》しい表情《ひょうじょう》をした白髪《しらが》の老人《ろうじん》が、大《おお》きな灰色《はいいろ》の馬《うま》に乗《の》っている光景《こうけい》は、珍《めずら》しくなくなっていきました。

緑《みどり》に覆《おお》われた小道《こみち》や美《うつく》しい田舎道《いなかみち》を一緒《いっしょ》に馬《うま》に乗《の》って走《はし》るうちに、2人《ふたり》はますます打《う》ち解《と》けていきました。そして伯爵《はくしゃく》は「大好《だいす》きな人《ひと》」や、その暮《く》らしぶりについて、たくさんのことを知《し》るようになりました。

伯爵《はくしゃく》には、亡《な》き息子《むすこ》の妻《つま》が何《なに》もせずに毎日《まいにち》暮《く》らしているわけではないことや、セドリックのお母《かあ》さんのことをよく知《し》っていることも、すぐにわかってきました。どこかの家《いえ》で、貧《まず》しい人《ひと》たちが、誰《だれ》かが病気《びょうき》になったり、悲《かな》しんでいたり、生活《せいかつ》が苦《くる》しくて困《こま》っていたりすると、その家《いえ》の前《まえ》にはよく小《ちい》さな馬車《ばしゃ》が停《と》まっているのです。

「おじいさまは知《し》ってる？」

一度《いちど》、セドリックは尋《たず》ねてみました。

「大好《だいす》きな人《ひと》を見《み》ると、みんなが『神《かみ》のお恵《めぐ》みを』って言《い》ってくれて、子《こ》どもたちが喜《よろこ》ぶんです。家《いえ》にお裁縫《さいほう》を習《なら》いに来《く》る人《ひと》もいますよ。いまはすごくお金持《かねも》ちになったような気《き》がするから、貧乏《びんぼう》な人《ひと》たちを助《たす》けたいんですって」

跡取《あとと》りの母親《ははおや》が若《わか》くて美《うつく》しく、侯爵夫人《こうしゃくふじん》のようなレディに見《み》える。伯爵《はくしゃく》も悪《わる》い気《き》はしませんでした。また貧《まず》しい人《ひと》たちに慕《した》われ、愛《あい》されているのも嫌《いや》な気持《きも》ちはしません。

しかし、お母《かあ》さんがセドリックにとって、どんなに大切《たいせつ》な存在《そんざい》になっているか、そしてセドリックがお母《かあ》さんを誰《だれ》よりも愛《あい》していることを知《し》るたびに、伯爵《はくしゃく》の胸《むね》は痛《いた》みました。セドリックの愛情《あいじょう》を独《ひと》り占《じ》めしたいと思《おも》っていたので、お母《かあ》さんに激《はげ》しく嫉妬《しっと》していたのです。

同《おな》じ日《ひ》の朝《あさ》、伯爵《はくしゃく》はセドリックを連《つ》れて小高《こだか》い丘《おか》まで行《い》くと、馬《うま》に乗《の》ったまま、目《め》の前《まえ》に広《ひろ》がる美《うつく》しい広大《こうだい》な光景《こうけい》をムチでぐるっとさして見《み》せました。

「これがすべてわしの土地《とち》だと知《し》っているかな？」

「そうなの？　これが全部《ぜんぶ》、1人《ひとり》のものだなんてすごいなあ。それにとてもきれいだし」

「これがすべて、いつかお前《まえ》のものになる……他《ほか》のいろんなものもだ。それはわかっているか？」

「僕《ぼく》のものって！」

セドリックは驚《おどろ》いただけでなく、少《すこ》し怖《こわ》くなったようでした。

「いつ？」

「わしが死《し》んだら」

「それなら欲《ほ》しくないや。おじいさまにはずっと生《い》きていてほしいもの」

「優《やさ》しいことを言《い》ってくれるな」

伯爵《はくしゃく》はそっけなく答《こた》えました。

「それでもいつかはお前《まえ》のものになる――お前《まえ》はドリンコート伯爵《はくしゃく》になるのだ」

セドリックは鞍《くら》の上《うえ》に座《すわ》ったままじっと動《うご》かず、広大《こうだい》な領地《りょうち》を見渡《みわた》しました。緑《みどり》の農場《のうじょう》、美《うつく》しい雑木林《ぞうきばやし》、道沿《みちぞ》いに並《なら》ぶ小《ちい》さな家々《いえいえ》、美《うつく》しい村《むら》、木々《きぎ》の向《む》こうには、塔《とう》がいくつもある、立派《りっぱ》なお城《しろ》が灰色《はいいろ》にそびえています。

セドリックはふと小《ちい》さなため息《いき》をつきました。

「何《なに》を考《かんが》えておる？」

伯爵《はくしゃく》は尋《たず》ねました。

「僕《ぼく》はなんて小《ちい》さな子《こ》どもなんだろうって考《かんが》えてました。それと大好《だいす》きな人《ひと》が言《い》ったことを思《おも》い出《だ》したんです」

「なんと言《い》ったんだ？」

「これだけのお金持《かねも》ちになるのは、そんなに簡単《かんたん》なことじゃないって。あんまりいろんなものが手《て》に入《はい》ると、誰《だれ》もがそんなふうに恵《めぐ》まれているわけじゃないってことを、忘《わす》れてしまうこともあるんだって。だからお金持《かねも》ちの人《ひと》は、いつもそのことを忘《わす》れないようにしなきゃいけないんです。伯爵《はくしゃく》というのはすごく力《ちから》を持《も》ってるから、自分《じぶん》のことだけじゃなくて、領地《りょうち》に住《す》んでいる人《ひと》たちのことを忘《わす》れちゃいけないって言《い》っていました。

でもこんなにたくさんの人《ひと》が住《す》んでるんだから、きっと大変《たいへん》ですよね。あそこにある全部《ぜんぶ》の家《いえ》を見《み》てそう思《おも》ったんです。僕《ぼく》が伯爵《はくしゃく》になったときに、どうやったらみんなのことがわかるようになるんだろうって。おじいさまはどうやっているの？」

伯爵《はくしゃく》は、なんと答《こた》えたらよいかわからなくなりました。領地《りょうち》に住《す》んでいる人《ひと》たちについて自分《じぶん》が知《し》っていることと言《い》えば、誰《だれ》が土地代《とちだい》をきちんと払《はら》っているかということと、土地代《とちだい》を払《はら》わない人《ひと》を追《お》い出《だ》す方法《ほうほう》くらいしかなかったからです。

「ニュイックが、わしの代《か》わりに調《しら》べてくれるんだ」

伯爵《はくしゃく》はそう言《い》って立派《りっぱ》な白《しろ》いひげを引《ひ》っ張《ぱ》ると、少《すこ》し不安《ふあん》そうにセドリックを見《み》ました。

「さあ帰《かえ》ろう。お前《まえ》が伯爵《はくしゃく》になったら、わしよりいい伯爵《はくしゃく》になるようにがんばることだ」

お城《しろ》に帰《かえ》る途中《とちゅう》、伯爵《はくしゃく》は一言《ひとこと》も口《くち》をききませんでした。

これまでの人生《じんせい》で誰1人《だれひとり》愛《あい》したことのない自分《じぶん》が、この小《ちい》さな少年《しょうねん》をどんどん好《す》きになっていく。そのことが信《しん》じられないような気持《きも》ちだったのです。

最初《さいしょ》はただ、セドリックが美《うつく》しく、勇敢《ゆうかん》な少年《しょうねん》であることに喜《よろこ》び、誇《ほこ》りに思《おも》った程度《ていど》でした。

しかし伯爵《はくしゃく》の心《こころ》の中《なか》では、それ以上《いじょう》の気持《きも》ちが芽生《めば》えていました。

セドリックが近《ちか》くにいたり、声《こえ》を聞《き》いたりするとうれしくなるのです。また自分《じぶん》が小《ちい》さな孫《まご》から好《す》かれたい、よく思《おも》われたいと願《ねが》っているのに気《き》づき、時々《ときどき》1人《ひとり》で苦笑《にがわら》いもします。

(わしはもうろくした年寄《としよ》りで、他《ほか》に考《かんが》えることがないからな)

伯爵《はくしゃく》は心《こころ》の中《なか》で、そんなふうにつぶやいてみることもあります。

しかし、そうでないことはわかっていました。


それから1週間《しゅうかん》ほどたったときのことです。

お母《かあ》さんのお屋敷《やしき》に行《い》っていたセドリックが、お城《しろ》に戻《もど》り、伯爵《はくしゃく》の書斎《しょさい》に入《はい》ってきました。

セドリックはお城《しろ》に初《はじ》めてやってきた日《ひ》に座《すわ》った背《せ》もたれの高《たか》い椅子《いす》に座《すわ》り、何《なに》かを深《ふか》く考《かんが》えているような顔《かお》で、しばらく暖炉《だんろ》の残《のこ》り火《び》を見《み》つめていました。

伯爵《はくしゃく》は何《なに》が起《お》きたのかと不思議《ふしぎ》に思《おも》いながら黙《だま》って孫《まご》を見《み》ていましたが、セドリックはついに顔《かお》を上《あ》げて話《はなし》を始《はじ》めました。

「ニュイックさんは、おじいさまの土地《とち》に住《す》んでいる人《ひと》たちのことを全部《ぜんぶ》知《し》ってるの?」

「知《し》っておくのが仕事《しごと》だからな。ニュイックは、仕事《しごと》をサボっているのか?」

「ひどい場所《ばしょ》があるんです」

セドリックは大《おお》きく目《め》を見開《みひら》き、おびえたような表情《ひょうじょう》で伯爵《はくしゃく》を見上《みあ》げました。

「大好《だいす》きな人《ひと》が見《み》てきたんですけど、村《むら》の反対側《はんたいがわ》の端《はし》っこで、家《いえ》が隙間《すきま》なくびっしり建《た》っているところなんですけど、今《いま》にも家《いえ》が崩《くず》れそうなんです。息《いき》ができないくらい空気《くうき》も悪《わる》いし、そこに住《す》んでいる人《ひと》たちはとっても貧乏《びんぼう》で、何《なに》もかもがひどいんです！

しょっちゅう病気《びょうき》が流行《はや》って、子《こ》どもたちは熱《ねつ》を出《だ》して死《し》んじゃうし、そんな生活《せいかつ》だから悪《わる》いことをする人《ひと》も出《で》てきたりして、みんなすごく気《き》の毒《どく》でみじめな生活《せいかつ》をしていて……。

これじゃあマイケルとブリジットよりひどいよ！　屋根《やね》が雨漏《あまも》りするんだから！

大好《だいす》きな人《ひと》は、そこに住《す》んでいるかわいそうな女《おんな》の人《ひと》に会《あ》いに行《い》ったんだけど、お屋敷《やしき》に戻《もど》ってきた後《あと》は、服《ふく》を全部着替《ぜんぶきが》えるまで、そばに近寄《ちかよ》らせなかったんだよ。

僕《ぼく》にそのことを話《はな》したとき、大好《だいす》きな人《ひと》のほっぺたに涙《なみだ》が流《なが》れて！」

セドリックの目《め》からも涙《なみだ》が流《なが》れます。それでも彼《かれ》は、健気《けなげ》にほほ笑《え》もうとしました。

「僕《ぼく》は、おじいさまはきっと知《し》らないんだって言《い》ったの。だから僕《ぼく》がおじいさまに言《い》っておくって約束《やくそく》したの」

セドリックは椅子《いす》から飛《と》び降《お》りると、伯爵《はくしゃく》に近寄《ちかよ》り、椅子《いす》に寄《よ》りかかりました。

「おじいさまなら、なんとかできますよね。ヒギンズさんを助《たす》けてあげたみたいに。

どんな人《ひと》だって、なんとかしてあげられるんだもの。おじいさまに頼《たの》めばきっと大丈夫《だいじょうぶ》って言《い》ったんだ。ニュイックさんはきっと、おじいさまに話《はな》すのを忘《わす》れてたんだって」

伯爵《はくしゃく》は膝《ひざ》にのせられた手《て》を見下《みお》ろしました。

ニュイックは伯爵《はくしゃく》に話《はな》すのを忘《わす》れていたわけではありません。それどころか、アールズ・コートと呼《よ》ばれる、村《むら》の反対側《はんたいがわ》の地域《ちいき》がひどい状態《じょうたい》になっていると、何度《なんど》か報告《ほうこく》していました。伯爵《はくしゃく》は壊《こわ》れそうな粗末《そまつ》な家《いえ》のことも、水《みず》はけの悪《わる》さも、貧《まず》しさや病気《びょうき》やみじめな生活《せいかつ》のことも全部《ぜんぶ》知《し》っていたのです。

またモードント牧師《ぼくし》が、できる限《かぎ》りの強《つよ》い口調《くちょう》で助《たす》けを求《もと》めにきたこともありました。ところが伯爵《はくしゃく》は口汚《くちぎたな》い言葉《ことば》で、牧師《ぼくし》さんの頼《たの》みをはねつけました。痛風《つうふう》がひどかったときには、アールズ・コートの連中《れんちゅう》などさっさとくたばればいい、などと言《い》ったので、その話題《わだい》はそれきりになっていました。

伯爵《はくしゃく》は自分《じぶん》のひざの上《うえ》の小《ちい》さな手《て》を見《み》てから、正直《しょうじき》で熱心《ねっしん》でまっすぐな瞳《ひとみ》を見《み》ました。伯爵《はくしゃく》の胸《むね》の内《うち》に、アールズ・コートで起《お》きていることと、自分自身《じぶんじしん》が取《と》った行動《こうどう》を恥《は》じる気持《きも》ちが沸《わ》き起《お》こりました。

「ほお！　わしに立派《りっぱ》な家《いえ》を建《た》てろというのだな？」

伯爵《はくしゃく》は自分《じぶん》の手《て》を、セドリックの手《て》に重《かさ》ねて撫《な》でました。

「古《ふる》い家《いえ》を壊《こわ》さないとだめなんです」

セドリックは、切羽《せっぱ》詰《つ》まった口調《くちょう》で言《い》いました。

「大好《だいす》きな人《ひと》がそう言《い》ってたの。明日《あした》行《い》って、壊《こわ》そうよ。みんな、おじいさまを見《み》たら喜《よろこ》ぶよ！助《たす》けに来《き》てくれたんだってわかるから！」

セドリックは喜《よろこ》びで顔《かお》を輝《かがや》かせました。その瞳《ひとみ》は星《ほし》のようにきらめいています。

伯爵《はくしゃく》は椅子《いす》から立《た》ち上《あ》がり、孫《まご》の肩《かた》に手《て》を置《お》きました。

「テラスに出《で》て歩《ある》くとするか」

伯爵《はくしゃく》は短《みじか》く笑《わら》いました。

「そのことを話《はな》し合《あ》わんとな」

伯爵《はくしゃく》とセドリックは、晴《は》れた日《ひ》の夜《よる》は、ほとんど毎日《まいにち》のようにテラスを一緒《いっしょ》に歩《ある》きました。伯爵《はくしゃく》は幅《はば》の広《ひろ》い石《いし》のテラスを孫《まご》とともに行《い》ったり来《き》たりしながら、また二《に》、三度《さんど》笑《わら》いました。

しかし伯爵《はくしゃく》は、小《ちい》さな相棒《あいぼう》の肩《かた》に手《て》を置《お》いて歩《ある》きながら、悪《わる》くない考《かんが》えに思《おも》いを巡《めぐ》らせているようでした。

10 誰《だれ》も予想《よそう》していなかった出来事《できごと》

その小《ちい》さな村《むら》は、小高《こだか》い荒《あ》れ地《ち》から見渡《みわた》すと絵《え》のように美《うつく》しい場所《ばしょ》に見《み》えました。しかしセドリックのお母《かあ》さんは、その村《むら》の貧《まず》しい人《ひと》たちの家《いえ》を訪問《ほうもん》するうちに、とても悲《かな》しいことがたくさん起《お》こっていることに気《き》づきました。実際《じっさい》には、遠《とお》くから見《み》えた絵《え》のような光景《こうけい》とはまるで違《ちが》っていたのです。

一生懸命《いっしょうけんめい》に努力《どりょく》すれば暮《く》らしは快適《かいてき》になり、生活《せいかつ》も楽《らく》になるはずなのに、住《す》んでいる人《ひと》たちは働《はたら》かず、貧《まず》しく、そして無関心《むかんしん》なままでした。

しばらくしてセドリックのお母《かあ》さんは、アールボロがこの地域《ちいき》で一番《いちばん》ひどい村《むら》だと言《い》われていることを知《し》りました。モードント牧師《ぼくし》にも、難《むずか》しい問題《もんだい》が山積《やまづ》みで気持《きも》ちが滅入《めい》ると聞《き》かされていましたが、お母《かあ》さん自身《じしん》もはっきりとそれを感《かん》じました。

土地《とち》を管理《かんり》している人《ひと》たちは、伯爵《はくしゃく》を喜《よろこ》ばすことばかりを考《かんが》えていて、そこに住《す》む貧《まず》しい小作人《こさくにん》たちの暮《く》らしが荒《あ》れ、生活《せいかつ》が苦《くる》しくなることなど、一向《いっこう》に気《き》にしていなかったのです。ですから、改善《かいぜん》しなければならない多《おお》くの問題《もんだい》がそのままになり、もともと悪《わる》かった状況《じょうきょう》がさらに悪化《あっか》していくばかりでした。

とくにアールズ・コートという場所《ばしょ》には、貧《まず》しい家々《いえいえ》や、みじめでやる気《き》のない、病気《びょうき》がちな人々《ひとびと》がひしめいていて、伯爵《はくしゃく》が持《も》っている領地全体《りょうちぜんたい》の評判《ひょうばん》を落《お》としていました。

セドリックのお母《かあ》さんも、初《はじ》めて行《い》ったときにはぞっとしました。荒《あ》れ果《は》てていて不潔《ふけつ》で物《もの》が不《ふ》足《そく》している場所《ばしょ》は都会《とかい》にもありますが、田舎《いなか》のためによけいひどいものに思《おも》えます。

薄汚《うすよご》れた格好《かっこう》をした子《こ》どもたちがほったらかしにされ、誰《だれ》からも心配《しんぱい》されずにひどい環境《かんきょう》の中《なか》で育《そだ》っているのを見《み》たとき、セドリックのお母《かあ》さんが思《おも》い出《だ》したのは、大《おお》きくて立派《りっぱ》な城《しろ》に暮《く》らしている息子《むすこ》のことでした。セドリックは若《わか》い王子《おうじ》さまのように暮《く》らしています。

そこで賢《かしこ》いお母《かあ》さんは、ある大胆《だいたん》な計画《けいかく》を思《おも》いつきました。息子《むすこ》が伯爵《はくしゃく》をとても喜《よろこ》ばせることができて、望《のぞ》めばどんなことでも叶《かな》えてもらえるのは、とても運《うん》のいいことだと思《おも》うようになっていたのです。

「伯爵《はくしゃく》は息子《むすこ》になんでも与《あた》えてくださいますわ」

お母《かあ》さんはモードント牧師《ぼくし》に言《い》いました。

「どんなに気《き》まぐれな望《のぞ》みでも叶《かな》うのです。その幸運《こううん》を他《ほか》の人《ひと》の幸《しあわ》せのために役立《やくだ》てるべきでしょう？　そういうふうにするのが、わたしの務《つと》めだと思《おも》うのです」

お母《かあ》さんは、息子《むすこ》の親切《しんせつ》で子《こ》どもらしい心《こころ》を信《しん》じていましたので、あえてアールズ・コートの話《はなし》をしました。きっとおじいさまにその話《はなし》をするに違《ちが》いない、それが何《なに》か素晴《すば》らしい結果《けっか》に結《むす》びつけばと思《おも》ったのです。

伯爵《はくしゃく》の心《こころ》に何《なに》より強《つよ》く影響《えいきょう》を与《あた》えていたのは、孫《まご》が自分《じぶん》に寄《よ》せている絶対的《ぜったいてき》な信頼《しんらい》でした。セドリックはおじいさまがすることは、いつも正《ただ》しく思《おも》いやりに満《み》ちていると信《しん》じて疑《うたが》いませんでした。一方《いっぽう》の伯爵《はくしゃく》は、実《じつ》は自分《じぶん》には思《おも》いやりがなく、正《ただ》しかろうが間違《まちが》っていようが、いつも好《す》き勝手《かって》に振《ふ》る舞《ま》う人間《にんげん》だなどと、知《し》られたくはありません。

それにかわいい孫《まご》の、愛情《あいじょう》のこもった茶色《ちゃいろ》い瞳《ひとみ》を見《み》つめながら、

「わしは乱暴《らんぼう》で身勝手《みがって》で卑劣《ひれつ》な老人《ろうじん》なのだ。これまでの人生《じんせい》で他人《たにん》に何《なに》かをしてやったことなど一《いち》度《ど》もないし、アールズ・コートや貧《まず》しい者《もの》などどうでもいい」

と、告白《こくはく》したりする気持《きも》ちにはとてもなれなかったのです。

それどころか伯爵《はくしゃく》は、このふさふさとした金髪《きんぱつ》を持《も》つ子供《こども》を愛《あい》するあまり、自分《じぶん》もときには思《おも》いやりのある行動《こうどう》をしてもいいだろうとまで思《おも》うようになっていました。

伯爵《はくしゃく》は少《すこ》し考《かんが》え、心《こころ》の中《なか》で自分《じぶん》を笑《わら》いながらも、ニュイックを呼《よ》び、アールズ・コートについて

長時間《ちょうじかん》にわたって話《はなし》を聞《き》きました。そして、崩《くず》れかけた家々《いえいえ》を取《と》り壊《こわ》し、新《あたら》しい家《いえ》を建《た》てることにしたのです。

「フォントルロイ卿《きょう》が言《い》い張《は》っているのだ」

伯爵《はくしゃく》はぶっきらぼうに言《い》いました。

「こうすれば領地《りょうち》の価値《かち》が上《あ》がると考《かんが》えているらしい。土地《とち》の者《もの》たちにも、孫《まご》の考《かんが》えだと伝《つた》えればよいだろう」

アールズ・コートの貧《まず》しい村《むら》を変《か》えようという計画《けいかく》は、領地《りょうち》の人《ひと》たちにも、町《まち》の人《ひと》たちにも伝《つた》わりました。

初《はじ》めは信《しん》じない人《ひと》が多《おお》かったのですが、工事《こうじ》をするために何人《なんにん》かの職人《しょくにん》さんが到着《とうちゃく》し、ボロボロのみすぼらしい小屋《こや》を取《と》り壊《こわ》し始《はじ》めると、世間《せけん》の見方《みかた》は変《か》わりました。セドリックがまた自分《じぶん》たちの暮《く》らしをよくしてくれる、伯爵《はくしゃく》の跡継《あとつ》ぎが助言《じょげん》をしたことで、評判《ひょうばん》の悪《わる》かったアールズ・コートがついに変《か》わるのだということがわかったのです。

世間《せけん》の人《ひと》たちは、あらゆるところでセドリックのうわさをし、ほめちぎり、大《おお》きくなったらどんなに素晴《すば》らしい伯爵《はくしゃく》になるだろうと話《はな》しました。

しかしセドリックはそんなことになっているとは夢《ゆめ》にも思《おも》わず、幸《しあわ》せで子《こ》どもらしい毎日《まいにち》を過《す》ごしていました。

庭園《ていえん》で跳《と》びはね、ウサギを巣穴《すあな》まで追《お》いかけ、木《き》の下《した》の芝《しば》や書斎《しょさい》の敷物《しきもの》に寝《ね》ころび、素敵《すてき》な本《ほん》を読《よ》む。そして読《よ》んだ本《ほん》の話《はなし》を伯爵《はくしゃく》に教《おし》え、お母《かあ》さんにも話《はな》して聞《き》かせたりしていました。

セドリックはディックやホッブスさんに長《なが》い手紙《てがみ》も書《か》きましたし、いかにもディックやホッブスさんらしい返事《へんじ》をもらったこともあります。また伯爵《はくしゃく》の横《よこ》で、あるいはウィルキンスをお供《とも》に、ポニーに乗《の》って出《で》かけることもありました。

セドリックと伯爵《はくしゃく》が市場《いちば》を通《とお》ると、振《ふ》り返《かえ》った人《ひと》たちがうれしそうに顔《かお》を輝《かがや》かせ、帽子《ぼうし》を取《と》って挨拶《あいさつ》することもよくありました。セドリックは、自分《じぶん》が挨拶《あいさつ》をされるのは、伯爵《はくしゃく》と一緒《いっしょ》にいるからなのだと思《おも》っていました。

「みんな、おじいさまが大好《だいす》きなんですね」

輝《かがや》くような笑顔《えがお》で伯爵《はくしゃく》を見上《みあ》げ、そう言《い》ったこともあります。

「おじいさまを見《み》て、みんながどんなに喜《よろこ》んでいるかわかる？　いつか僕《ぼく》も、そんなふうになっていたいな。おじいさまみたいに、みーんなに好《す》かれるって気持《きも》ちいいだろうな」

アールズ・コートで新《あたら》しく家《いえ》が建《た》てられている間《あいだ》、セドリックと伯爵《はくしゃく》は馬《うま》に乗《の》って、よく工事現《こうじげん》場《ば》を見《み》に行《い》きました。

セドリックは興味津々《きょうみしんしん》でした。ポニーから降《お》りて職人《しょくにん》に話《はな》しかけたり、家《いえ》を建《た》てる方法《ほうほう》やレンガの積《つ》み方《かた》について質問《しつもん》したり、アメリカの話《はなし》をしたりしました。そして帰《かえ》り道《みち》に、セドリックはレンガで家《いえ》をつくる方法《ほうほう》を伯爵《はくしゃく》に教《おし》えるのです。

「こういうことを覚《おぼ》えておきたいって、ずっと思《おも》ってたんです」

セドリックは言《い》いました。

「これから先《さき》、どんなことが起《お》きるかわかんないですからね」

少年《しょうねん》が帰《かえ》ると、職人《しょくにん》たちは仲間同士《なかまどうし》で話《はな》しながら、奇妙《きみょう》で無邪気《むじゃき》な話《はな》しぶりを笑《わら》いました。しかしみんなセドリックが好《す》きで、この少年《しょうねん》がポケットに手《て》を突《つ》っ込《こ》み、帽子《ぼうし》をカールした髪《かみ》の後《うし》ろにずらしながら自分《じぶん》たちの近《ちか》くに立《た》ち、熱心《ねっしん》な顔《かお》で見《み》ているのを喜《よろこ》びました。

「ああいうのは珍《めずら》しいぜ」

職人《しょくにん》たちはよくそう言《い》いました。

「はっきりものも言《い》うし、感《かん》じのいい小僧《こぞう》だよ。伯爵《はくしゃく》から悪《わる》い性格《せいかく》も受《う》け継《つ》いでねえようだし」

職人《しょくにん》たちは、家《いえ》に帰《かえ》るとそれぞれおかみさんたちに話《はな》し、おかみさんたちは互《たが》いに話《はな》し合《あ》うというう具合《ぐあい》でしたから、みんながセドリックのうわさをし、いろいろなことを知《し》るようになりました。

〝ろくでもない伯爵《はくしゃく》〟が大事《だいじ》に思《おも》える誰《だれ》かをついに見《み》つけたこと、その相手《あいて》が伯爵《はくしゃく》の頑《かたく》なで冷《つめ》たい心《こころ》を動《うご》かし、血《ち》の通《かよ》った温《あたた》かなものにしてくれたということを、知《し》らない人《ひと》はいません。

とはいえ、伯爵《はくしゃく》の気持《きも》ちがどんなに温《あたた》かなものになってきているか、そして、初《はじ》めて自分《じぶん》を信《しん》じてくれた孫《まご》に対《たい》する愛情《あいじょう》が、日《ひ》を追《お》うごとにいかに強《つよ》まってきているかは、誰《だれ》も気《き》づいていなかったのです。

伯爵《はくしゃく》は、セドリックが青年《せいねん》に成長《せいちょう》する日《ひ》を楽《たの》しみにするようになっていました。セドリックは強《つよ》くて美《うつく》しく素晴《すば》らしい人生《じんせい》が約束《やくそく》されている伯爵《はくしゃく》になるでしょうし、一方《いっぽう》でその親切《しんせつ》な心《こころ》と誰《だれ》とでも友達《ともだち》になれる力《ちから》を持《も》ち続《つづ》ける立派《りっぱ》な若者《わかもの》になるはずです。

そうなったとき、孫《まご》はどんなことをし、その才能《さいのう》をどんなふうに使《つか》うのだろう。伯爵《はくしゃく》はそんなふうに想像《そうぞう》しました。

暖炉《だんろ》の前《まえ》に寝《ね》そべって大《おお》きな本《ほん》を読《よ》んでいるセドリックの髪《かみ》の毛《け》に、炎《ほのお》の明《あ》かりが照《て》り返《かえ》しています。伯爵《はくしゃく》はそういう光景《こうけい》をうれしそうに見《み》ながら、頬《ほお》を赤《あか》らめました。

(この子《こ》ならなんでもできる。なんでもだ！)

伯爵《はくしゃく》はよく心《こころ》の中《なか》でつぶやきましたが、セドリックにそんな気持《きも》ちを抱《いだ》いていることを、誰《だれ》にも話《はな》したことはありません。むしろ他《ほか》の人《ひと》に孫《まご》のことを話《はな》すときには、決《き》まって苦笑《にがわら》いを浮《う》かべていたのです。

しかしセドリックはすぐに、おじいさまが自分《じぶん》を愛《あい》していて、常《つね》に近《ちか》くにいてほしがっていることに気《き》づきました。書斎《しょさい》にいるときは近《ちか》くの椅子《いす》に、テーブルの席《せき》に着《つ》くときには正面《しょうめん》に、ポニーや馬車《ばしゃ》に乗《の》るときや広《ひろ》いテラスを散歩《さんぽ》するときには、隣《となり》にいてほしいと思《おも》っていることが、伝《つた》わってくるのです。

「覚《おぼ》えてます？」

敷物《しきもの》に寝《ね》そべっていたセドリックが本《ほん》から顔《かお》を上《あ》げて聞《き》きました。

「最初《さいしょ》にお会《あ》いした夜《よる》、僕《ぼく》たち、仲良《なかよ》しになれますねって言《い》ったんですけど、覚《おぼ》えてますか？　僕《ぼく》たちほどの仲良《なかよ》しっていないですよね？」

「わしらはかなりの仲良《なかよ》しと言《い》えるな」

伯爵《はくしゃく》は答《こた》えました。

「こちらへおいで」

セドリックは起《お》き上《あ》がって伯爵《はくしゃく》のところに行《い》きました。

「何《なに》か欲《ほ》しいものはあるか？　まだ持《も》っていないものは？」

セドリックが、物思《ものおも》いに沈《しず》んだような表情《ひょうじょう》で相手《あいて》を見《み》つめました。

「たった1つだけ」

「それはなんだ？」

セドリックは一瞬黙《いっしゅんだま》り込《こ》みました。この少年《しょうねん》が長《なが》く考《かんが》え込《こ》むときは、必《かなら》ず何《なに》か理由《りゆう》があるのです。

「なんだね？」

伯爵《はくしゃく》がもう一度《いちど》尋《たず》ねると、セドリックはようやく答《こた》えました。

「大好《だいす》きな人《ひと》です」

伯爵《はくしゃく》は少《すこ》したじろぎました。

「しかし、ほとんど毎日会《まいにちあ》いに行《い》っているだろう。それでは不満《ふまん》か？」

「でも前《まえ》はいつでも一緒《いっしょ》でした。夜寝《よるね》るときにはキスをしてくれて、朝起《あさお》きるといつでもそこにいて、いつでも話《はな》せたんです」

一瞬《いっしゅん》、2人《ふたり》は黙《だま》り込《こ》みました。セドリックとふと目《め》が合《あ》うと、伯爵《はくしゃく》は眉《まゆ》をひそめました。

「母親《ははおや》のことを一時《ひととき》も忘《わす》れられないのか？」

「そうです。一瞬《いっしゅん》も。大好《だいす》きな人《ひと》も僕《ぼく》のことを忘《わす》れたりしません。僕《ぼく》はおじいさまのことだって、もし一緒《いっしょ》に住《す》んでいなかったら、もっと考《かんが》えちゃうと思《おも》うな」

「確《たし》かにそうだろうな」

伯爵《はくしゃく》は孫《まご》をもう少《すこ》し見《み》つめて言《い》いました。

「お前《まえ》ならそうしてくれるだろうさ！」

セドリックがお母《かあ》さんのことを口《くち》にするたびに、伯爵《はくしゃく》は嫉妬《しっと》を感《かん》じました。その苦《くる》しみは、前《まえ》よりも強《つよ》くなっているようでした。孫《まご》を思《おも》う気持《きも》ちが強《つよ》まっているからです。

しかしこのすぐ後《あと》、伯爵《はくしゃく》は別《べつ》の悩《なや》みに苦《くる》しむようになります。

その苦《くる》しみは、自分《じぶん》が息子《むすこ》の嫁《よめ》、つまりセドリックのお母《かあ》さんを毛嫌《けぎら》いしていることなど一瞬《いっしゅん》忘《わす》れてしまうほど、つらいものでした。

その苦《くる》しみは、驚《おどろ》くような形《かたち》で降《ふ》りかかってきました。

アールズ・コートの家々《いえいえ》が完成《かんせい》する前《まえ》の晩《ばん》、ドリンコート城《じょう》で盛大《せいだい》なディナーパーティーが開《ひら》かれました。

お城《しろ》でそんなに大《おお》きなパーティーが開《ひら》かれるのはずいぶん久《ひさ》しぶりでした。

パーティーの数日前《すうじつまえ》のこと、ハリー・ロリデイル卿夫妻《きょうふさい》がドリンコート城《じょう》を訪《たず》ねてきました。

ロリデイル夫人《ふじん》は、伯爵《はくしゃく》のたった1人《ひとり》の妹《いもうと》です。そのニュースに村《むら》は大騒《おおさわ》ぎになりました。なにしろ、ロリデイル夫人《ふじん》は結婚《けっこん》して以来《いらい》、35年間《ねんかん》でたった一度《いちど》しかドリンコート城《じょう》を訪《たず》ねてきたことがなかったのです。

ロリデイル夫人《ふじん》は桃色《ももいろ》の頬《ほお》にえくぼがある年配《ねんぱい》の女性《じょせい》です。白《しろ》い髪《かみ》がカールしていて、実《じつ》に堂々《どうどう》としており、人格的《じんかくてき》にも素晴《すば》らしい人《ひと》でした。

しかし世間《せけん》の人《ひと》たちと同《おな》じように、お兄《にい》さんの伯爵《はくしゃく》を認《みと》めていませんでした。また自分《じぶん》の考《かが》えをはっきりと持《も》っていて、恐《おそ》れずに意見《いけん》を言《い》う人《ひと》でしたので、伯爵《はくしゃく》とも若《わか》いころに何度《なんど》か激《はげ》しく言《い》い争《あらそ》い、それ以来《いらい》会《あ》うことがほとんどなくなっていました。

ロリデイル夫人《ふじん》は、お兄《にい》さんについてうれしくないうわさを耳《みみ》にしてきました。奥《おく》さんを大切《たいせつ》にしなかったこと、気《き》の毒《どく》なその奥《おく》さんが亡《な》くなったこと、子《こ》どもにも無関心《むかんしん》だったこと、上《うえ》の2人《ふたり》の子《こ》どもは体《からだ》が弱《よわ》いだけでなく意地《いじ》も悪《わる》く、人《ひと》に与《あた》える印象《いんしょう》も悪《わる》いため、伯爵家《はくしゃくけ》の恥《はじ》さらしになっていたことも聞《き》いていました。

そんなロリデイル夫人《ふじん》を、ある日《ひ》、背《せ》が高《たか》くてたくましい18歳《さい》くらいの美《うつく》しい青年《せいねん》が訪《たず》ねてきたことがありました。甥《おい》のセドリック・エロルですと名乗《なの》り、近《ちか》くまで来《き》たので、母《はは》が話《はな》していたコンスタンティアおばさまにお会《あ》いしたいと思《おも》いました、と告《つ》げたのです。

ロリデイル夫人《ふじん》は、その青年《せいねん》を1週間滞在《しゅうかんたいざい》させてかわいがり、大切《たいせつ》にもてなしました。とても優《やさ》しく朗《ほが》らかで元気《げんき》のある青年《せいねん》だったので、またひんぱんに会《あ》いに来《き》てほしいとも思《おも》いました。

しかしそれは叶《かな》いませんでした。末息子《すえむすこ》がドリンコート城《じょう》に戻《もど》ってきたとき、伯爵《はくしゃく》は機嫌《きげん》が悪《わる》く、ロリデイル夫人《ふじん》には今後一切《こんごいっさい》会《あ》いに行《い》ってはならないと命《めい》じたのです。

ロリデイル夫人《ふじん》はいつもその青年《せいねん》のことを気《き》にかけていました。アメリカで結婚《けっこん》を早《はや》まったのではないかと心配《しんぱい》していましたし、伯爵《はくしゃく》が息子《むすこ》を勘当《かんどう》し、どこでどんなふうに暮《く》らしているのか誰《だれ》にもわからなくなったと聞《き》いたときには、とても腹《はら》を立《た》てました。

やがて、ロリデイル夫人《ふじん》はその青年《せいねん》が亡《な》くなったことをうわさで知《し》りましたし、さらに長男《ちょうなん》が馬《うま》から落《お》ちて亡《な》くなり、次男《じなん》がローマで熱病《ねつびょう》にかかり亡《な》くなったことも知《し》りました。

そして、エロルの子《こ》どもがアメリカで見《み》つかり、フォントルロイ卿《きょう》として故郷《こきょう》に迎《むか》えられることを知《し》ったのです。

「他《ほか》の子《こ》どもたちのときと同《おな》じように、甘《あま》やかされただめな大人《おとな》になるでしょうよ」

ロリデイル夫人《ふじん》は、夫《おっと》のハリー卿《きょう》に言《い》いました。

「その子《こ》の母親《ははおや》がよほどしっかりしていて、面倒《めんどう》を見《み》てあげれば別《べつ》ですけど」

その後《ご》、セドリックの母親《ははおや》が息子《むすこ》と離《はな》れればなれにさせられているのを聞《き》いたロリデイル夫人《ふじん》は、あまりの怒《いか》りに言葉《ことば》も出《で》ないのでした。

「恥《はじ》さらしもいいところだわ、ハリー！」

ロリデイル夫人《ふじん》は言《い》いました。

「小《ちい》さな子《こ》どもが母親《ははおや》から引《ひ》き離《はな》されて、お兄《にい》さまみたいな人《ひと》と一緒《いっしょ》に暮《く》らすなんて！　つらく当《あ》たるか、甘《あま》やかしすぎて小《ちい》さな怪物《かいぶつ》のような子《こ》どもにしてしまうかどちらかだわ。手紙《てがみ》を書《か》いて少《すこ》しでもよくなるものなら――」

「そんなふうにはならないだろうよ、コンスタンティア」

ハリー卿《きょう》は言《い》いました。

「わかってますわ。ドリンコート伯爵《はくしゃく》のことは、嫌《いや》というほど存《ぞん》じ上《あ》げていますからね――それにしてもひどすぎる」

セドリックのうわさは、だんだんロリデイル夫人《ふじん》の耳《みみ》にも入《はい》ってきました。農民《のうみん》のヒギンズさんを助《たす》けた話《はなし》や、足《あし》の悪《わる》い少年《しょうねん》をポニーに乗《の》せた話《はなし》、アールズ・コートの家々《いえいえ》を建《た》て直《なお》させた話《はなし》、その他《ほか》たくさんのことを知《し》ったのです。

ロリデイル夫人《ふじん》は、その少年《しょうねん》にとても会《あ》いたくなりました。どうやって会《あ》いに行《い》こうかと考《かんが》えていたちょうどその頃《ころ》、なんと兄《あに》から手紙《てがみ》が来《き》て、夫《おっと》とともにドリンコート城《じょう》へ招《まね》かれたのです。

「信《しん》じられないわ！」

ロリデイル夫人《ふじん》は大声《おおごえ》を上《あ》げました。

「その子《こ》が奇跡《きせき》を起《お》こしたって聞《き》いたけど、信《しん》じるしかなさそうね。お兄《にい》さまはその子《こ》をとても大《だい》事《じ》に思《おも》っていて、いつも自分《じぶん》の目《め》の届《とど》くところに置《お》いているんですって。それにすごく自慢《じまん》しているとか！　きっとわたしたちにも、その子《こ》を見《み》せたがっているのよ」

ロリデイル夫人《ふじん》はさっそく招待《しょうたい》を受《う》けることにしました。

ハリー卿夫妻《きょうふさい》がドリンコート城《じょう》に着《つ》いたのは夕方《ゆうがた》でしたので、ロリデイル夫人《ふじん》は兄《あに》に会《あ》う前《まえ》に自《じ》分《ぶん》の部屋《へや》へ行《い》きました。晩《ばん》さんのために着替《きが》えると、応接間《おうせつま》に入《はい》っていきました。

兄《あに》の伯爵《はくしゃく》は暖炉《だんろ》の近《ちか》くに立《た》っていて、とても背《せ》が高《たか》く堂々《どうどう》として見《み》えました。伯爵《はくしゃく》の横《よこ》には、黒《くろ》いビロードの素材《そざい》で、美《うつく》しいレースの大《おお》きな襟《えり》がついた服《ふく》を着《き》た少年《しょうねん》が立《た》っています。ふっくらとした頬《ほお》が輝《かがや》き、とても上品《じょうひん》な顔立《かおだ》ちです。美《うつく》しい茶色《ちゃいろ》の瞳《ひとみ》がまっすぐにこちらを見上《みあ》げていました。

ロリデイル夫人《ふじん》はあまりのうれしさと驚《おどろ》きに、叫《さけ》び声《ごえ》を上《あ》げそうになりました。

「まあ、モリニュー！　この子《こ》がそう？」

ロリデイル夫人《ふじん》は伯爵《はくしゃく》と握手《あくしゅ》をしながら、親《した》しそうに話《はな》しかけました。兄《あに》の伯爵《はくしゃく》をこんなふうに呼《よ》んだりするのは、少女《しょうじょ》の頃以来《ころいらい》です。

「そうだよ、コンスタンティア。この子《こ》だ。フォントルロイ、こちらは大叔母《おおおば》さまのレディ・ロリデイルだ」

「はじめまして、大叔母《おおおば》さま」

セドリックが挨拶《あいさつ》をすると、ロリデイル夫人《ふじん》は両肩《りょうかた》に手《て》を置《お》いて、自分《じぶん》を見上《みあ》げている顔《かお》をしばらく見下《みお》ろした後《あと》、優《やさ》しくキスをしました。

「大叔母《おおおば》のコンスタンティアですよ。わたしはあなたのお父《とう》さまが大好《だいす》きだったの。お父《とう》さまにそっくりね」

「お父《とう》さんに似《に》ているって言《い》われるととてもうれしいんです。みんながお父《とう》さんのこと好《す》きだったみたいだから。〝まざに〟大好《だいす》きな人《ひと》みたいに……コンスタンティアおばさま」

ロリデイル夫人《ふじん》はうれしくなり、かがんでもう一度《いちど》セドリックにキスをしました。この瞬間《しゅんかん》、2人《ふたり》の間《あいだ》に温《あたた》かい友情《ゆうじょう》が芽生《めば》えました。

「ねえモリニュー」

ロリデイル夫人《ふじん》は伯爵《はくしゃく》にそっと言《い》いました。

「こんなに良《よ》い子《こ》はいないわね！」

「ああ、そう思《おも》う」

伯爵《はくしゃく》はぶっきらぼうに答《こた》えました。

「素晴《すば》らしい子《こ》だよ。あの子《こ》とわしは本当《ほんとう》に仲《なか》がいいし、わしのことを最高《さいこう》に立派《りっぱ》で思《おも》いやりのある人間《にんげん》だと信《しん》じている。

コンスタンティア、どちらにしてもわかってしまうだろうから本当《ほんとう》のことを打《う》ち明《あ》けるが、わしは少《すこ》しばかり、親《おや》ばかになってしまいそうだよ」

「じゃあ、あの子《こ》のお母《かあ》さまは、お兄《にい》さまのことをなんて思《おも》ってるの？」

ロリデイルは夫人《ふじん》は、いつものように率直《そっちょく》に尋《たず》ねました。

「聞《き》いてみたことがない」

伯爵《はくしゃく》は顔《かお》をしかめました。

「まあいいわ」

ロリデイル夫人《ふじん》はきっぱりと言《い》いました。

「最初《さいしょ》からはっきり言《い》わせてもらいますけど、モリニュー、あなたのやり方《かた》はおかしいわ。わたしはあの子《こ》のお母《かあ》さま、エロル夫人《ふじん》にできるだけ早《はや》く会《あ》いに行《い》くつもりよ。反対《はんたい》なら今《いま》すぐそう言《い》って。いろいろ話《はなし》を聞《き》いて考《かんが》えてみたけど、あんなに素晴《すば》らしい男《おとこ》の子《こ》に育《そだ》ったのは、全部《ぜんぶ》、ご夫人《ふじん》のおかげよ。兄《にい》さんの領地《りょうち》に住《す》んでいる貧《まず》しい人《ひと》たちが夫人《ふじん》を慕《した》っていることは、私《わたし》たちが住《す》んでいる場所《ばしょ》でもうわさになっているわ」

「慕《した》われているのはあの子《こ》なんだ」

伯爵《はくしゃく》は顎《あご》でセドリックをさしました。

「エロル夫人《ふじん》を見《み》ればわかるだろうが、小柄《こがら》で美《うつく》しい婦人《ふじん》だ。あの子《こ》がその美《うつく》しさを受《う》け継《つ》いでいるという点《てん》では、わしもいくらか借《か》りがあるかもしれん。お前《まえ》が会《あ》いに行《い》きたいなら行《い》けばいい。わしの望《のぞ》みは、夫人《ふじん》がコート・ロッジに残《のこ》ることと、お前《まえ》がわしに会《あ》いに行《い》けと頼《たの》んだりしないことだけだ」

ロリデイル夫人《ふじん》は、盛大《せいだい》なパーティーを開《ひら》く一番《いちばん》の理由《りゆう》が、跡継《あとつ》ぎである孫《まご》を世間《せけん》に披露《ひろう》したいという、伯爵《はくしゃく》の密《ひそ》かな願《ねが》いであることも見抜《みぬ》いていました。

あちこちでうわさになり、話《はなし》の種《たね》になっているフォントルロイ卿《きょう》が、実際《じっさい》はそのうわさよりずっと素晴《すば》らしい少年《しょうねん》であることを見《み》せつけたいのでしょう。

「あの人《ひと》は、長男《ちょうなん》と次男《じなん》には恥《はじ》をかかされたもの」

ロリデイル夫人《ふじん》は、だんなさんのハリー卿《きょう》に言《い》いました。

「それはみんな知《し》っているわ。むしろ2人《ふたり》を嫌《きら》っていたの。でも今回《こんかい》は、お兄《にい》さまの誇《ほこ》りも十分《じゅうぶん》満《み》たされたわけね」

そしてついに、伯爵《はくしゃく》がセドリックをお披露目《ひろめ》するときがやってきました。

「この子《こ》は行儀《ぎょうぎ》がいい」

伯爵《はくしゃく》はこんなふうに紹介《しょうかい》しました。

「絶対《ぜったい》に他《ほか》の人《ひと》のじゃまになったりしないだろう。子《こ》どもというのはたいていバカ者《もの》か退屈《たいくつ》だが──わしのせがれたちは両方《りょうほう》だったが──この子《こ》は話《はな》しかけられればきちんと受《う》け答《こた》えができるし、そうでないときは静《しず》かにしている。決《けっ》して迷惑《めいわく》をかけたりしないんだ」

しかし静《しず》かにしている時間《じかん》は長《なが》くはありませんでした。誰《だれ》もがセドリックに、何《なに》かしら話《はな》しかけてきたからです。貴婦人《きふじん》たちは質問《しつもん》攻《ぜ》めにしましたし、立派《りっぱ》な紳士《しんし》たちは、大西洋《たいせいよう》を渡《わた》ってきたときの船《ふね》でもそうだったように、質問《しつもん》を浴《あ》びせ、冗談《じょうだん》を言《い》ってからかいました。

本当《ほんとう》に楽《たの》しい夜《よる》でした。

豪華《ごうか》な部屋《へや》はどこも光《ひか》り輝《かがや》き、あふれるほどの花《はな》が飾《かざ》られ、紳士《しんし》たちは陽気《ようき》で、貴婦人《きふじん》たちは美《うつく》しくきらびやかなドレスを身《み》にまとい、髪《かみ》や首《くび》にキラキラ光《ひか》る飾《かざ》りをつけています。

その中《なか》に、美《うつく》しい白《しろ》のドレスに身《み》を包《つつ》み、首《くび》には真珠《しんじゅ》の宝石《ほうせき》をつけている若《わか》い貴婦人《きふじん》がいました。背《せ》が高《たか》く、背筋《せすじ》をまっすぐに伸《の》ばし、とても柔《やわ》らかそうな髪《かみ》をしています。その瞳《ひとみ》はスミレのような紫色《むらさきいろ》で、頰《ほお》と唇《くちびる》はバラのような色《いろ》でした。しかも不思議《ふしぎ》なことに、周《まわ》りに男《おとこ》の人《ひと》たちが集《あつ》まって、さかんに喜《よろこ》ばせようとしているのです。

セドリックは、きっと王女《おうじょ》さまかそれに近《ちか》い人《ひと》なのだと思《おも》いましたし、その貴婦人《きふじん》に夢中《むちゅう》になってしまい、知《し》らないうちにだんだんと近《ちか》づいていました。するとついに、相手《あいて》が振《ふ》り返《かえ》って話《はな》しかけてきたのです。

「こちらにいらっしゃい、フォントルロイ卿《きょう》」

貴婦人《きふじん》はほほ笑《え》んで言《い》いました。

「どうしてそんなにわたしを見《み》ていらっしゃるの？」

「なんてきれいな人《ひと》なんだろうと思《おも》っていたんです」

セドリックが答《こた》えると、周《まわ》りの紳士《しんし》は揃《そろ》って大笑《おおわら》いしました。

「まあ、今《いま》のうちにいろいろ言《い》っておくといいよ！　君《きみ》も大《おお》きくなったら、そんなことを言《い》える勇《ゆう》気《き》はなくなってしまうからね」

「でも、言《い》わないでいられます？　あなただってきれいな方《かた》だと思《おも》いませんか？」

若《わか》く美《うつく》しい貴婦人《きふじん》は——名前《なまえ》はミス・ビビアン・ハーバートといい、ロンドンの社交界《しゃこうかい》でデビューしたばかりの人《ひと》でした——その手《て》を伸《の》ばしてセドリックを引《ひ》き寄《よ》せて声《こえ》をかけました。

「フォントルロイ卿《きょう》は、思《おも》ったことを口《くち》に出《だ》していいのよ。とてもうれしいわ。本心《ほんしん》でそう言《い》ってくださっているのがわかるんですもの」

ミス・ハーバートは、セドリックの頬《ほお》にキスをしました。

「あなたみたいにきれいな人《ひと》には会《あ》ったことがありません。もちろん『大好《だいす》きな人《ひと》』は別《べつ》ですけど」

「きっとおきれいな方《かた》なんでしょうね」

ミス・ハーバートは笑《わら》いながら、もう一度《いちど》セドリックの頬《ほお》にキスしました。

その夜《よる》、ミス・ハーバートは、ほぼずっとセドリックをそばに置《お》いて過《す》ごし、2人《ふたり》の周《まわ》りはとても盛《も》り上《あ》がりました。

またセドリックはたびたび伯爵《はくしゃく》のところに行《い》っては、椅子《いす》のそばに立《た》ったり近《ちか》くの椅子《いす》に座《すわ》ったりしながら、その一言一言《ひとことひとこと》をとても興味深《きょうみぶか》そうに聞《き》いていました。

肘掛《ひじか》けに近寄《ちかよ》りすぎて、セドリックの頬《ほお》が伯爵《はくしゃく》の肩《かた》に触《ふ》れたときには、それを見《み》て思《おも》わず笑《え》みを浮《う》かべた人《ひと》もいます。そういう人《ひと》たちを見《み》て、伯爵《はくしゃく》も微笑《ほほえ》んでいました。

ところが、ここで事件《じけん》は起《お》きました。悪《わる》い知《し》らせを持《も》ってきたのは、ハビシャムさんです。

ハビシャムさんは午後《ごご》のうちに着《つ》くはずでしたが、珍《めずら》しく遅《おく》れていました。ハビシャムさんは、長年《ながねん》、伯爵《はくしゃく》に仕《つか》えてきましたが、ドリンコート城《じょう》を訪《おとず》れるときに遅《おく》れたことなど一度《いちど》もありません。

ハビシャムさんが到着《とうちゃく》したときには、すでにお客《きゃく》さんたちは、思《おも》い思《おも》いに晩《ばん》さんの席《せき》に移動《いどう》するところでした。

ハビシャムさんが近寄《ちかよ》ってくると、伯爵《はくしゃく》は驚《おどろ》いたようにハビシャムさんを見《み》ました。とても急《いそ》いで来《き》たせいなのか、あるいは動揺《どうよう》していたのか、冷静《れいせい》で目《め》つきの鋭《するど》いはずの顔《かお》が真《ま》っ青《さお》なのです。

「時間《じかん》がかかってしまいまして」

ハビシャムさんは低《ひく》い声《こえ》で伯爵《はくしゃく》に告《つ》げました。

「とんでもないことが起《お》きたものですから」

ハビシャムさんが動揺《どうよう》しているのは明《あき》らかでした。晩《ばん》さんの席《せき》では食事《しょくじ》にほとんど手《て》を付《つ》けませんでしたし、話《はな》しかけられても何《なに》か別《べつ》のことを考《かんが》えているようにぼんやりしていることもありました。

やがてデザートが出《で》てくる時間《じかん》になり、セドリックが部屋《へや》に入《はい》ってくると、ハビシャムさんは不《ふ》安《あん》げな表情《ひょうじょう》で何度《なんど》か見《み》つめるようになりました。

セドリックもその視線《しせん》に気《き》づき、不思議《ふしぎ》に思《おも》いました。ハビシャムさんとは仲良《なかよ》しなのに、その夜《よる》のハビシャムさんは、まるで笑《わら》うのを忘《わす》れてしまったように見《み》えたからです。

実際《じっさい》、ハビシャムさんは奇妙《きみょう》で嫌《いや》な知《し》らせのことを考《かんが》えて、頭《あたま》がいっぱいだったのです。しかも今晩中《こんばんじゅう》に、そのことを伯爵《はくしゃく》に報告《ほうこく》しなければなりませんが、自分《じぶん》が持《も》ってきた知《し》らせが、伯爵《はくしゃく》やセドリックの運命《うんめい》を大《おお》きく変《か》えてしまうことは明《あき》らかでした。

豪華《ごうか》なディナーパーティーは、永遠《えいえん》に終《お》わらないように感《かん》じられ、ハビシャムさんは伯爵《はくしゃく》と目《め》が合《あ》うたびに、ビクッとしました。


しかし、長《なが》いパーティーもついに終《お》わりました。

セドリックはいつしか眠《ねむ》ってしまいました。ロリデイル夫人《ふじん》やミス・ハーバート、そして紳士《しんし》たちもセドリックの寝顔《ねがお》を見《み》てから帰《かえ》っていきます。

暖炉《だんろ》の近《ちか》くにいたハビシャムさんは、最後《さいご》のお客《きゃく》が部屋《へや》を出《で》るとすぐに振《ふ》り向《む》いて、セドリックのほうを見《み》ました。

セドリックは気持《きも》ちよさそうにぐっすりと寝《ね》ていました。頬《ほお》がほんのりと赤《あか》らみ、輝《かがや》くようなカールした髪《かみ》の毛《け》が黄色《きいろ》のサテンのクッションに広《ひろ》がっています。その姿《すがた》は、見《み》た人《ひと》を満足《まんぞく》させるきれいな絵《え》のようでした。

「それで、ハビシャム」

後《うし》ろから、伯爵《はくしゃく》の険《けわ》しい声《こえ》が聞《き》こえてきました。

「なんなのだ？　何《なに》かが起《お》こったのはわかる。とんでもないことというのは何《なに》か、教《おし》えてもらお

う」

ハビシャムさんは顎《あご》を撫《な》でながら、伯爵《はくしゃく》のほうを振《ふ》り向《む》きました。

「悪《わる》い知《し》らせです。気《き》が滅入《めい》るようなニュースです、伯爵《はくしゃく》さま——最悪《さいあく》の事態《じたい》です。こんなことをお伝《つた》えするのが残念《ざんねん》です」

「なぜそんなに孫《まご》を見《み》つめておる！」

伯爵《はくしゃく》はイライラして言《い》いました。

「今夜《こんや》はずっとこの子《こ》を見《み》つめていただろう、まるで……今《いま》もそうだ。なぜそんなに見《み》つめる？まるで不吉《ふきつ》な鳥《とり》のように覆《おお》いかぶさりおって！　お前《まえ》が持《も》ってきた知《し》らせは、フォントルロイにどう関係《かんけい》しているのだ？」

「伯爵《はくしゃく》さま」

ハビシャムさんは言《い》いました。

「単刀直入《たんとうちょくにゅう》に申《もう》し上《あ》げます。ご報告《ほうこく》というのは、すべてフォントルロイ卿《きょう》に関係《かんけい》しています。もしこの知《し》らせを信《しん》じるとすれば、わたしたちの目《め》の前《まえ》で眠《ねむ》っておられるのは、あなたさまの跡《あと》継《つ》ぎではなく、単《たん》なるエロル大尉《たいい》のご子息《しそく》だということになります。

本当《ほんとう》のフォントルロイ卿《きょう》、つまりあなたさまの跡継《あとつ》ぎは、長男《ちょうなん》さまのご子息《しそく》ということになります。いまはロンドンの宿《やど》におられます」

伯爵《はくしゃく》は肘掛《ひじか》けを両手《りょうて》で握《にぎ》りしめていましたが、その手《て》に血管《けっかん》が浮《う》き出《で》てきました。額《ひたい》にも血管《けっかん》が浮《う》き出《で》ています。険《けわ》しい顔《かお》は、真《ま》っ青《さお》になりました。

「どういう意味《いみ》だ！」

伯爵《はくしゃく》は叫《さけ》びました。

「お前《まえ》はどうかしたのか？　そんな嘘《うそ》をついているのは誰《だれ》だ？」

「嘘《うそ》かもしれませんが」

ハビシャムさんは答《こた》えました。

「あまりにも本当《ほんとう》らしい話《はなし》なので困《こま》っているのです。

今朝《けさ》、ある女《おんな》がわたしの事務所《じむしょ》を訪《たず》ねてきました。そして、自分《じぶん》は6年前《ねんまえ》、ロンドンで長男《ちょうなん》のベビスさまと結婚《けっこん》したと言《い》い張《は》るのです。その女《おんな》は結婚証明書《けっこんしょうめいしょ》も見《み》せてきました。結婚《けっこん》して1年後《ねんご》に仲《なか》たがいをし、ベビスさまからお金《かね》を受《う》け取《と》って別《わか》れたとのことでした。

その女《おんな》には5歳《さい》の息子《むすこ》がいますが、アメリカの低《ひく》い身分《みぶん》の出身《しゅっしん》で知識《ちしき》や教養《きょうよう》がないため、最近《さいきん》になるまで息子《むすこ》の権利《けんり》を知《し》らなかったのだそうです。

ところが弁護士《べんごし》に相談《そうだん》したところ、息子《むすこ》が本当《ほんとう》のフォントルロイ卿《きょう》であり、ドリンコート伯爵《はくしゃく》の跡継《あとつ》ぎであることがわかったので、当然《とうぜん》ながら、その権利《けんり》を認《みと》めてほしいと言《い》ってきているのです」

黄色《きいろ》いサテンのクッションの上《うえ》でカールした髪《かみ》の毛《け》が動《うご》きました。セドリックは少《すこ》しだけ開《あ》いた唇《くちびる》から、長《なが》い吐息《といき》をそっと漏《も》らして寝返《ねがえ》りを打《う》ちました。

バラ色《いろ》の頰《ほお》を自分《じぶん》のほうに向《む》けたため、伯爵《はくしゃく》にはその顔《かお》がさらによく見《み》えました。伯爵《はくしゃく》のいかめしい顔《かお》は青《あお》ざめていましたし、苦笑《にがわら》いを浮《う》かべたまま引《ひ》きつっていました。

「そんな話《はなし》はまったく信《しん》じないと言《い》いたいところだが」

伯爵《はくしゃく》は言《い》いました。

「あのベビスならありそうなことだ。あいつはわしに恥《はじ》ばかりかかせておったからな。嘘《うそ》ばかりついて、ろくでもないことをしでかすし、おまけにくだらん人間《にんげん》とばかりつきあっていた。我《わ》が息子《むすこ》であり、後継者《こうけいしゃ》でもあるはずのベビスは、そういうやつだった。

ところで、その女《おんな》はまともな教育《きょういく》を受《う》けていない人間《にんげん》だと言《い》ったな？」

「自分《じぶん》の名前《なまえ》すら満足《まんぞく》に書《か》くことができないと、認《みと》めなければならないでしょうな」

ハビシャムさんは答《こた》えました。

「まったく教育《きょういく》を受《う》けていませんし、明《あき》らかに金目当《かねめあ》てでしかありません。品《ひん》が悪《わる》いなりに、かなり顔立《かおだ》ちは整《ととの》っているとも言《い》えますが……」

用心深《ようじんぶか》いハビシャムさんは、それ以上話《いじょうはな》すのを控《ひか》えて肩《かた》をすくめました。

伯爵《はくしゃく》の額《ひたい》に浮《う》き出《で》た血管《けっかん》は、紫色《むらさきいろ》のひものように膨《ふく》れ上《あ》がり、額《ひたい》からは冷《つめ》たい汗《あせ》も噴《ふ》き出《だ》していました。伯爵《はくしゃく》はハンカチを取《と》り出《だ》して汗《あせ》を拭《ぬぐ》い、さらに苦笑《にがわら》いを浮《う》かべて言《い》いました。

「わしはもう1人《ひとり》の女《おんな》も認《みと》めなかった。これの母親《ははおや》をな」

伯爵《はくしゃく》はそう言《い》いながら、ソファーで眠《ねむ》っている少年《しょうねん》を指《ゆび》さしました。

「自分《じぶん》の名前《なまえ》をまともに書《か》ける女《おんな》を、認《みと》めようとしなかったのだ。これはわしへの報《むく》いなんだろう」

突然《とつぜん》、伯爵《はくしゃく》は椅子《いす》から勢《いきお》いよく立《た》ち上《あ》がり、部屋《へや》の中《なか》を行《い》ったり来《き》たりし始《はじ》めました。その口《くち》からは激《はげ》しく恐《おそ》ろしい言葉《ことば》があふれ出《だ》しました。激《はげ》しい怒《いか》りと憎《にく》しみ、そしてみじめさのあまり、伯爵《はくしゃく》の心《こころ》はまるで、嵐《あらし》の中《なか》の木々《きぎ》のように揺《ゆ》れ動《うご》いていました。

「あいつらは初《はじ》めから恥《はじ》さらしだった！　わしは2人《ふたり》を憎《にく》んだし、あいつらもわしを憎《にく》んだ！　長男《ちょうなん》のベビスはとくにひどかった。

だが、それでもこんな話《はなし》は信《しん》じない！　わしは最後《さいご》まで戦《たたか》うぞ」

伯爵《はくしゃく》は部屋《へや》の中《なか》を行《い》ったり来《き》たりしながら、その女性《じょせい》や証拠《しょうこ》について尋《たず》ねました。激《はげ》しい怒《いか》りを抑《おさ》えているため、顔《かお》は青《あお》くなったり紫色《むらさきいろ》になったりしています。

すべての話《はなし》を聞《き》き終《お》えた伯爵《はくしゃく》は、最悪《さいあく》の事態《じたい》になっていることを悟《さと》りました。

ハビシャムさんは、その様子《ようす》を見《み》て不安《ふあん》になりました。伯爵《はくしゃく》は打《う》ちひしがれていて、やつれていて、まるで別人《べつじん》のようになってしまったのです。

激怒《げきど》したせいで悪《わる》い影響《えいきょう》が出《で》ることはこれまでにもありましたが、今回《こんかい》は怒《いか》り以上《いじょう》に強《つよ》い感情《かんじょう》が、伯爵《はくしゃく》の心《こころ》にのしかかっていたからです。セドリックに対《たい》する愛情《あいじょう》です。

実際《じっさい》、伯爵《はくしゃく》は怒《いか》りが頂点《ちょうてん》に達《たっ》したときでも、黄色《きいろ》いサテンのクッションで眠《ねむ》っている孫《まご》を忘《わす》れませんでした。

ハビシャムさんは、そのことを見抜《みぬ》いていました。セドリックを起《お》こすような大声《おおごえ》を上《あ》げることは一度《いちど》もなかったのです。

やがて伯爵《はくしゃく》はゆっくりとソファーに戻《もど》ってきて、セドリックのそばに立《た》ちました。

「わしにも子《こ》どもが好《す》きになれるなどと誰《だれ》かに言《い》われたとしても」

伯爵《はくしゃく》のしわがれた声《こえ》は低《ひく》く、震《ふる》えていました。

「そんなことは信《しん》じなかっただろう。わしは子《こ》どもが大嫌《だいきら》いで――とくに息子《むすこ》たちは嫌《きら》いだった。しかし、わしはこれを大事《だいじ》に思《おも》っている」

伯爵《はくしゃく》は苦笑《にがわら》いしました。

「わしは人《ひと》に好《す》かれておらん。これまでもそうだ。わしを一度《いちど》も怖《こわ》がらなかったし、常《つね》に信頼《しんらい》してくれてきた。この子《こ》なら、わしよりもうまく領地《りょうち》が治《おさ》められるはずだ。絶対《ぜったい》にだ。しかしこの子《こ》はわしを好《す》いてくれておる。もしこの子《こ》がわしの跡継《あとつ》ぎになっていたら、我《わ》が伯爵家《はくしゃくけ》はさらに名門《めいもん》になっていただろうな」

伯爵《はくしゃく》は膝《ひざ》をついて、しばらくの間《あいだ》、幸《しあわ》せそうな寝顔《ねがお》に見入《みい》っていました。もじゃもじゃの眉毛《まゆげ》をギュッと寄《よ》せていましたが、なぜか少《すこ》しも怖《こわ》い顔《かお》には見《み》えませんでした。

伯爵《はくしゃく》は手《て》を伸《の》ばし、セドリックの輝《かがや》く髪《かみ》を後《うし》ろにかき上《あ》げてあげると、振《ふ》り返《かえ》ってベルを鳴《な》らしました。

一番背《いちばんせ》の高《たか》い召使《めしつか》いが現《あらわ》れると、伯爵《はくしゃく》はソファーを指《ゆび》さしました。

「連《つ》れていけ」

伯爵《はくしゃく》の声《こえ》の調子《ちょうし》がちょっと変《か》わりました。

「フォントルロイ卿《きょう》を部屋《へや》にお連《つ》れしろ」

11　心配《しんぱい》したアメリカの仲間《なかま》たち

　ホッブスさんは、若《わか》い親友《しんゆう》がドリンコート城《じょう》に行《い》ってフォントルロイ卿《きょう》になってしまったことを考《かんが》えるたびに寂《さび》しい気持《きも》ちになっていました。それまでは同《おな》じ身分《みぶん》で、一緒《いっしょ》に楽《たの》しい時間《じかん》を過《す》ごしたのに、2人《ふたり》の間《あいだ》には大西洋《たいせいよう》も横《よこ》たわっているのです。

　ホッブスさんはそんなに賢《かしこ》い人《ひと》でも、性格《せいかく》の明《あか》るい人《ひと》でもありません。どちらかと言《い》えば鈍《にぶ》くて性格《せいかく》の暗《くら》い人《ひと》でしたし、友達《ともだち》も多《おお》くはありませんので、セドリックがいなくなった後《あと》、心《こころ》にぽっかり穴《あな》が開《あ》いたように思《おも》えたのも無理《むり》のない話《はなし》でした。

　最初《さいしょ》のうち、ホッブスさんには、セドリックがそんなに遠《とお》くに行《い》ってしまったという実感《じっかん》がありませんでした。

　ある日《ひ》新聞《しんぶん》から顔《かお》を上《あ》げたら、あの子《こ》が白《しろ》い服《ふく》に赤《あか》いタイツをはいて、麦《むぎ》わら帽子《ぼうし》を頭《あたま》の後《うし》ろにずらして戸口《とぐち》に立《た》っている。そして「こんにちは、ホッブスさん！　今日《きょう》は暑《あつ》いですね」という元《げん》気《き》で幼《おさな》い声《こえ》が聞《き》こえてくるような気《き》がしていたのです。

でも何日《なんにち》たっても、そんなことは起《お》こりません。

ホッブスさんは毎日《まいにち》がつまらなくなりましたし、落《お》ち着《つ》かない気分《きぶん》になりました。新聞《しんぶん》でさえ、昔《むかし》ほどおもしろいと思《おも》えません。読《よ》み終《お》えた新聞《しんぶん》を膝《ひざ》の上《うえ》に置《お》き、座《すわ》って、あの背《せ》の高《たか》い椅子《いす》を長《なが》い間《あいだ》ぼんやりと眺《なが》めるようになりました。

椅子《いす》の下《した》に伸《の》びている長《なが》い脚《あし》の部分《ぶぶん》には、いくつかのかすり傷《きず》がついています、ホッブスさんはそれを見《み》ると落《お》ち込《こ》み、寂《さび》しい気分《きぶん》になりました。ひとしきりかすり傷《きず》を眺《なが》めた後《あと》、ホッブスさんは金《きん》の時計《とけい》を取《と》り出《だ》して蓋《ふた》を開《ひら》き、刻《きざ》まれた言葉《ことば》を見《み》つめます。

『一番昔《いちばんむかし》からの友達《ともだち》、フォントルロイ卿《きょう》より。ホッブスさんへ。これを見《み》たとき、僕《ぼく》を思《おも》い出《だ》してください』

しばらくその言葉《ことば》を見《み》つめると、それをパチンと大《おお》きな音《おと》をさせて閉《と》じ、今度《こんど》はため息《いき》をつきながら立《た》ち上《あ》がって戸口《とぐち》のところに行《い》きます。そしてジャガイモの箱《はこ》とリンゴの樽《たる》の間《あいだ》に立《た》って、通《とお》りを眺《なが》めるのです。

夜《よる》に店《みせ》を閉《し》めた後《あと》は、パイプに火《ひ》をつけてゆっくりと舗道《ほどう》を歩《ある》き、セドリックが住《す》んでいた家《いえ》まで行《い》ってみます。そこには「貸家《かしや》」と書《か》かれた札《ふだ》がかかっています。ホッブスさんはその近《ちか》くで立《た》ち止《ど》まり、家《いえ》を見上《みあ》げ、首《くび》を振《ふ》り、パイプを思《おも》い切《き》りふかしました。そしてしばらくすると、また悲《かな》しそうな顔《かお》をして来《き》た道《みち》を戻《もど》っていくのでした。

こうした生活《せいかつ》が2、3週間続《しゅうかんつづ》いた頃《ころ》、ホッブスさんはあることを思《おも》いつきました。のんびりしていて機転《きてん》がきかない人《ひと》なので、新《あたら》しいことを考《かんが》えつくのにも時間《じかん》がかかるのです。靴磨《くつみが》きのディックに会《あ》いに行《い》こう。数《かぞ》え切《き》れないほどパイプをふかした後《あと》、ホッブスさんはついにそう思《おも》いつきました。

ディックのことは何《なに》から何《なに》まで知《し》っていました。セドリックが話《はな》してくれたからです。ディックといろいろ話《はな》せば何《なに》か慰《なぐさ》めになるかもしれません。それがホッブスさんの思《おも》いついた考《かんが》えでした。

そんなわけである日《ひ》、ディックがお客《きゃく》さんの靴《くつ》をせっせと磨《みが》いていると、背《せ》が低《ひく》くずんぐりしている人《ひと》が立《た》ち止《ど》まりました。はげ頭《あたま》で憂鬱《ゆううつ》そうな顔《かお》をしています。ホッブスさんです。

ホッブスさんは、しばらくの間《あいだ》、靴磨《くつみが》きの看板《かんばん》をじっと見《み》ていました。看板《かんばん》にはこう書《か》いてあります。

「だれにも負《ま》けない靴磨《くつみが》き名人《めいじん》、ディック・ティプトン」

あまりにもじっと看板《かんばん》を見《み》つめているので、ディックはホッブスさんが気《き》になり始《はじ》めました。そしてお客《きゃく》さんの靴《くつ》を仕上《しあ》げると、声《こえ》をかけました。

「磨《みが》きましょうか、旦那《だんな》?」

ずんぐりしたホッブスさんがゆっくりと近《ちか》づいてきて、足《あし》を台《だい》にのせました。

「ああ、頼《たの》むよ」

そこでディックが仕事《しごと》にかかると、ホッブスさんは、ディックから看板《かんばん》へ、そして看板《かんばん》からまたディックへと目《め》をやります。

「この看板《かんばん》、どこで手《て》に入《い》れたんだい？」

「友達《ともだち》がくれたんでさあ」

それがホッブスさんだと気《き》づかないディックは、丁寧《ていねい》に説明《せつめい》しました。

「ちっこいやつですがね。おいらに全部《ぜんぶ》揃《そろ》えてくれたんす。あんなにいいやつは見《み》たことがありませんよ。今《いま》はイギリスにいるんです。貴族《きぞく》さまの仲間入《なかまい》りするとかで」

「貴族《きぞく》――貴族《きぞく》――」

ホッブスさんはもごもごと繰《く》り返《かえ》しました。

「フォントルロイ卿《きょう》――ドリンコート伯爵《はくしゃく》になる予定《よてい》の？」

驚《おどろ》いたディックは、靴磨《くつみが》きのブラシを落《お》としそうになりました。

「なんで旦那《だんな》！　あいつのこと知《し》ってるんで？」

「ずっと知《し》っているよ」

ホッブスさんは、熱《あつ》くなった額《ひたい》をぬぐいながら答《こた》えました。

「生《う》まれたときからね。一生《いっしょう》の友達《ともだち》だったんだ……わしらは、まさにそうだったんだ」

ホッブスさんはポケットから豪華《ごうか》な金時計《きんどけい》を取《と》り出《だ》してふたを開《あ》け、セドリックのメッセージを見《み》せました。

「『これを見《み》たとき、僕《ぼく》を思《おも》い出《だ》してください』」

ホッブスさんは読《よ》み上《あ》げました。

「あの子《こ》の別《わか》れの品《しな》なんだ。『僕《ぼく》を忘《わす》れてほしくないな』――こう言《い》ってね。忘《わす》れないに決《き》まってるさ」

ホッブスさんは首《くび》を振《ふ》りながら続《つづ》けます。

「こんなものもらわなくてもな。それにもう二度《にど》とあの子《こ》の顔《かお》と髪《かみ》の毛《け》を見《み》られないとしてもだ。あの子《こ》みたいな仲間《なかま》を忘《わす》れるやつなんていないさ」

「あんなにいいやつは、見《み》たことがありませんよ」

相手《あいて》がセドリックの知《し》り合《あ》いだと気《き》づいたディックは、話《はなし》に夢中《むちゅう》になり始《はじ》めました。

「それにあの根性《こんじょう》。あんなに根性《こんじょう》のすわった子《こ》どもは見《み》たことねえ。おいら、あいつのこと、山《やま》ほど考《かんが》えてるんですよ。おいらも友達《ともだち》だったし。あいつとは会《あ》った瞬《しゅん》間《かん》から親友《しんゆう》でしたね。

おいらは馬車《ばしゃ》の下《した》からボールを取《と》ってやったんですよ。それをあの子《こ》は、いつまでも覚《おぼ》えてて。おっかさんやお手伝《てつだ》いさんと、ここに来《く》るたんびに『こんにちは、ディック！』って、まるで背丈《せたけ》が6フィートもある大人《おとな》みたいに、気軽《きがる》に声《こえ》をかけてくれるようになったんです。まだおいらの膝《ひざ》ぐらいの身長《しんちょう》もなくて、バッタくらいの大《おお》きさで、女《おんな》の子《こ》みたいな服《ふく》を着《き》てる子供《こども》だってのに。ほんと楽《たの》しいやつでしたよ。ツキがなくてめげてるときでも、あいつと話《はな》すと本当《ほんとう》に気持《きも》ちがラクになるんです」

「そうなんだ」

ホッブスさんは言《い》いました。

「あの子《こ》を伯爵《はくしゃく》なんかにするのはもったいない。食料品《しょくりょうひん》の店《みせ》をやらせたら、ピカイチになっていたはずなんだ。小間物屋《こまものや》でもいいな。きっとものになっていたさ！」

ホッブスさんはますます残念《ざんねん》そうに頭《あたま》を振《ふ》りました。

2人《ふたり》には話《はな》したいことがたくさんありすぎたので、一度《いちど》にすべてを話《はな》すことはできませんでした。ですから、次《つぎ》の日《ひ》の夜《よる》にディックがホッブスさんの店《みせ》を訪《たず》ねることにしました。

この計画《けいかく》に、ディックは大喜《おおよろこ》びしました。生《う》まれてこのかた、家《いえ》も親《おや》もなく、道《みち》ばたで暮《く》らしてきましたが、道《みち》を踏《ふ》み外《はず》したことは一度《いちど》もありません。心《こころ》の中《なか》ではずっと、もっときちんとした暮《く》らしがしたいと思《おも》っていたのです。

自分《じぶん》で商売《しょうばい》をするようになってからは稼《かせ》ぐお金《かね》が増《ふ》え、道《みち》ばたではなく屋根《やね》がある家《いえ》で寝《ね》られますし、そろそろ、もう少《すこ》しいい暮《く》らしをしてみたいとも思《おも》うようになってきました。そんなディックにとって、通《とお》りの角《かど》に店《みせ》を構《かま》え、馬《うま》や馬車《ばしゃ》まで持《も》っている立派《りっぱ》な人《ひと》に招《まね》かれるというのは一大事《いちだいじ》だったのです。

このとき以来《いらい》、２人《ふたり》の間《あいだ》に強《つよ》い絆《きずな》が生《う》まれました。

ディックが店《みせ》に行《い》くと、ホッブスさんは温《あたた》かくもてなしました。ドアのそばに立《た》てかけてあった椅子《いす》をすすめ、そこに若《わか》い相棒《あいぼう》が座《すわ》ると、ホッブスさんはパイプを持《も》った手《て》で近《ちか》くのリンゴの樽《たる》を引《ひ》き寄《よ》せ、「自分《じぶん》で取《と》って食《た》べな」と勧《すす》めました。

それからホッブスさんは、ディックが教《おし》えてくれた、伯爵《はくしゃく》などの話《はなし》が書《か》いてある新聞《しんぶん》を読《よ》みましたし、２人《ふたり》でイギリス貴族《きぞく》について書《か》いてあるものを読《よ》んだり、話《はな》し合《あ》ったりしました。ホッブスさんはパイプをさかんにふかし、何度《なんど》も首《くび》を振《ふ》りました。一番《いちばん》ひどく首《くび》を振《ふ》ったのは、かすり傷《きず》のついた背《せ》の高《たか》い椅子《いす》を指《ゆび》さしたときでした。

「ありゃまさに、あの子《こ》が足《あし》で蹴《け》った跡《あと》だよ」

ホッブスさんはしみじみと言《い》いました。

「わしは座《すわ》ったまま、何時間《なんじかん》もそれを見《み》てしまうんだ。この世《よ》の中《なか》なんて、何《なに》がどうなるかわからない。昔《むかし》、あの子《こ》はそこに座《すわ》って箱《はこ》からクラッカーを出《だ》したり、樽《たる》からリンゴを取《と》って食《た》べて、通《とお》りに芯《しん》を放《ほう》ったりしてた。それがいまやお城《しろ》に住《す》んでる伯爵《はくしゃく》さまなんだから。だからそいつは、伯爵《はくしゃく》がつけた跡《あと》だってことになる。時々《ときどき》、『たまげたもんだ！』って独《ひと》り言《ごと》を言《い》っちまうよ」

ディックとセドリックの思《おも》い出話《でばなし》ができたことで、ホッブスさんは、ずいぶん気持《きも》ちが慰《なぐさ》められました。ディックが家《いえ》に帰《かえ》る前《まえ》には、店《みせ》の奥《おく》にある小部屋《こべや》で一緒《いっしょ》に食事《しょくじ》もとりました。

食事《しょくじ》は、クラッカーやチーズやイワシ、それに缶詰《かんづめ》など店《みせ》にあるものです。ホッブスさんは２本《ほん》のジンジャーエールをおごそかに開《あ》け、グラスに注《そそ》ぎます。そして乾杯《かんぱい》の言葉《ことば》を口《くち》にしました。

「あの子《こ》に！」

そう言《い》ってグラスを持《も》ち上《あ》げました。

「あの子《こ》が、伯爵《はくしゃく》や侯爵《こうしゃく》や公爵《こうしゃく》なんかをしっかり懲《こ》らしめてくれますように！」

ある日《ひ》、ホッブスさんはわざわざダウンタウンにある商店街《しょうてんがい》の書店《しょてん》まで足《あし》を運《はこ》びました。ディックと一緒《いっしょ》に読《よ》めるような新《あたら》しい本《ほん》を手《て》に入《い》れるためです。ホッブズさんは店員《てんいん》のところに行《い》って、カウンター越《ご》しに話《はな》しかけました。

「伯爵《はくしゃく》についての本《ほん》が欲《ほ》しいんだが」

「そりゃ、いったいなんですか！」

店員《てんいん》は大声《おおごえ》を上《あ》げました。

「本《ほん》だよ。伯爵《はくしゃく》についての」

ホッブスさんは繰《く》り返《かえ》しました。

「あいにく、当店《とうてん》には、お探《さが》しの本《ほん》はございません」

店員《てんいん》は不思議《ふしぎ》そうな顔《かお》をしながら答《こた》えました。

「ないのか？　じゃあたとえば公爵《こうしゃく》とか、それか……侯爵《こうしゃく》の本《ほん》なら」

ホッブスさんは不満《ふまん》そうに言《い》いました。

「そういった本《ほん》のことはまったく知《し》りません」

ホッブスさんはとても動揺《どうよう》してしまいました。床《ゆか》に視線《しせん》を落《お》とし、もう一度《いちど》相手《あいて》の顔《かお》を見《み》ます。

「女《おんな》の伯爵《はくしゃく》についての本《ほん》もないのかい？」

「ええ、申《もう》し訳《わけ》ありませんが」

店員《てんいん》は笑顔《えがお》で言《い》いました。

「なんとも……たまげたもんだ！」

ホップスさんがちょうど店《みせ》を出《で》ようとしたとき、店員《てんいん》に呼《よ》び戻《もど》されました。貴族《きぞく》が主役《しゅやく》の小説《しょうせつ》でもいいかと言《い》うのです。ホップスさんは、伯爵《はくしゃく》についてだけ書《か》かれた本《ほん》がないなら、それでもいいと言《い》いました。そしてハリソン・エインズワースが書《か》いた『ロンドン塔《とう》』という本《ほん》を買《か》い、家《いえ》に持《も》って帰《かえ》りました。

ディックが来《く》ると、2人《ふたり》は一緒《いっしょ》になって読《よ》み始《はじ》めました。

それはとてもおもしろく、ワクワクするような本《ほん》で、「血《ち》まみれメアリー」と呼《よ》ばれる有名《ゆうめい》な女王《じょおう》さまが、イギリスを支配《しはい》していた頃《ころ》の物語《ものがたり》でした。

メアリー女王《じょおう》は人々《ひとびと》の首《くび》をはねたり、拷問《ごうもん》にかけたり、生《い》きたまま火《ひ》あぶりにしたりするのを好《この》んだと書《か》いてありました。そういう話《はなし》を聞《き》いているうちに、ホップスさんはとても興奮《こうふん》しました。口《くち》からパイプを取《と》り出《だ》し、本《ほん》を読《よ》んでいるディックをまじまじと見《み》つめましたが、そのうちポケットから赤《あか》いハンカチを出《だ》し、額《ひたい》の汗《あせ》を拭《ふ》かずにはいられなくなりました。

「あの子《こ》も安全《あんぜん》じゃないぞ！」

ホップスさんは言《い》いました。

「危《あぶ》ないんだ！　あんな女《おんな》が女王《じょおう》になっていて、こういうことを命令《めいれい》しているんなら、いつなんどき、あの子《こ》にもどんなことが起《お》きるかわかったもんじゃない。あの子《こ》はまったく安全《あんぜん》なんかじゃない！　ああいう女《おんな》がカッとなったら、誰《だれ》だって無事《ぶじ》じゃいられないさ！」

「でも」

ディック自身《じしん》も少《すこ》し心配《しんぱい》しているようでしたが、ホッブスさんを、こう言《い》って安心《あんしん》させました。

「いまでかい顔《かお》をしているのは、こいつじゃありませんよ。いまの女王《じょおう》さんはビクトリー（ビクトリア）っていう名前《なまえ》です。この本《ほん》に出《で》てくるのは、メアリーって名前《なまえ》でしょう」

「そう、そうだ」

ホッブスさんはまだ額《ひたい》の汗《あせ》をゴシゴシ拭《ふ》いています。

「そうだったな。新聞《しんぶん》にも、拷問台《ごうもんだい》や親指《おやゆび》を締《し》め付《つ》ける道具《どうぐ》だとか、火《ひ》あぶりの杭《くい》なんてことは書《か》いてないしな。でもこんな変《へん》な連中《れんちゅう》と一緒《いっしょ》にいるっていうのは、やっぱり安全《あんぜん》とは言《い》えんな。7月《がつ》4日《か》の独立記念日《どくりつきねんび》だって祝《いわ》わないっていうんだから」

それから何日《なんにち》か、ホッブスさんは不安《ふあん》な気持《きも》ちで過《す》ごしました。しかしある日《ひ》、セドリックから手紙《てがみ》が来《き》ました。ホッブスさんはそれをディックにも読《よ》んで聞《き》かせましたし、同《おな》じころにディックにも届《とど》いた手紙《てがみ》を読《よ》んで、やっと一安心《ひとあんしん》しました。

2人《ふたり》はこの手紙《てがみ》に大喜《おおよろこ》びでした。何度《なんど》も読《よ》んでは、それについて話《はな》し、手紙《てがみ》の一言一言《ひとことひとこと》をすべて楽《たの》しみました。それから2人《ふたり》は何日《なんにち》かかけて返事《へんじ》を書《か》き、届《とど》いた手紙《てがみ》と同《おな》じくらい何度《なんど》も読《よ》み聞《き》かせ合《あ》いました。

手紙《てがみ》を書《か》くのは、ディックにとって大仕事《おおしごと》でした。読《よ》み書《か》きを習《なら》ったのは、兄《あに》と暮《く》らしていた数《すう》か月《げつ》の間《あいだ》、夜間学校《やかんがっこう》へ通《かよ》っていたときだけなのです。

しかしもともと賢《かしこ》い少年《しょうねん》でしたから、そのわずかな教育《きょういく》を活《い》かして、新聞《しんぶん》の文字《もじ》で綴《つづ》りを覚《おぼ》えたり、道《みち》や壁《かべ》や塀《へい》にチョークのかけらで字《じ》を書《か》いたりして練習《れんしゅう》していました。

こうして仲《なか》が深《ふか》まるにつれ、ディックはホッブスさんに、自分《じぶん》の生《お》い立《た》ちなども話《はな》すようになりました。

母親《ははおや》はディックがとても小《ちい》さい頃《ころ》に亡《な》くなり、その後《ご》はベンという兄《あに》が面倒《めんどう》を見《み》てくれたということでした。父親《ちちおや》はそれより少《すこ》し前《まえ》に亡《な》くなっていましたが、ディックが新聞《しんぶん》を売《う》ったり使《つか》い走《ばし》りをしたりしてお金《かね》が稼《かせ》げるようになるまで、ベンはできるだけ世話《せわ》をしてくれました。

2人《ふたり》は一緒《いっしょ》に住《す》んでいましたし、ディックが大《おお》きくなる頃《ころ》には、ベンはいいお店《みせ》に勤《つと》めて、きちんと暮《く》らせるようになっていました。

「そしたら」

ディックはうんざりしたように言《い》いました。

「ミナなんていう、あんな女《おんな》と結婚《けっこん》しやがって！　夢中《むちゅう》になって見境《みさかい》がなくなっちまったんですよ。奥《おく》まった場所《ばしょ》にある部屋《へや》を2つ借《か》りて所帯《しょたい》を持《も》ったんだけど、その女《おんな》ってのがいつも怒《おこ》りっぽくてヤマネコみたいなやつなんです。カッとなると、なんでもかんでもビリビリ破《やぶ》いちまうし、生《う》まれた赤《あか》ん坊《ぼう》もそっくりで、朝《あさ》から晩《ばん》まで泣《な》きわめいてやがる。で、おいらがうまくなだめられなくて赤《あか》ん坊《ぼう》が泣《な》くと、女《おんな》が物《もの》を放《ほう》り投《な》げてくるんです。ある日《ひ》なんて、おいらに投《な》げてきた皿《さら》が赤《あか》ん坊《ぼう》に当《あ》たっちまって、あごが切《き》れて。医者《いしゃ》は、一生跡《いっしょうあと》が残《のこ》るって言《い》ってました。

まったく、立派《りっぱ》な母親《ははおや》なもんだ！　ベンもおいらもその赤《あか》ん坊《ぼう》ものんびりできなかったし、手《て》っ取《と》り早《ばや》く金《かね》が稼《かせ》げないことに女《おんな》が怒《おこ》ったから、ベンは牧場《ぼくじょう》を始《はじ》めるっていう男《おとこ》について西部《せいぶ》に行《い》っちまったんです。

それから1週間《しゅうかん》もしないうちに、ある夜《よる》、新聞《しんぶん》売《う》りの仕事《しごと》が終《お》わっておいらが家《いえ》に帰《かえ》ると、家《いえ》にはかぎが掛《か》かってて、もぬけの殻《から》になってました。

大家《おおや》のおばさんの話《はなし》じゃあ、ミナはどっかに行《い》っちまったって。他《ほか》の人《ひと》に聞《き》いたら、赤《あか》ん坊《ぼう》を産《う》んだ女《おんな》の人《ひと》のところの乳母《うば》になるために、海《うみ》を渡《わた》ったとかなんとかってことでした。それっきりおいらもベンも、あの女《おんな》の話《はなし》は聞《き》いてねえ。知《し》ったところで別《べつ》にどうでもいいし、ベンも同《おな》じ気持《きも》ちだと思《おも》いますよ。

最初《さいしょ》はベンもべた惚《ぼ》れだったんですよ。かんしゃくを起《お》こさねえで、きれいな格好《かっこう》してりゃあ、見《み》た目《め》はかなりのべっぴんでしたから。黒《くろ》くて大《おお》きな目《め》をしてて、黒髪《くろかみ》が膝《ひざ》まであって、編《あ》むと腕《うで》ぐらいの太《ふと》さになるんです。それを頭《あたま》の周《まわ》りに巻《ま》きつけてね。仲間《なかま》はよく、イタリア人《じん》の血《ち》が入《はい》ってるんじゃねえかって言《い》ってました」

ディックはよく、ホッブスさんにミナやベンのことを話《はな》しました。ベンは西部《せいぶ》に行《い》った後《あと》、一度《いちど》か二度《にど》、ディックに手紙《てがみ》を寄越《よこ》したそうです。

ベンは運《うん》に恵《めぐ》まれず、いろんな場所《ばしょ》を転々《てんてん》としていましたが、やっとカリフォルニアの牧場《ぼくじょう》に落《お》ち着《つ》き、ディックがホッブスさんと仲良《なかよ》くなった頃《ころ》には、そこで働《はたら》いていました。

「あの女《おんな》が」

ある日《ひ》、ディックはミナについて、こんなふうにも言《い》いました。

「兄貴《あにき》をだめにしちまった。時々《ときどき》、兄貴《あにき》がかわいそうになってたまらねえんです」

2人《ふたり》は店《みせ》の入《い》り口《ぐち》に並《なら》んで座《すわ》っていました。ホッブスさんはパイプに煙草《たばこ》をつめています。

「結婚《けっこん》なんてしなきゃよかったんだ」

ホップスさんは真剣《しんけん》な声《こえ》でそう言《い》うと、立《た》ち上《あ》がってマッチを取《と》りに行《い》きました。

「女《おんな》か――女《おんな》なんてなんの役《やく》に立《た》つのか、まったくわからんな」

箱《はこ》からマッチを取《と》り出《だ》そうとしたホップスさんが、ふとカウンターを見下《みお》ろしました。

「なんと！」

ホップスさんは言《い》いました。

「ここにあるのは手紙《てがみ》じゃないか！　気《き》がつかなかった。わしが知《し》らない間《あいだ》に郵便配達人《ゆうびんはいたつにん》が置《お》いていったんだな。それか新聞《しんぶん》の陰《かげ》になっていたんだ」

ホップスさんは手紙《てがみ》を取《と》り上《あ》げ、まじまじと見《み》つめました。

「あの子《こ》からだ！」

ホップスさんは叫《さけ》びました。

「まさに、あの子《こ》からの手紙《てがみ》だぞ！」

ホップスさんはパイプのことなどすっかり忘《わす》れています。ひどく興奮《こうふん》して椅子《いす》に戻《もど》ると、ポケットナイフを取《と》り出《だ》して封筒《ふうとう》を開《あ》けました。

「今度《こんど》はどんなニュースかな」

ホップスさんはこうつぶやきながら、折《お》りたたまれた手紙《てがみ》を開《ひら》きました。そこにはこう書《か》かれていました。

『ドリンコート城《じょう》より』。親愛《しんあい》なるホッブスさま。

このてがみはすごくいそいで書《か》いてます。なじかというと変《へん》なことが起《お》きたからです　これをしんゆうの人《ひと》にいったらは、すげくおとろくはずです。ぜんぶまちがいで、僕《ぼく》はきぞくではないし、はくしゃくにもならなくてよくなりました　僕《ぼく》のおじさんのベビスさんとけこんしたおんなの人《ひと》がいます。おじさんは死《し》んでるけど、小《ちい》さな子《こ》どもがいてその子《こ》がフォントルロイきょうになりますだから僕《ぼく》の名前《なまえ》もニューヨークにいたときみたいにセドリック・エロルです

ぜんぶがその子《こ》のものになるし、さいしょは僕《ぼく》のポニーとばしゃもあげるのかなとおもったら、おじいさまはそれをしなくてもいいといってくれて　おじいさまはすごく残念《ざんねん》そうです　おじいさまはそのおんなの人《ひと》が好《す》きじゃないとおもうけど、たびんおじいさまはだいすきな人《ひと》と僕《ぼく》が、はくしゃくになれなくてかなしがっていると思《おも》ってます　僕《ぼく》はさいしょに思《おも》ったときよりも伯爵《はくしゃく》になりたいとおもってます。なじかというと、ここはきれなお城《しろ》で、僕《ぼく》はみんなのことがすごくすきだし、お金持《かねも》ちのときにはいろんなことができるから。

でもいまはお金《かね》持《も》ちではありません　なじかというとパパが一番《いちばん》したのきょうだいのときには、あまりお金《かね》持《も》ちではなくなるから　僕《ぼく》はしごとをならってだいすきな人《ひと》のめんどうをみるつもりです。ウィルキンスには馬《うま》の手入《てい》れのしかたをきいていました　たぶん馬《うま》のていれをする人《ひと》か馬車《ばしゃ》のぎょしゃになるかも。そのおんなの人《ひと》はこどもをおしろにつれてきて、おじいさまとハビシャムさんは話《はなし》をしました　その人《ひと》はとてもおこっていたとおもいます　おおきなこえではなしたし、僕《ぼく》のおじいさまもおこっていました　おじいさまがおこるのはみたことがありません　みんなおかしくならないといいけど　ホッブスさんとディックにすぐにおしえようとおもいました　なじかというとすごくきょうびがあるとおもったので　これだけです　あいをこめて

ふるいともだちより

セドリック・エロル（フォントルロイきょうではありません）

ホッブスさんは椅子《いす》にどすんと座《すわ》り込《こ》みました。手紙《てがみ》が膝《ひざ》の上《うえ》に落《お》ち、ナイフと封筒《ふうとう》は床《ゆか》に滑《すべ》り落《お》ちました。

「なんと！」

ホッブスさんはふいに叫《さけ》びました。

「たまげてるもんだ！」

あまりに度肝《どぎも》を抜《ぬ》かれたので、いつもの口《くち》ぐせが少《すこ》し変《か》わってしまいました。本当《ほんとう》なら「たまげたもんだ」というところが「たまげてるもんだ」になっていました。

「つまり」

ディックは言《い》いました。

「全部《ぜんぶ》がなかったことになるんですか？」

「そうだ！」

ホッブスさんは言《い》いました。

「わしの見立《みた》てじゃ、イギリスの貴族《きぞく》の輩《やから》が、あの子《こ》の権利《けんり》を奪《うば》うために一芝居《ひとしばい》うったに違《ちが》いねえさ。あの子《こ》はアメリカ人《じん》だからな。独立戦争《どくりつせんそう》以来《いらい》、あいつらはわしらに恨《うら》みを持《も》ってる。それであの子《こ》に仕返《しかえ》ししてやろうっていうんだろう。わしはあの子《こ》が危《あぶ》ないって言《い》っただろう？　見《み》ろ、その通《とお》りになった！　きっと政府《せいふ》まで一緒《いっしょ》になって、あの子《こ》から権利《けんり》を奪《うば》い取《と》ろうって魂胆《こんたん》だ」

ホップスさんはひどく興奮《こうふん》していました。

確《たし》かに最初《さいしょ》は、幼《おさな》い友達《ともだち》に起《お》きた変化《へんか》を喜《よろこ》んではいませんでした。しかし最近《さいきん》は、もっと前向《まえむ》きに受《う》け止《と》められるようになってきていました。セドリックの手紙《てがみ》を読《よ》んでからは、ホップスさん自身《じしん》、セドリックが立派《りっぱ》になったことに、密《ひそ》かな誇《ほこ》りすら感《かん》じていたからです。

伯爵《はくしゃく》についてはよく思《おも》っていませんでしたが、アメリカでも、お金《かね》は持《も》っているにこしたことはありません。それはホップスさんにもわかっていました。伯爵《はくしゃく》の跡取《あとと》りになることで富《とみ》や莫大《ばくだい》な財《ざい》産《さん》もついてくるなら、それを奪《うば》われるのはつらいはずです。

「やつらは、あの子《こ》を身《み》ぐるみはいでやろうとしてる！」

ホップスさんは言《い》いました。

「そんなことをやってやがるんだ。誰《だれ》か金《かね》を持《も》ってるやつが、あの子《こ》の後《うし》ろ盾《だて》になってやらんと」

ホップスさんは遅《おそ》くまでディックを引《ひ》き留《と》め、このことについて話《はな》し合《あ》いました。ディックが帰《かえ》るときには通《とお》りの角《かど》まで送《おく》っていきました。

帰《かえ》り道《みち》、ホップスさんは空《あ》き家《や》の前《まえ》でしばらく立《た》ち止《ど》まりました。そして「貸家《かしや》」という札《ふだ》を見《み》つめながら、落《お》ち着《つ》かない気持《きも》ちでパイプをふかしました。

12　もう1人《ひとり》の少年《しょうねん》

城《しろ》での晩《ばん》さん会《かい》から何日《なんにち》もたたないうちに、イギリスで新聞《しんぶん》を読《よ》んだ人《ひと》のほぼすべてにドリンコート城《じょう》で起《お》きた事件《じけん》が知《し》れ渡《わた》りました。細《こま》かいことが報道《ほうどう》されるようになると、ますます人《ひと》の興味《きょうみ》をひくようになりました。

内容《ないよう》は次《つぎ》のようなものでした。

アメリカ生《う》まれの小《ちい》さな少年《しょうねん》がイギリスに連《つ》れてこられて、フォントルロイ卿《きょう》になったこと。その少年《しょうねん》がとても上品《じょうひん》で美《うつく》しいこと。もうすでに多《おお》くの人々《ひとびと》に好《す》かれていること。また、祖父《そふ》である老伯爵《ろうはくしゃく》が、跡取《あとと》りをとても自慢《じまん》に思《おも》っていること。エロル大尉《たいい》と結婚《けっこん》したことを決《けっ》して許《ゆる》してもらえない、若《わか》く美《うつく》しいお母《かあ》さんがいること。

ここまではセドリックとお母《かあ》さんのことですが、さらに新聞《しんぶん》では、こんなことも書《か》いてありました。

本当《ほんとう》は伯爵《はくしゃく》の跡継《あとつ》ぎになるはずだった長男《ちょうなん》が、実《じつ》は密《ひそ》かに結婚《けっこん》をしていたこと。その長男《ちょうなん》は亡《な》くなったものの、誰《だれ》も知《し》らなかった女性《じょせい》が突然《とつぜん》息子《むすこ》を連《つ》れて現《あらわ》れ、この息子《むすこ》こそ本当《ほんとう》のフォントルロイ卿《きょう》だと権利《けんり》を主張《しゅちょう》していること。

こうしたことがすべてうわさや記事《きじ》になり、大騒《おおさわ》ぎになったのです。

さらにはドリンコート伯爵《はくしゃく》が不満《ふまん》に思《おも》い、突然《とつぜん》、名乗《なの》り出《で》てきた女性《じょせい》と裁判《さいばん》をするため、おもしろいことになりそうだといううわさも流《なが》れました。

アールボロの辺《あた》りで、こんな大騒《おおさわ》ぎが起《お》こったことはありません。市《いち》が立《た》つ日《ひ》になると、人々《ひとびと》はあちこちに集《あつ》まって立《た》ち話《ばなし》をし、これからどうなるのだろうと言《い》い合《あ》いました。

もちろん、誰《だれ》よりも話題《わだい》が豊富《ほうふ》で引《ひ》っ張《ぱ》りだこだったのはディブルさんです。

「見通《みとお》しは悪《わる》そうですよ」

ディブルさんは言《い》います。

「あえて言《い》わせてもらうと、優《やさ》しくて若《わか》いおっかさんから、息子《むすこ》を引《ひ》き離《はな》すなんてひどいことをしたから、伯爵《はくしゃく》さまにばちが当《あ》たったんでしょう。

伯爵《はくしゃく》は坊《ぼっ》ちゃんがかわいくて仕方《しかた》がなくて、いつもあの子《こ》のことばかり考《かんが》えて自慢《じまん》してましたから、今度起《こんどお》きた事件《じけん》でおかしくなりそうだって。

それに何《なに》より、今度《こんど》やってきた女《おんな》っていうのが、お坊《ぼっ》ちゃまのお母《かあ》さまとは違《ちが》っていて、ちゃんとした人《ひと》じゃないんです。厚《あつ》かましい、黒《くろ》い目《め》の女《おんな》でね、トーマスさんもね、あの女《おんな》がお城《しろ》に来《き》たらやめるとまで言《い》ってるんですよ。

それにその女《おんな》の息子《むすこ》のほうも、坊《ぼっ》ちゃんとは比《くら》べようもないぐらい違《ちが》うらしいんです。いったいこれから、どうなっていくんでしょうね」

もちろんお城《しろ》もこの話《はなし》でもちきりでした。書斎《しょさい》では伯爵《はくしゃく》とハビシャムさんが座《すわ》って話《はな》し合《あ》っていましたし、使用人部屋《しようにんべや》ではトーマスさんや執事《しつじ》、他《ほか》の召使《めしつか》いたちが一日中《いちにちじゅう》うわさ話《ばなし》に花《はな》を咲《さ》かせたり、大声《おおごえ》で話《はな》し合《あ》ったりしていました。

一方《いっぽう》、馬小屋《うまごや》では、ウィルキンスが憂鬱《ゆううつ》な気分《きぶん》で仕事《しごと》をしていました。栗毛《くりげ》のポニーをこれまで以上《いじょう》にきれいに手入《てい》れした後《あと》は、御者《ぎょしゃ》に悲《かな》しげな声《こえ》でこぼしたのです。

「いろんな坊《ぼっ》ちゃんに教《おし》えてきたけど、あんなに自然《しぜん》に乗《の》りこなしたり、肝《きも》の座《すわ》った子《こ》はいなかったよ。後《うし》ろからついて走《はし》っても楽《たの》しかったんだがなあ」

こんな大騒《おおさわ》ぎの中《なか》で、1人《ひとり》だけとても冷静《れいせい》で、落《お》ち着《つ》き払《はら》っている人《ひと》がいました。フォントルロイ卿《きょう》ではないと言《い》われた、セドリック本人《ほんにん》です。

自分《じぶん》の置《お》かれた立場《たちば》が急《きゅう》に変《か》わったことを最初《さいしょ》に知《し》ったとき、確《たし》かにセドリックは少《すこ》しまごつきました。でもそれは伯爵《はくしゃく》の跡取《あとと》りになるという望《のぞ》みが絶《た》たれたからではありません。

セドリックは椅子《いす》に座《すわ》って片膝《かたひざ》を抱《かか》えながら、伯爵《はくしゃく》から何《なに》があったのかを聞《き》きました。興味《きょうみ》のある話《はなし》を聞《き》くときには、よくそうするのです。

しかし伯爵《はくしゃく》の話《はなし》が終《お》わったときでも、セドリックはまったく動揺《どうよう》していませんでした。

「なんか変《へん》な感《かん》じですね。なんていうか――とにかく変《へん》な感《かん》じなんです！」

伯爵《はくしゃく》は黙《だま》ってセドリックを見《み》つめました。伯爵《はくしゃく》も変《へん》な気分《きぶん》を味《あじ》わっていました。これまでの人生《じんせい》で、こんなに変《へん》な気持《きも》ちになったことはありません。

さらに、いつもは幸《しあわ》せそうにしているセドリックが、小《ちい》さな顔《かお》に困《こま》ったような表情《ひょうじょう》を浮《う》かべているのを見《み》て、ますます嫌《いや》な気持《きも》ちになりました。

「今度《こんど》の人《ひと》たちは、大好《だいす》きな人《ひと》をおうちから追《お》い出《だ》すの？　……馬車《ばしゃ》も取《と》り上《あ》げちゃうの？」

セドリックは不安《ふあん》そうに小《ちい》さな声《こえ》で尋《たず》ねました。

「違《ちが》う！」

伯爵《はくしゃく》は大《おお》きな声《こえ》で、はっきりと言《い》い切《き》りました。

「やつらには、何《なに》も取《と》り上《あ》げたりはさせん」

「ああ、そうなの？」

セドリックは伯爵《はくしゃく》を見上《みあ》げました。でも大《おお》きくて優《やさ》しい目《め》に、何《なに》かを諦《あきら》めきれないような表情《ひょうじょう》がかすかに浮《う》かんでいます。

「でも、もう1人《ひとり》の子《こ》が」

セドリックの声《こえ》は震《ふる》えていました。

「おじいさまの子《こ》に……ならなければいけないんでしょう……僕《ぼく》がそうだったみたいに……でしょう？」

「違《ちが》う！」

伯爵《はくしゃく》は答《こた》えました。あまりに激《はげ》しく大《おお》きな声《こえ》だったので、セドリックはびっくりして跳《と》び上《あ》がりました。

「違《ちが》うの？　僕《ぼく》はてっきり……」

セドリックは、急《きゅう》に椅子《いす》から立《た》ち上《あ》がりました。

「僕《ぼく》は、これまでみたいにおじいさまの子《こ》でいていいの？　伯爵《はくしゃく》になれなくても？」

セドリックは小《ちい》さな顔《かお》を赤《あか》くしながら、一生懸命《いっしょうけんめい》に尋《たず》ねました。

伯爵《はくしゃく》は孫《まご》を頭《あたま》の先《さき》からつま先《さき》までじっくりと見《み》ました。もじゃもじゃの眉毛《まゆげ》が寄《よ》せられ、その下《した》にあるくぼんだ目《め》が奇妙《きみょう》に輝《かがや》きました。

「お前《まえ》はわしの子《こ》だ！」

信《しん》じられないことに、その声《こえ》はいつもとは違《ちが》っていました。少《すこ》し震《ふる》えているようですし、途切《とぎ》れがちで、かすれていました。伯爵《はくしゃく》の声《こえ》とはとても思《おも》えません。それでも、これまでにないほどきっぱりと言《い》いました。

「わしが生《い》きている限《かぎ》り、お前《まえ》はわしの子《こ》だ。まさにそのとおりだ。時々《ときどき》、わしの子《こ》はお前《まえ》だけだったという気《き》がするくらいだ」

セドリックの顔《かお》が髪《かみ》の生《は》え際《ぎわ》まで赤《あか》くなりました。安心《あんしん》と喜《よろこ》びで赤《あか》らんだのです。セドリックは両手《りょうて》を深《ふか》くポケットに突《つ》っ込《こ》み、まっすぐに相手《あいて》の目《め》を見《み》つめました。

「本当《ほんとう》に？」

セドリックは言《い》いました。

「じゃあ、伯爵《はくしゃく》のことなんてどうでもいいや。僕《ぼく》は……ほら、伯爵《はくしゃく》になる子《こ》だけが、おじいさまの子《こ》なんだって思《おも》ってたし……僕《ぼく》はなれないんだって思《おも》ってたから。だからすごく嫌《いや》な気持《きも》ちだったんです」

伯爵《はくしゃく》は孫《まご》の肩《かた》に手《て》を置《お》いて引《ひ》き寄《よ》せました。

「わしがお前《まえ》に渡《わた》すものには、指一本《ゆびいっぽん》触《ふ》れさせません」

伯爵《はくしゃく》は呼吸《こきゅう》が荒《あら》くなっていました。

「そもそもお前《まえ》からは、何《なに》ひとつ奪《うば》ったりできないはずだ。お前《まえ》はわしの跡取《あとと》りになるために生《う》まれてきた子《こ》どもだ……それはいまでも変《か》わらん。とにかくどんなことになっても、わしが与《あた》えられるものは全部《ぜんぶ》お前《まえ》のものになる……すべてな！」

伯爵《はくしゃく》はセドリックに向《む》けて話《はなし》をしているようにはほとんど見《み》えません。むしろ強《つよ》い決意《けつい》に満《み》ちた表情《ひょうじょう》と声《こえ》は、自分自身《じぶんじしん》に誓《ちか》いを立《た》てているように見《み》えました。おそらく実際《じっさい》そうだったのでしょう。

これまでの伯爵《はくしゃく》は、孫《まご》に対《たい》する自分《じぶん》の愛情《あいじょう》や、セドリックを跡継《あとつ》ぎに迎《むか》えた誇《ほこ》りがここまで強《つよ》くなっていることに、まったく気《き》づいていません。またセドリックの持《も》つ強《つよ》さや、性格《せいかく》の素直《すなお》さ、そして美《うつく》しさというものを、これほど実感《じっかん》したこともないのでした。

ここまで自分《じぶん》が心《こころ》を傾《かたむ》けたセドリックを諦《あきら》めることなど、頑固《がんこ》な伯爵《はくしゃく》には考《かんが》えられないこと――というよりも、ありえないことでした。伯爵《はくしゃく》はセドリックのことを絶対《ぜったい》に諦《あきら》めたりせずに、死《し》にものぐるいで戦《たたか》おうと決心《けっしん》したのです。

ハビシャムさんが、フォントルロイ卿夫人《きょうふじん》だと名乗《なの》り出《で》た女《おんな》の人《ひと》と会《あ》ってから数日後《すうじつご》、その女《おんな》の人《ひと》が息子《むすこ》を連《つ》れてお城《しろ》に姿《すがた》を見《み》せました。

しかし、あっけなく追《お》い返《かえ》されました。伯爵《はくしゃく》は会《あ》おうとしませんでしたし、入《い》り口《ぐち》のところで召《めし》使《つか》いから、この件《けん》については弁護士《べんごし》が担当《たんとう》します、と言《い》われたのです。

伯爵《はくしゃく》の言葉《ことば》を伝《つた》えたのはトーマスでした。その後《ご》、使用人部屋《しようにんべや》でトーマスはその女《おんな》の人《ひと》について、率直《そっちょく》に自分《じぶん》の意見《いけん》を言《い》いました。

「名門《めいもん》のお屋敷《やしき》でこれだけ長《なが》いこと制服《せいふく》を着《き》て働《はたら》いてりゃあ、一目《ひとめ》見《み》ただけで貴婦人《きふじん》かどうかわかるってもんだ。あれが本当《ほんとう》に貴婦人《きふじん》なら、俺《おれ》には女《おんな》を見《み》る目《め》がないってことになるさ。ロッジに住《す》んでいるご婦人《ふじん》のほうは」

トーマスはもったいぶった言《い》い方《かた》で付《つ》け加《くわ》えました。

「アメリカ人《じん》だろうとなんだろうと、ありゃあ本物《ほんもの》の貴婦人《きふじん》さんだぜ。まっとうな旦那《だんな》さんがたなら、一目《ひとめ》で見抜《みぬ》くさ。あそこに初《はじ》めて行《い》ったとき、ヘンリーにそう言《い》ったんだ」

結局《けっきょく》、その女《おんな》の人《ひと》は馬車《ばしゃ》で帰《かえ》っていきました。美《うつく》しくても庶民的《しょみんてき》な顔《かお》をした女性《じょせい》は、半分《はんぶん》おびえたようにも、怒《おこ》っているようにも見《み》えました。

ハビシャムさんも、その女《おんな》の人《ひと》と何度《なんど》か話《はな》しているうちに、気性《きしょう》が激《はげ》しく下品《げひん》で横柄《おうへい》な態度《たいど》を取《と》る割《わり》に、実《じつ》はたいして賢《かしこ》くもなければ、勇気《ゆうき》も持《も》っていないことに気《き》づきました。

また自分《じぶん》で名乗《なの》り出《で》てきたのに、どうしていいのかわからなくなっているように見《み》えることもありました。ここまで強《つよ》く反対《はんたい》されるとは、考《かんが》えていなかったのでしょう。

「あの女性《じょせい》は明《あき》らかに」

ハビシャムさんは、セドリックのお母《かあ》さんに言《い》いました。

「教育《きょういく》を受《う》けていないし、なんの訓練《くんれん》も受《う》けていません。わたしたちのような人間《にんげん》と対等《たいとう》な条件《じょうけん》で会《あ》うのに、まったく慣《な》れていないようです。何《なに》をしたらいいのかわかっていないのです。お城《しろ》に来《き》てみて、すっかり怖《こわ》くなったのでしょう。かなり怒《おこ》っていましたが、びくびくしていました。

伯爵《はくしゃく》はあの女性《じょせい》をお城《しろ》の中《なか》に入《い》れようとされませんでしたが、あの女性《じょせい》が泊《と》まっているドリンコート・アームズに、わたしと一緒《いっしょ》に行《い》ってはどうかと助言《じょげん》を差《さ》し上《あ》げたんです。伯爵《はくしゃく》が入《はい》ってくるのを見《み》たとき、女性《じょせい》は顔《かお》が真《ま》っ青《さお》になっていましたよ。それでもすぐにカッとなって、脅《おど》し文句《もんく》やいろんな要求《ようきゅう》を一気《いっき》にまくしたてましたがね」

実際《じっさい》の話《はなし》はこうです。伯爵《はくしゃく》は大《おお》またで部屋《へや》に入《はい》り、まさに貴族《きぞく》の大御所《おおごしょ》のような雰囲気《ふんいき》で堂々《どうどう》と立《た》つと、張《は》り出《だ》した眉毛《まゆげ》の下《した》からその女《おんな》の人《ひと》を見据《みす》えていました。一言《ひとこと》も話《はな》さずにです。

伯爵《はくしゃく》は頭《あたま》の先《さき》からつま先《さき》まで、汚《けが》らわしいものを見《み》るように眺《なが》め回《まわ》しました。そして自分《じぶん》は何《なに》も言《い》わずに、相手《あいて》が疲《つか》れるまで、好《す》きなだけ言《い》いたいことを言《い》わせた後《あと》、こう告《つ》げたのです。

「お前《まえ》は、わしの長男《ちょうなん》の妻《つま》だと言《い》ったな。もしそれが本当《ほんとう》で、お前《まえ》が差《さ》し出《だ》している証拠《しょうこ》がわしらの手《て》に余《あま》るようなものなら、法律《ほうりつ》はお前《まえ》の味方《みかた》だ。そうなれば、そちらの息子《むすこ》がフォントルロイ卿《きょう》だということになる。

この件《けん》については徹底的《てっていてき》に調《しら》べるから、そう思《おも》って待《ま》っているがいい。そちらの言《い》い分《ぶん》が正《ただ》しいと証明《しょうめい》されれば、それなりのものは与《あた》えられるだろう。

しかし、わしの目《め》の黒《くろ》いうちは、お前《まえ》にも、お前《まえ》の息子《むすこ》にも一切《いっさい》会《あ》わん。うんざりする話《はなし》だが、わしが死《し》んだ後《あと》、この城《しろ》はお前《まえ》たちのものになるだろう。お前《まえ》はまさに、長男《ちょうなん》のベビスが選《えら》びそうな女《おんな》だ」

伯爵《はくしゃく》は女《おんな》の人《ひと》に背《せ》を向《む》けると、入《はい》ってきたときと同《おな》じように大《おお》またで部屋《へや》を出《で》ていきました。

それから何日《なんにち》もしないある日《ひ》、セドリックのお母《かあ》さんが小《ちい》さな居間《いま》で書《か》き物《もの》をしていると、誰《だれ》かが訪《たず》ねてきました。メイドはかなり興奮《こうふん》しているようです。驚《おどろ》きのあまり、目《め》はまん丸《まる》に見開《みひら》かれています。まだ若《わか》くて経験《けいけん》も浅《あさ》いメイドは、緊張《きんちょう》と同情《どうじょう》のこもった目《め》で、セドリックのお母《かあ》さんを見《み》つめていました。

「伯爵《はくしゃく》さまご本人《ほんにん》です、奥《おく》さま！」

メイドはおびえた声《こえ》で言《い》いました。

お母《かあ》さんが応接間《おうせつま》に入《はい》ると、とても背《せ》が高《たか》く、堂々《どうどう》とした姿《すがた》の老人《ろうじん》が虎《とら》の敷物《しきもの》の上《うえ》に立《た》っていました。顔立《かおだ》ちは整《ととの》ってはいますが、表情《ひょうじょう》はとても険《けわ》しく、横《よこ》から見《み》ると鷲《わし》のような輪郭《りんかく》をしていました。口元《くちもと》には長《なが》い白《しろ》ひげをたくわえた頑固《がんこ》そうな人《ひと》でした。

「エロル夫人《ふじん》、そうだな？」

「ええ、そうです」

「わしはドリンコート伯爵《はくしゃく》だ」

伯爵《はくしゃく》はそう言《い》ってから少《すこ》し間《ま》をおくと、思《おも》わずお母《かあ》さんの目《め》を見《み》つめました。この数《すう》か月《げつ》、毎日《まいにち》何度《なんど》も自分《じぶん》を見上《みあ》げてきた、大《おお》きな愛情《あいじょう》あふれる子《こ》どもの目《め》にそっくりです。伯爵《はくしゃく》は妙《みょう》な感動《かんどう》を覚《おぼ》えました。

「あの子《こ》は、お前《まえ》によく似《に》ておる」

伯爵《はくしゃく》はぶっきらぼうに言《い》いました。

「よく言《い》われますの、伯爵《はくしゃく》さま」

お母《かあ》さんは答《こた》えました。

「でもわたしは、あの子《こ》が父親《ちちおや》にも似《に》ているのがうれしいのです」

ロリデイル夫人《ふじん》が言《い》っていたように、エロル夫人《ふじん》の声《こえ》はとても優《やさ》しく、仕草《しぐさ》はとても自然《しぜん》で上品《じょうひん》でした。伯爵《はくしゃく》が突然《とつぜん》やってきても、まったく動揺《どうよう》していないようです。

「そうだな。あの子《こ》は……わしの息子《むすこ》にも……似《に》ている」

伯爵《はくしゃく》は大《おお》きな白《しろ》ひげに手《て》をやって、乱暴《らんぼう》に引《ひ》っ張《ぱ》りました。

「わしがなぜここに来《き》たと思《おも》う？」

「ハビシャムさんにお会《あ》いしましたの。ハビシャムさんは、何《なに》か申《もう》し立《た》てがあったと教《おし》えてくださいましたが――」

「わしはそのことを伝《つた》えに来《き》たのだ。あいつらのことは調《しら》べ上《あ》げるし、法廷《ほうてい》でも争《あらそ》うつもりだ。もし争《あらそ》えるのならばな。

いずれにしても、あの子《こ》のことは、ありとあらゆる法律《ほうりつ》の力《ちから》を使《つか》って守《まも》る。あの子《こ》の権利《けんり》は――」

柔《やわ》らかい声《こえ》がその言葉《ことば》をさえぎりました。

「もし受《う》け取《と》る権利《けんり》がないのであれば、あの子《こ》は何《なに》も受《う》け取《と》るべきではありません。たとえ法律《ほうりつ》で、そうできるとしてもです」

「残念《ざんねん》ながら法律《ほうりつ》でも無理《むり》だろう」

伯爵《はくしゃく》は言《い》いました。

「法律《ほうりつ》でなんとかなるなら、そうするのだが。あのけしからん女《おんな》と息子《むすこ》は――」

「きっとその方《かた》は、わたしがセドリックを大切《たいせつ》に思《おも》うのと同《おな》じように、お子《こ》さんを大切《たいせつ》に思《おも》っていらっしゃるのでしょう、伯爵《はくしゃく》。もしその方《かた》がご長男《ちょうなん》の奥《おく》さまなら、息子《むすこ》さんがフォントルロイ卿《きょう》ということになります。わたしの息子《むすこ》は跡継《あとつ》ぎではないのです」

お母《かあ》さんはセドリックと同《おな》じように伯爵《はくしゃく》を怖《こわ》がりませんでしたし、やはりセドリックと同《おな》じように伯爵《はくしゃく》をまっすぐ見《み》つめました。

これまでずっと人《ひと》から恐《おそ》れられてばかりだった伯爵《はくしゃく》は、そのことを密《ひそ》かにうれしく思《おも》いました。自分《じぶん》とあえて違《ちが》う意見《いけん》を言《い》うような人《ひと》はほとんどいなかったので、それが新鮮《しんせん》だったのです。

「わしが思《おも》うに、どうもお前《まえ》は、あの子《こ》がドリンコート伯爵《はくしゃく》にならないほうがはるかにいいと考《かんが》えているようだな」

伯爵《はくしゃく》は少《すこ》し顔《かお》をしかめながら言《い》いました。

お母《かあ》さんの色白《いろじろ》の顔《かお》が赤《あか》らみます。

「ドリンコート伯爵《はくしゃく》になるというのは、大変素晴《たいへんすば》らしいことですわ、伯爵《はくしゃく》。そのことは存《ぞん》じ上《あ》げております。ただしわたしが一番望《いちばんのぞ》んでいるのは、あの子《こ》が父親《ちちおや》のような人《ひと》になってくれることなのです。常《つね》に勇敢《ゆうかん》で正《ただ》しく誠実《せいじつ》な人《ひと》にです」

「祖父《そふ》とは正反対《せいはんたい》にというわけだな？　だろう？」

伯爵《はくしゃく》は皮肉《ひにく》を込《こ》めて言《い》いました。

「わたしはこれまで、あの子《こ》のおじいさまにお会《あ》いする光栄《こうえい》に恵《めぐ》まれませんでしたけれど、坊《ぼう》やがおじいさまを信《しん》じていることはわかりますし――」

お母《かあ》さんは一瞬言葉《いっしゅんことば》を止《と》めて、静《しず》かに伯爵《はくしゃく》の顔《かお》を見《み》つめました。それからこう続《つづ》けたのです。

「セドリックはあなたさまを愛《あい》しています」

「わしがお前《まえ》を城《しろ》に迎《むか》えない理由《りゆう》を、お前《まえ》があの子《こ》に話《はな》していたとしよう。それでもあの子《こ》は、わしのことを好《す》きになっていたと思《おも》うか？」

伯爵《はくしゃく》はぶっきらぼうに言《い》いました。

「いいえ、そうは思《おも》いません。ですからわたしは、あの子《こ》に知《し》ってほしくなかったのです」

「そうか。そういう話《はなし》を息子《むすこ》にしない母親《ははおや》はほとんどいないだろうな」

伯爵《はくしゃく》は急《きゅう》に部屋《へや》を行《い》ったり来《き》たりしながら、立派《りっぱ》なひげをこれまで以上《いじょう》に乱暴《らんぼう》に引《ひ》っ張《ぱ》り始《はじ》めました。

「そう、あの子《こ》はわしを好《す》いておる」

伯爵《はくしゃく》は言《い》いました。

「そして、わしもあの子《こ》がかわいい。わしはこれまで、誰《だれ》かをかわいいと思《おも》ったことなどなかった。

だがあの子《こ》のことはかわいいのだ。あの子《こ》は会《あ》ったときから、わしを楽《たの》しませてくれた。わしは年寄《としよ》りで、人生《じんせい》にうんざりしておった。だがあの子《こ》は、生《い》きがいを与《あた》えてくれたのだ。あの子《こ》はわしの自慢《じまん》だ。いつかあの子《こ》が我《わ》が一族《いちぞく》の当主《とうしゅ》として、跡《あと》を継《つ》いでくれると思《おも》うだけでうれしかったのだ」

伯爵《はくしゃく》は、お母《かあ》さんの前《まえ》に戻《もど》ってくると立《た》ち止《ど》まりました。

「いまのわしはみじめだ。本当《ほんとう》にみじめなのだよ」

本当《ほんとう》にそう見《み》えました。伯爵《はくしゃく》は誇《ほこ》り高《たか》い人《ひと》ですが、それでも声《こえ》や手《て》が震《ふる》えてしまいます。一瞬《いっしゅん》、彫《ほ》りの深《ふか》い険《けわ》しい目《め》に、涙《なみだ》が浮《う》かんだように見《み》えました。

「たぶん、わしがお前《まえ》のところに来《き》たのは、自分《じぶん》がみじめに感《かん》じるからだろう」

伯爵《はくしゃく》はお母《かあ》さんを見下《みお》ろし、にらみつけるような目《め》で言《い》いました。

「わしはお前《まえ》を嫌《きら》っていた。妬《ねた》んでいたのだ。

しかし、この不名誉《ふめいよ》な事件《じけん》で気持《きも》ちは変《か》わった。息子《むすこ》のベビスの妻《つま》だと名乗《なの》っている、ぞっとするような女《おんな》に会《あ》った後《あと》で、お前《まえ》を見《み》れば安心《あんしん》するだろうと本当《ほんとう》に思《おも》ったのだ。

わしは、頑固《がんこ》で愚《おろ》かな年寄《としよ》りだったし、お前《まえ》にひどい仕打《しう》ちをしてきたはずだ。

だがお前《まえ》はあの子《こ》に似《に》ている。

わしはみじめだ。お前《まえ》があの子《こ》に似《に》ているという理由《りゆう》だけで、ここに来《き》たのだ。あの子《こ》はお前《まえ》を愛《あい》しておる。そしてわしもあの子《こ》を好《す》いておる。あの子《こ》はわしにとって何《なに》よりも大切《たいせつ》だ。あの子《こ》のためだと思《おも》って、わしのことをできるだけ大目《おおめ》に見《み》てくれ」

声《こえ》は刺々《とげとげ》しく、乱暴《らんぼう》にも聞《き》こえましたが、その姿《すがた》はひどく弱々《よわよわ》しく見《み》えました。気《き》の毒《どく》になったお母《かあ》さんは、立《た》ち上《あ》がり、肘掛《ひじか》け椅子《いす》を少《すこ》し前《まえ》に押《お》し出《だ》しました。

「お座《すわ》りになりませんか。たいへんな問題《もんだい》を抱《かか》えられてお疲《つか》れなのでしょう」

伯爵《はくしゃく》は、意見《いけん》に反対《はんたい》されたのも初《はじ》めてでしたが、そのように優《やさ》しく素直《すなお》な言葉《ことば》で慰《なぐさ》められたのも初《はじ》めてでした。

伯爵《はくしゃく》はまた「あの子《こ》」を思《おも》い出《だ》し、お母《かあ》さんの言葉《ことば》に素直《すなお》に従《したが》いました。

おそらく伯爵《はくしゃく》にとっては、突然起《とつぜんお》きたとんでもない事件《じけん》でショックを受《う》け、みじめな気持《きも》ちになったことがよい教訓《きょうくん》になったのでしょう。

みじめな気持《きも》ちになっていなければ、いまでもお母《かあ》さんを目《め》の敵《かたき》にし続《つづ》けていたはずです。

しかし今《いま》は、お母《かあ》さんに会《あ》うことで少《すこ》し心《こころ》が慰《なぐさ》められていました。自分《じぶん》がフォントルロイ卿夫人《きょうふじん》だと主張《しゅちょう》している女《おんな》の人《ひと》と比《くら》べれば、どんな人《ひと》でもいい印象《いんしょう》を与《あた》えたでしょうが、お母《かあ》さんの優《やさ》しい顔《かお》や声《こえ》、そしてかわいらしくて上品《じょうひん》な話《はな》し方《かた》や立《た》ち振《ふ》る舞《ま》いは、本当《ほんとう》に心地《ここち》よいのです。

お母《かあ》さんの静《しず》かな魔法《まほう》が効《き》いたのか、伯爵《はくしゃく》の憂鬱《ゆううつ》な気分《きぶん》はすぐに収《おさ》まっていきました。

「とにかく何《なに》が起《お》ころうと」

伯爵《はくしゃく》は言《い》います。

「あの子《こ》にはきちんとしたものを与《あた》える。今《いま》も、そしてこれからも、あの子《こ》のことは大事《だいじ》にするつもりだ」

お屋敷《やしき》から帰《かえ》る前《まえ》に、伯爵《はくしゃく》は部屋《へや》を見回《みまわ》しました。

「この家《いえ》は気《き》に入《い》ったか?」

「はい、とても」

お母《かあ》さんは答《こた》えました。

「ここは気持《きも》ちのいい部屋《へや》だな。また、この件《けん》について話《はなし》をしに来《き》てもいいかね?」

「ええ、気《き》が向《む》いたときには、いつでもお越《こ》しください、伯爵《はくしゃく》」

伯爵《はくしゃく》は馬車《ばしゃ》に乗《の》って、走《はし》り去《さ》っていきました。馬車《ばしゃ》に乗《の》った召使《めしつか》いのトーマスとヘンリーは、伯《はく》爵《しゃく》のあまりの変《か》わりように、唖然《あぜん》としていました。

13 ディックの助け舟《ぶね》

セドリックことフォントルロイ卿《きょう》の話《はなし》や、ドリンコート伯爵《はくしゃく》が抱《かか》えた問題《もんだい》は大《おお》きな注目《ちゅうもく》を集《あつ》めていました。イギリスの新聞《しんぶん》が書《か》き立《た》てると、すぐにアメリカの新聞《しんぶん》に記事《きじ》が載《の》ったのは、いうまでもありません。

簡単《かんたん》には見過《みす》ごせない興味深《きょうみぶか》い話題《わだい》でしたから、たくさんの記事《きじ》が書《か》かれました。また新聞《しんぶん》ごとに、あまりにも違《ちが》った話《はなし》が載《の》りましたので、すべての新聞《しんぶん》を買《か》って見比《みくら》べたりすると、さらに興味《きょうみ》が湧《わ》いたでしょう。

ホッブスさんも、この事件《じけん》についてはとても多《おお》くの記事《きじ》を読《よ》んでいましたので、すっかり途方《とほう》に暮《く》れてしまいました。

ある新聞《しんぶん》では、親友《しんゆう》のセドリックが、抱《だ》っこされているような赤《あか》ちゃんだと書《か》かれていましたし、別《べつ》の新聞《しんぶん》にはオックスフォード大学《だいがく》に通《かよ》う青年《せいねん》で、あらゆる賞《しょう》を取《と》った秀才《しゅうさい》で、ギリシャ語《ご》の詩《し》を書《か》いて注目《ちゅうもく》されたと書《か》かれていました。また、とても美《うつく》しい公爵《こうしゃく》の令嬢《れいじょう》と婚約中《こんやくちゅう》だとか、結婚《けっこん》したばかりだとか書《か》いてある記事《きじ》もありました。

しかしどの新聞《しんぶん》の記事《きじ》でも、1つだけ書《か》かれていないことがありました。セドリックが7歳《さい》から8歳《さい》になろうとしている少年《しょうねん》で、すらりとした足《あし》とカールした髪《かみ》の毛《け》を持《も》つ少年《しょうねん》だという情報《じょうほう》はまったく載《の》っていなかったのです。

それどころか、ある新聞《しんぶん》には、セドリックがドリンコート伯爵《はくしゃく》とはなんの関《かか》わりもないのに、跡《あと》取《と》りになりすましていたとさえ書《か》かれていました。その記事《きじ》によれば、セドリックはニューヨークの通《とお》りで寝起《ねお》きし、新聞《しんぶん》を売《う》って暮《く》らしていた少年《しょうねん》で、母親《ははおや》が、伯爵《はくしゃく》の跡継《あとつ》ぎを探《さが》しにアメリカを訪《おとず》れた弁護士《べんごし》をだまして、跡取《あとと》りになりすましたというのです。

やがて新聞《しんぶん》では、新《あら》たに登場《とうじょう》したフォントルロイ卿《きょう》とその母親《ははおや》のことも記事《きじ》になりました。

その母親《ははおや》については流《なが》れ者《もの》だったとか、女優《じょゆう》だったとか、美《うつく》しいスペイン人《じん》だといったことが書《か》かれていましたが、ドリンコート伯爵《はくしゃく》が目《め》の敵《かたき》にしていて、その息子《むすこ》を跡継《あとつ》ぎだと認《みと》めようとしていないという点《てん》では、どの記事《きじ》の内容《ないよう》も一致《いっち》していました。

また差《さ》し出《だ》された証拠《しょうこ》にいくつかおかしなところがあるために裁判《さいばん》は長引《ながび》きそうで、これまでに見《み》たこともないような、おもしろい裁判《さいばん》になりそうだとも言《い》われていました。

ホッブスさんは頭《あたま》がクラクラするようになるまで新聞《しんぶん》を読《よ》み、夜《よる》になると、この一件《いっけん》についてデイックと話《はな》し合《あ》いました。

2人《ふたり》は、こういう記事《きじ》を読《よ》むことで、ドリンコート伯爵《はくしゃく》というのがいかに大物《おおもの》なのかということや、どれだけ莫大《ばくだい》な収入《しゅうにゅう》があるか、さらにはいくつ不動産《ふどうさん》を持《も》っていて、住《す》んでいるお城《しろ》がいかに立派《りっぱ》できれいかということも知《し》りました。

そして詳《くわ》しいことを知《し》れば知《し》るほど、2人《ふたり》は興奮《こうふん》していきました。

「なんとかしないといかんぞ」

ホップスさんは言《い》いました。

「そういう財産《ざいさん》はしっかりつかんで離《はな》さないようにせんと……伯爵《はくしゃく》だろうとそうでなかろうとな」

しかし、2人《ふたり》にできることはほとんどありません。

できることといえば、それぞれセドリックに手紙《てがみ》を書《か》いて、自分《じぶん》たちの友情《ゆうじょう》と同情《どうじょう》は変《か》わらないと伝《つた》えることくらいでした。2人《ふたり》は今回《こんかい》の事件《じけん》を知《し》った後《あと》、できるだけ早《はや》くその手紙《てがみ》を書《か》きました。

書《か》き終《お》わると、2人《ふたり》はそれを交換《こうかん》して読《よ》み合《あ》いました。

ディックの手紙《てがみ》はこんな具合《ぐあい》です。


「しんあいなるともえ。

てがみをもらったよ。ホッブスさんももらった。うんがわるくてきのどくにおもってる。おれたちにいえるのは、できるだけがんばって、ほかのやつにだしぬかれんなってこと。どろぼうどもがたくさんいるから、ちゃんとみはっとくんだぜ。でもいちばんいいてえのは、おまえがしてくれたことをわすれてねえってことだ。もううまくいかなくなったら、こっちにもどってきておいらのあいぼうになればいいよ。しょうばいはうまくいってるししんぱいいらねえ。どんなにでかいやつがおまえをおいかけてきても、めいじんのディック・ティプトンさまがやっつけてやるから。とりあえず、いまはそんだけだ。

ディック」

ホッブスさんの手紙《てがみ》にはこう書《か》いてありました。

「拝啓《はいけい》
手紙《てがみ》を受《う》け取《と》りました。見通《みとお》しは悪《わる》いようです。だれかのねつ造《ぞう》に違《ちが》いありませんから、目《め》を見張《みは》っておくように。

ふたつのことを伝《つた》えようと思《おも》って、この手紙《てがみ》を書《か》きました。

こちらでもいろいろ調《しら》べてみるつもりです。弁護士《べんごし》と相談《そうだん》し、できるだけのことをしますから、静《しず》かに待《ま》っていてください。

もっとひどい状況《じょうきょう》になって、伯爵《はくしゃく》の件《けん》が手《て》に余《あま》るようなことになれば、坊《ぼう》やが大人《おとな》になり次第《しだい》、お店《みせ》を一緒《いっしょ》にやっていきましょう。

住《す》むところも、友達《ともだち》もここにいることをお忘《わす》れなく。

敬具《けいぐ》　サイラス・ホップス」


しかしディックとホップスさんは、翌日《よくじつ》の朝《あさ》、思《おも》いもかけぬ形《かたち》でセドリックの問題《もんだい》を解決《かいけつ》する手《て》掛《が》かりをつかむことになります。そのきっかけとなったのは、ディックのお得意《とくい》さんである、若《わか》い弁護士《べんごし》でした。

その人《ひと》は独立《どくりつ》したばかりで、若《わか》い弁護士《べんごし》によくあるように、お金持《かねも》ちではありませんでしたが、陽気《ようき》で生《い》き生《い》きとしていて、頭《あたま》の回転《かいてん》が速《はや》く、気《き》のいい若者《わかもの》でした。

ディックが靴磨《くつみが》きをしている場所《ばしょ》の近《ちか》くにみすぼらしい事務所《じむしょ》を構《かま》えていて、毎朝《まいあさ》、ディックのところに、履《は》き古《ふる》した靴《くつ》を磨《みが》きに来《く》るのです。ディックとは親友《しんゆう》とまではいきませんでしたが、気《き》さくに声《こえ》をかけてくれましたし、冗談《じょうだん》を言《い》うこともありました。

この日《ひ》の朝《あさ》、若《わか》い弁護士《べんごし》は新聞《しんぶん》を持《も》っていました。おもしろい記事《きじ》が出《で》ている新聞《しんぶん》で、話題《わだい》になっている人《ひと》など写真《しゃしん》も載《の》っています。若《わか》い弁護士《べんごし》はちょうど新聞《しんぶん》を読《よ》み終《お》わったばかりで、靴磨《くつみが》きが終《お》わるとディックに渡《わた》しました
「この新聞《しんぶん》、あげるよ、ディック」

若《わか》い弁護士《べんごし》は言《い》いました。

「デルモニコスのレストランで朝飯《あさめし》を食《た》べるときに読《よ》めるだろう。イギリスのお城《しろ》の写真《しゃしん》とか、伯《はく》爵《しゃく》の義理《ぎり》の娘《むすめ》って人《ひと》の写真《しゃしん》が載《の》ってるよ。若《わか》くてなかなかの美人《びじん》だ。髪《かみ》もたっぷりしててさ。低《ひく》い階級《かいきゅう》の出身《しゅっしん》の人《ひと》のようだけどね。

これできみも貴族《きぞく》や紳士階級《しんしかいきゅう》について詳《くわ》しくなれるよ、ディック。まず、これがドリンコート伯《はく》爵《しゃく》とフォントルロイ卿夫人《きょうふじん》だな。おい！　どうかしたのか？」

若《わか》い弁護士《べんごし》が言《い》っていた写真《しゃしん》は新聞《しんぶん》の一面《いちめん》に出《で》ていました。

ディックは目《め》を見開《みひら》き、口《くち》をぽかんと開《あ》けたまま、そのうちの1枚《まい》をまじまじと見《み》つめています。

頭《あたま》の回転《かいてん》の速《はや》そうな顔《かお》は、興奮《こうふん》しすぎたために青《あお》ざめていました。

「ディック、どうした？」

若《わか》い弁護士《べんごし》は、もう一度《いちど》尋《たず》ねてみました。

「なんでそんなに体《からだ》が固《かた》まったんだ？」

ディックは何《なに》かとんでもないことに気《き》づいたような顔《かお》をしていました。ディックは新聞《しんぶん》に載《の》っていた1枚《まい》の写真《しゃしん》を指《ゆび》さしました。そこにはこう書《か》いてあったのです。

「申《もう》し立《た》て人《にん》の母親《ははおや》（フォントルロイ卿夫人《きょうふじん》）」

その写真《しゃしん》には、顔立《かおだ》ちの整《とと》った女性《じょせい》が写《うつ》っていました。目《め》が大《おお》きくて黒《くろ》く、たっぷりとした黒《くろ》い髪《かみ》が三《み》つ編《あ》みにされて頭《あたま》の周《まわ》りに巻《ま》きつけてあります。

「あの女《おんな》だ！」

ディックは言《い》いました。

「おいら、この女《おんな》のことなら、旦那《だんな》のことよりもよく知《し》ってるぜ！」

若《わか》い弁護士《べんごし》は笑《わら》いました。

「どこでお目《め》にかかったんだ、ディック？　ニューポートにある浜辺《はまべ》の別荘《べっそう》かな？　それとも君《きみ》がこの前《まえ》パリに遊《あそ》びにいったときか？」

ディックはニヤリとするのも忘《わす》れていました。いますぐに仕事《しごと》を終《お》えて、やらなければならないことがあるというように、あわててブラシや道具《どうぐ》をしまい始《はじ》めたのです。

「どこだっていいさ」

ディックは言《い》いました。

「とにかくこの女《おんな》のことは知《し》ってるんだ！　今朝《けさ》はもう店《みせ》じまい！」

ディックは5分《ふん》もしないうちに、大急《おおいそ》ぎで角《かど》のホップスさんの店《みせ》に向《む》かっていました。

ホップスさんは、ディックが新聞《しんぶん》を手《て》に駆《か》け込《こ》んできたのをカウンター越《ご》しに見《み》て、目《め》を疑《うたが》いました。大急《おおいそ》ぎで走《はし》ってきたため、ディックは息《いき》を切《き》らしています。実際《じっさい》、あまりに息《いき》を切《き》らしていたので、新聞《しんぶん》をカウンターの上《うえ》に放《ほう》り投《な》げたときには、しゃべれないほどでした。

「おい！　どうした！」

ホップスさんは驚《おどろ》いて、大声《おおごえ》で尋《たず》ねました。

「そりゃ何《なに》を持《も》ってきたんだ？」

「見《み》てくれよ！　この写真《しゃしん》の女《おんな》だよ！　それを見《み》てほしいんだ！　そいつは貴族《きぞく》なんかじゃねえ！　全然違《ぜんぜんちが》うんだ！」

ディックは、誰《だれ》かを軽蔑《けいべつ》するような口調《くちょう》で説明《せつめい》し始《はじ》めました。

「貴族《きぞく》の奥《おく》さんなんかじゃねえ。これはミナだ。そうじゃなかったら、取《と》って食《く》われたっていいさ——ミナなんだよ！　どんなところにいたって顔《かお》を見《み》りゃあわかる。ベンだってそうだ。兄貴《あにき》に聞《き》いてみたらいい」

ホッブスさんはどすんと椅子《いす》に腰《こし》を落《お》としました。

「思《おも》ったとおり、でっち上《あ》げだったんだな。そんなのわかっていたんだ。あの子《こ》がアメリカ人《じん》だからって、やつらが仕組《しく》んだんだ」

「そう、あいつがやったんだ！」

ディックはうんざりしたように言《い》いました。

「あの女《おんな》は、いつだって人《ひと》をだまそうとするんだ。写真《しゃしん》を見《み》た瞬間《しゅんかん》にわかったね。なんでかって言《い》うとさ、この間《あいだ》2人《ふたり》で見《み》た新聞《しんぶん》にその子《こ》どものことが載《の》ってたんだけど、顎《あご》に傷跡《きずあと》があるって書《か》いてあったんだよ。

そんで、あの女《おんな》の顔《かお》とその傷《きず》の話《はなし》、2つが組《く》み合《あ》わさって、ピンと来《き》たってわけ！だから息子《むすこ》ってのは、フォントルロイ卿《きょう》でもなんでもねえ。おいらがそうじゃないのとおんなじくれえにね。その子《こ》はベンの息子《むすこ》だよ。皿《さら》が顎《あご》に当《あ》たっちまった赤《あか》ん坊《ぼう》なんだ」

ディックはもともと頭《あたま》の回転《かいてん》が速《はや》い少年《しょうねん》でしたが、大都会《だいとかい》の通《とお》りで靴磨《くつみが》きをして暮《く》らしているために、いっそう鋭《するど》くなっていました。いろいろなところに目《め》を配《くば》り、機転《きてん》をきかせることができるようになっていたのです。

真相《しんそう》を知《し》ったホッブスさんは、強《つよ》い責任感《せきにんかん》を感《かん》じて心《こころ》が押《お》しつぶされそうになりました。逆《ぎゃく》にディックは、生《い》き生《い》きと張《は》り切《き》って、動《うご》き回《まわ》るようになりました。

まずディックはベンに手紙《てがみ》を書《か》くことにし、封筒《ふうとう》には、新聞《しんぶん》に載《の》っていたミナの写真《しゃしん》も入《い》れました。ホッブスさんはセドリックと伯爵宛《はくしゃくあ》てに手紙《てがみ》を書《か》きました。

2人《ふたり》が手紙《てがみ》を書《か》いている最中《さなか》、ディックが新《あたら》しいことを思《おも》いつきました。

「そうだ！　新聞《しんぶん》をくれた人《ひと》は弁護士《べんごし》なんだ。どうしたらいいか聞《き》いてみよう。弁護士《べんごし》ならそういうこと知《し》ってるはずだよ」

ホッブスさんは、ディックの提案《ていあん》と、頭《あたま》の回転《かいてん》の速《はや》さに舌《した》を巻《ま》きました。

「そうしよう！　こういう時《とき》こそ弁護士《べんごし》の出番《でばん》だ」

ホッブスさんは留守番《るすばん》の人《ひと》に店《みせ》を頼《たの》むと、あわててコートを羽織《はお》り、ディックと一緒《いっしょ》にダウンタウンへ急《いそ》ぎました。やがて2人《ふたり》がこの驚《おどろ》くべき事実《じじつ》を話《はな》し始《はじ》めると、その若《わか》い弁護士《べんごし》、ハリソンさんはびっくり仰天《ぎょうてん》しました。

ハリソンさんは若《わか》くやる気《き》にあふれた弁護士《べんごし》でしたが、まだ駆《か》け出《だ》しでしたので、時間《じかん》には余裕《よゆう》がありました。そうでなければ、2人《ふたり》の話《はなし》にまともに耳《みみ》を傾《かたむ》けたりしなかったでしょう。あまりにも突拍子《とっぴょうし》もない妙《みょう》な話《はなし》だからです。

しかし、ハリソンさんには何《なに》か大《おお》きな仕事《しごと》を手《て》がけたいという気持《きも》ちがありましたし、たまたまディックをよく知《し》っていました。そしてディックも要点《ようてん》をしっかりと話《はな》すことができました。

「それで」

ホッブスさんは言《い》いました。

「相談《そうだん》にのってもらうのに、1時間《じかん》にいくら必要《ひつよう》かを言《い》ってください。この件《けん》を調《しら》べていただけるんでしたら、費用《ひよう》はわしが払《はら》います。わしはサイラス・ホッブスと申《もう》しまして、ブランク通《どお》りで野菜《やさい》や雑貨《ざっか》を売《う》る店《みせ》をやっております」

「そうですね」

ハリソンさんは言《い》いました。

「もし真相《しんそう》をすべて明《あき》らかにできれば、すごい出来事《できごと》になりますよ。フォントルロイ卿《きょう》だけでなくわたしにとってもです。どちらにしても、調《しら》べてみる価値《かち》はあるでしょう。伯爵《はくしゃく》の後継者《こうけいしゃ》だと名乗《なの》り出《で》た子《こ》どもについては、いくつか怪《あや》しい点《てん》があるようですからね。

その女性《じょせい》も、自分《じぶん》の息子《むすこ》の年齢《ねんれい》については、前《まえ》と矛盾《むじゅん》するようなことを言《い》ったりしているので疑《うたが》われています。まず手紙《てがみ》を出《だ》さなければならない相手《あいて》は、ディックのお兄《にい》さんとドリンコート伯爵《はくしゃく》家《け》の弁護士《べんごし》ですね」

夕暮《ゆうぐ》れまでには2通《つう》の手紙《てがみ》が用意《ようい》され、それぞれの相手《あいて》に向《む》けて送《おく》り出《だ》されました。

1通《つう》はニューヨークの港《みなと》から郵便船《ゆうびんせん》に載《の》せられてイギリスへ、もう1通《つう》は手紙《てがみ》や乗客《じょうきゃく》を運《はこ》ぶカリフォルニア行《い》きの汽車《きしゃ》に積《つ》まれました。最初《さいしょ》の手紙《てがみ》はハビシャムさん宛《あて》、もう1通《つう》はディックのお兄《にい》さん、ベンこと、ベンジャミン・ティプトン宛《あて》です。

14 見破《みやぶ》られた嘘《うそ》

世《よ》にも不思議《ふしぎ》な出来事《できごと》というのは、あっという間《ま》に起《お》きてしまいます。

ホッブスさんの店《みせ》の背《せ》の高《たか》い椅子《いす》に座《すわ》り、赤《あか》いタイツをはいた足《あし》をブラブラさせていた少年《しょうねん》の運《うん》命《めい》は、わずかな時間《じかん》の間《あいだ》にめまぐるしく変《か》わりました。

静《しず》かな通《とお》りで質素《しっそ》に暮《く》らしていた少年《しょうねん》は、まずイギリスの貴族《きぞく》に変身《へんしん》し、伯爵《はくしゃく》の位《くらい》と莫大《ばくだい》な財産《ざいさん》を継《つ》ぐことになります。

ところが今度《こんど》は、いくらも時間《じかん》がたたないうちに、イギリスの貴族《きぞく》から一文無《いちもんな》しの詐欺《さぎ》師となり、それまでの豪華《ごうか》な生活《せいかつ》を送《おく》る権利《けんり》はないと言《い》われてしまいました。ところが驚《おどろ》いたことに、予想《よそう》されていたよりもはるかに短《みじか》い間《あいだ》で、再《ふたた》びすべての事情《じじょう》が変《か》わり、失《うしな》いかけていたすべてのものが戻《もど》ってくることになったのです。

結局《けっきょく》のところ、思《おも》ったよりも時間《じかん》がかからなかったのは、フォントルロイ卿夫人《きょうふじん》と名乗《なの》っていた女《おんな》の人《ひと》は、悪知恵《わるぢえ》を働《はたら》かせる割《わり》には、あまり賢《かしこ》くなかったからでした。

結婚《けっこん》や息子《むすこ》のことなどについて、ハビシャムさんから細《こま》かく質問《しつもん》されるとと、一度《いちど》か二度《にど》、矛盾《むじゅん》するようなことを言《い》ってしまい、疑《うたが》われるようになったのです。そして今度《こんど》は自制心《じせいしん》をなくし、興《こう》奮《ふん》して怒《おこ》り出《だ》したので、疑《うたが》いはいっそう濃《こ》くなりました。

伯爵《はくしゃく》の跡継《あとつ》ぎになるはずだった長男《ちょうなん》と結婚《けっこん》していたというのは、本当《ほんとう》のようでした。その後《ご》、仲《なか》たがいをして、お金《かね》をもらって離《はな》れていったというのも事実《じじつ》のようです。

しかしハビシャムさんは、息子《むすこ》がロンドンのある場所《ばしょ》で生《う》まれたという話《はなし》は嘘《うそ》だと見抜《みぬ》きました。それがわかって大騒《おおさわ》ぎになっているときに、まさにニューヨークの若《わか》い弁護士《べんごし》とホッブスさんからの手紙《てがみ》が届《とど》いたのです。

その手紙《てがみ》が届《とど》いた夜《よる》、ハビシャムさんと伯爵《はくしゃく》は書斎《しょさい》に座《すわ》って計画《けいかく》を練《ね》りました。2人《ふたり》にとって、最高《さいこう》の日《ひ》になったことは言《い》うまでもありません。

「3度目《どめ》にあの女《おんな》と会《あ》った頃《ころ》から」

ハビシャムさんは言《い》いました。

「かなり疑《うたが》わしいと思《おも》っていました。子《こ》どもは、あの女《おんな》が言《い》っていたよりも年上《としうえ》のように見《み》えましたし、子《こ》どもの生年月日《せいねんがっぴ》について口《くち》を滑《すべ》らし、後《あと》で話《はなし》を合《あ》わせようとしました。この手紙《てがみ》に書《か》かれていることは、わたしがいくつか疑問《ぎもん》に思《おも》っていたことと一致《いっち》します。あの女《おんな》には内緒《ないしょ》にしておいたまま、すぐに２人《ふたり》のティプトン氏《し》、お兄《にい》さんのベンと弟《おとうと》のディックに電報《でんぽう》を打《う》って、イギリスに呼《よ》び寄《よ》せるのがよろしいかと思《おも》います。

そして突然《とつぜん》、面会《めんかい》させるのです。あの女《おんな》はしょせん、へたな詐欺師《さぎし》にすぎません。驚《おどろ》いて知恵《ちえ》が回《まわ》らなくなり、その場《ば》で正体《しょうたい》を現《あらわ》すでしょう」

実際《じっさい》、そのとおりのことが起《お》きました。ハビシャムさんは自分《じぶん》が疑《うたぐ》っていることを絶対《ぜったい》に気《き》づかれないようにしながら面会《めんかい》を続《つづ》けました。面会《めんかい》では、申《もう》し立《た》てを確認中《かくにんちゅう》だと話《はな》していたので、女《おんな》の人《ひと》は安心感《あんしんかん》から気持《きも》ちが大《おお》きくなり、予想通《よそうどお》り横柄《おうへい》な態度《たいど》を取《と》るようになりました。

しかし、ある晴《は》れた日《ひ》の朝《あさ》、女《おんな》の人《ひと》が「ドリンコート・アームズ」と呼《よ》ばれる宿《やど》の居間《いま》に座《すわ》りバラ色《いろ》の将来《しょうらい》のことを思《おも》い描《えが》いていると、ハビシャムさんがやってきました。

部屋《へや》に入《はい》ってきたハビシャムさんの後《うし》ろには、３人《にん》の人物《じんぶつ》が立《た》っています。賢《かしこ》そうな顔《かお》をした少《しょう》年《ねん》と大柄《おおがら》な青年《せいねん》、そして３人目《にんめ》は伯爵《はくしゃく》でした。

女《おんな》の人《ひと》は椅子《いす》から跳《と》び上《あ》がり、おびえたような叫《さけ》び声《ごえ》を上《あ》げました。後先《あとさき》を考《かんが》えずに、思《おも》わず悲《ひ》鳴《めい》を上《あ》げてしまったのです。女《おんな》の人《ひと》は、新《あら》たにやってきた２人《ふたり》の人間《にんげん》がずっと遠《とお》くにいるものと思《おも》っていましたし、何年《なんねん》もの間《あいだ》、ほとんど思《おも》い出《だ》すこともありませんでした。そして、再《ふたた》び会《あ》うこともないだろうと思《おも》い込《こ》んでいたのです。

ディックはその女《おんな》の人《ひと》を見《み》ると、少《すこ》しニヤリと笑《わら》いました。

「やあミナ！」

一方《いっぽう》、大柄《おおがら》な青年《せいねん》のベンは、しばらくじっと立《た》ったままミナを見《み》つめました。

「この方《かた》をご存《ぞん》じですか？」

ハビシャムさんはそれぞれの顔《かお》を見比《みくら》べながら尋《たず》ねました。

「はい、知《し》っていますとも。向《む》こうもこっちを知《し》っていますよ」

ベンはこう言《い》うと窓《まど》から外《そと》を見《み》つめました。相手《あいて》のことを見《み》るのも嫌《いや》だったのでしょう。すべての嘘《うそ》がばれ、自分《じぶん》の悪《わる》だくみが失敗《しっぱい》したことを悟《さと》った女《おんな》の人《ひと》は、我《われ》を忘《わす》れて怒鳴《どな》り散《ち》らし始《はじ》めました。ベンとディックが昔《むかし》、さんざん見《み》てきた光景《こうけい》です。

ディックはその様子《ようす》を見《み》てまたニヤッとしましたが、ベンは振《ふ》り向《む》きもしませんでした。

「彼女《かのじょ》のことについては、法廷《ほうてい》でどんなことでもお話《はな》しします」

ベンはハビシャムさんに言《い》いました。

「ほかにも証人《しょうにん》ならいくらだっていますよ。ミナの父親《ちちおや》は、ちゃんとした人《ひと》です。いまは落《お》ちぶれていますけどね。母親《ははおや》はあいつにそっくりです。母親《ははおや》は死《し》んじまいましたけど父親《ちちおや》なら生《い》きてますし、正直者《しょうじきもの》ですから、こんな娘《むすめ》のことを恥《は》ずかしいと思《おも》うはずです。あいつが本当《ほんとう》は誰《だれ》で、俺《おれ》と結《けっ》婚《こん》したのかどうかってことも証言《しょうげん》してくれますよ」

ベンはこぶしを握《にぎ》りしめ、突然《とつぜん》ミナのほうに向《む》き直《なお》りました。

「子《こ》どもはどこだ？　あの子《こ》は俺《おれ》が引《ひ》き取《と》る！　お前《まえ》にはうんざりしているだろう。俺《おれ》もだ！」

ベンが言《い》い終《お》わった瞬間《しゅんかん》、ベッドルームに続《つづ》くドアが少《すこ》し開《ひら》いて小《ちい》さな少年《しょうねん》が顔《かお》を出《だ》しました。大《おお》きな声《こえ》がしたので興味《きょうみ》を持《も》ったのでしょう。

ハンサムな少年《しょうねん》ではありませんが、好感《こうかん》の持《も》てる顔立《かおだ》ちをしています。そして誰《だれ》が見《み》てもわかるように、ベンにそっくりでした。さらに少年《しょうねん》の顎《あご》には、三角形《さんかくけい》の傷跡《きずあと》もありました。

ベンは少年《しょうねん》に歩《あゆ》み寄《よ》り、手《て》を握《にぎ》りました。ベンの手《て》は震《ふる》えています。

「ええ。この子《こ》に誓《ちか》って証言《しょうげん》できますよ。トム、俺《おれ》はお前《まえ》の父《とう》さんだ。お前《まえ》を連《つ》れ戻《もど》しに来《き》たんだよ。帽子《ぼうし》はどこだい？」

少年《しょうねん》は帽子《ぼうし》が置《お》いてある椅子《いす》を指《ゆび》さしました。ここを出《で》ていけると知《し》り、むしろ喜《よろこ》んでいるようでした。また、これまでおかしなことをたくさん経験《けいけん》してきたので、知《し》らない人《ひと》から自分《じぶん》が父親《ちちおや》だと言《い》われても、驚《おどろ》いたりしないのでした。

そもそもトムが事件《じけん》に巻《ま》き込《こ》まれたのは、何《なん》か月《げつ》か前《まえ》のことでした。自分《じぶん》が幼《おさな》いころから住《す》んでいた家《いえ》に突然《とつぜん》、女《おんな》の人《ひと》が現《あらわ》れて母親《ははおや》だと名乗《なの》り出《で》たのです。

でもトムはこの人《ひと》が大嫌《だいきら》いだったので、ベンの申《もう》し出《で》は大歓迎《だいかんげい》でした。ベンは子《こ》どもの帽子《ぼうし》を手《て》に取《と》ると、ドアに向《む》かって元気《げんき》よく歩《ある》いていきました。

「また俺《おれ》に用《よう》がおありなら」

ベンはハビシャムさんに言《い》いました。

「どこにいるかご存《ぞん》じですよね」

ベンは子《こ》どもの手《て》を引《ひ》いて部屋《へや》から出《で》て行《い》きました。ミナのことは見向《みむ》きもしません。

一方《いっぽう》、ミナは激怒《げきど》してわめいていました。伯爵《はくしゃく》はいかにも貴族的《きぞくてき》な感《かん》じのする鷲鼻《わしばな》に眼鏡《めがね》をかけていましたが、レンズ越《ご》しにその様子《ようす》をじっと見《み》ていました。

「まあまあ、ご婦人《ふじん》」

ハビシャムさんはミナに言《い》いました。

「そんなことをしても無駄《むだ》ですよ。牢屋《ろうや》に入《はい》りたくないのなら、行儀《ぎょうぎ》よく振《ふ》る舞《ま》われたほうがいいですな」

ハビシャムさんは声《こえ》を荒《あら》らげるでもなく、とても淡々《たんたん》とした話《はな》し方《かた》をしましたので、ここは立《た》ち去《さ》るのが一番安全《いちばんあんぜん》だと感《かん》じたのでしょう。ミナはハビシャムさんを恐《おそ》ろしい目《め》でにらみつけ、その前《まえ》を走《はし》り抜《ぬ》けて隣《となり》の部屋《へや》に入《はい》り、バタンとドアを閉《し》めました。

「これであの女《おんな》に悩《なや》まされることは、もうないでしょう」

ハビシャムさんが言《い》った通《とお》りでした。まさにその夜《よる》、ミナは汽車《きしゃ》でロンドンに行《い》き、二度《にど》と姿《すがた》を見《み》せなくなりました。


伯爵《はくしゃく》はその面会《めんかい》の後《あと》、部屋《へや》を出《で》ると急《いそ》いで馬車《ばしゃ》に乗《の》りました。

「コート・ロッジへ」

伯爵《はくしゃく》が召使《めしつか》いのトーマスに言《い》うと、トーマスは御者台《ぎょしゃだい》によじのぼりながら同僚《どうりょう》に言《い》いました。

「コート・ロッジだってさ。こりゃあ大《だい》どんでん返《がえ》しが起《お》きるぜ」

コート・ロッジに馬車《ばしゃ》が停《と》まったとき、セドリックはお母《かあ》さんと一緒《いっしょ》に居間《いま》にいました。

伯爵《はくしゃく》は誰《だれ》にも告《つ》げずに部屋《へや》に入《はい》ってきました。1インチくらい背《せ》が高《たか》くなったように見《み》えましたし、何年《なんねん》も若返《わかがえ》ったようでした。深《ふか》くくぼんだ目《め》がきらめいています。

「どこにいるのかな、フォントルロイ卿《きょう》は？」

伯爵《はくしゃく》が話《はな》しかけると、お母《かあ》さんが前《まえ》に歩《あゆ》み寄《よ》りました。頬《ほお》は赤《あか》くなっています。

「この子《こ》がフォントルロイ卿《きょう》なのですか？　本当《ほんとう》にそうなのですか？」

「本当《ほんとう》だとも！　そのとおりだ」

伯爵《はくしゃく》はこう言《い》ってお母《かあ》さんの手《て》を取《と》りながら、もう一方《いっぽう》の手《て》をセドリックの肩《かた》に置《お》きました。

「フォントルロイ」

伯爵《はくしゃく》はごくあたりまえの命令《めいれい》をするように言《い》いました。

「お母《かあ》さまに、いつ城《しろ》に引《ひ》っ越《こ》して来《こ》られるか聞《き》きなさい」

セドリックはお母《かあ》さんの首《くび》にかじりつきました。

「一緒《いっしょ》に暮《く》らせるって！　いつも一緒《いっしょ》になるんだよ！」

伯爵《はくしゃく》はお母《かあ》さんを見《み》ました。お母《かあ》さんも伯爵《はくしゃく》を見《み》つめています。

伯爵《はくしゃく》の顔《かお》は真剣《しんけん》そのものでした。一刻《いっこく》も早《はや》く、この問題《もんだい》にけりをつけようと思《おも》ったのです。伯爵《はくしゃく》は、跡《あと》継《つ》ぎの母親《ははおや》とも仲良《なかよ》くしたほうがよいと思《おも》うようになっていました。

「わたしが行《い》って本当《ほんとう》によろしいんですの？」

お母《かあ》さんは優《やさ》しく、かわいらしい笑顔《えがお》を浮《う》かべながら尋《たず》ねました。

「もちろんだ」

伯爵《はくしゃく》はぶっきらぼうに言《い》いました。

「わしらはいつもそれを望《のぞ》んでいたはずなのに、そのことに気《き》づかなかったんだ。どうか城《しろ》に来《き》ていただきたい」

15　8歳《さい》の誕生《たんじょう》パーティー

ベンは息子《むすこ》を連《つ》れてカリフォルニアにある牧場《ぼくじょう》に帰《かえ》っていきましたが、戻《もど》るときには、その境遇《きょうぐう》はずっといいものになっていました。

ベンが戻《もど》る直前《ちょくぜん》、ハビシャムさんはベンと会《あ》い、ドリンコート伯爵《はくしゃく》の気持《きも》ちを伝《つた》えました。セドリックの代《か》わりに、フォントルロイ卿《きょう》になっていたかもしれない少年《しょうねん》に、何《なに》かしてやりたいというのです。

そこで伯爵《はくしゃく》は牧場《ぼくじょう》を買《か》い取《と》り、ベンに管理《かんり》をさせることにしました。しかもベンには高《たか》い給料《きゅうりょう》を払《はら》い、子《こ》どもの将来《しょうらい》に向《む》けて貯金《ちょきん》ができるようにしてあげたのです。

ベンにとっては、自分《じぶん》の牧場《ぼくじょう》を与《あた》えられたのと同《おな》じになりましたし、いずれはこの牧場《ぼくじょう》を買《か》い取《と》るのも難《むずか》しくなさそうでした。実際《じっさい》、数年後《すうねんご》にはその通《とお》りになりました。息子《むすこ》のトムは牧場《ぼくじょう》で立派《りっぱ》な青年《せいねん》に成長《せいちょう》し、父親《ちちおや》を心《こころ》から慕《した》うようになりました。仕事《しごと》は順調《じゅんちょう》で幸《しあわ》せに暮《く》らせるようになり、ベンはよく、これまでの苦労《くろう》をトムがすべて埋《う》め合《あ》わせてくれたと言《い》うようになりました。

しかしディックとホップスさんはしばらく帰《かえ》りませんでした。ホップスさんは、セドリックの問《もん》題《だい》がきちんと解決《かいけつ》されるようにするために、イギリスに一緒《いっしょ》に来《き》ていたのです。

まず伯爵《はくしゃく》は、ディックがきちんとした教育《きょういく》を受《う》けるためのお金《かね》を出《だ》すことにしました。最初《さいしょ》からそう決《き》めていたのです。

一方《いっぽう》ホップスさんは、店《みせ》を信頼《しんらい》できる人《ひと》に任《まか》せてきていたので、セドリックの8歳《さい》の誕生日《たんじょうび》を祝《いわ》う式典《しきてん》まで残《のこ》ることにしました。

伯爵《はくしゃく》とホップスさんが仲良《なかよ》くなれれば、イギリスの貴族《きぞく》になったセドリックにとってはありがたかったのですが、最初《さいしょ》はそううまくはいきません。

伯爵《はくしゃく》は食料品店《しょくりょうひんてん》のことはほとんど知《し》りませんし、逆《ぎゃく》にホップスさんには伯爵《はくしゃく》の友達《ともだち》などいませんですから、ごくたまに会《あ》っても会話《かいわ》が弾《はず》まないのです。セドリックはホップスさんのためにと立派《りっぱ》なものをいろいろ見《み》せたのですが、そうしたものにホップスさんが圧倒《あっとう》されてしまったことも、原《げん》因《いん》の1つだったかもしれません。

イギリスに来《き》たばかりのとき、ホップスさんは入《い》り口《ぐち》の門《もん》や石《いし》のライオンや並木道《なみきみち》に感動《かんどう》しました。

さらにはお城《しろ》、花畑《はなばたけ》、温室《おんしつ》、テラス、クジャク、地下牢《ちかろう》、鎧《よろい》、立派《りっぱ》な階段《かいだん》、馬小屋《うまごや》、制服《せいふく》を着《き》た使用人《しようにん》などを目《め》にして、ホッブスさんはまごついてしまいました。最後《さいご》の決《き》め手《て》になったのは、一《いち》面《めん》に肖像画《しょうぞうが》が並《なら》んだ、お城《しろ》のギャラリーを見《み》たことでした。

「美術館《びじゅつかん》みたいなもんかい？」

セドリックに案内《あんない》されてその美《うつく》しく立派《りっぱ》な部屋《へや》に入《はい》ってくると、ホッブスさんはこんなふうに尋《たず》ねました。

「ええと、違《ちが》うかな」

セドリックは自信《じしん》がなさそうに言《い》いました。

「美術館《びじゅつかん》じゃないと思《おも》うよ。僕《ぼく》のご先祖《せんぞ》さまだって、おじいさまは言《い》ってた」

「お前《まえ》のおばさんの姉妹《しまい》ってわけか！」

「ご先祖《せんぞ》さま」という単語《たんご》を「おばさんの姉妹《しまい》」と聞《き》き間違《まちが》えてしまったホッブスさんは、すっとんきょうな声《こえ》を上《あ》げました。

「全員《ぜんいん》が姉妹《しまい》なのか？　お前《まえ》の大《おお》おじさんというのは、すごい大家族《だいかぞく》だったんな！　全員養《ぜんいんやしな》ってたのかな？」

ホッブスさんは椅子《いす》に深《ふか》く座《すわ》り、とても興奮《こうふん》した様子《ようす》で周《まわ》りを見回《みまわ》しました。セドリックは四苦《しく》八苦《はっく》しながら、壁《かべ》にかかっている絵《え》の全員《ぜんいん》が、大《おお》おじさんの子《こ》どもではないことを説明《せつめい》しました。

セドリックは、メロン夫人《ふじん》を呼《よ》んで助《たす》けてもらわなければと思《おも》いました。メロン夫人《ふじん》は肖像画《しょうぞうが》のことをよく知《し》っていて、誰《だれ》がいつ描《か》いたのかを話《はな》してくれましたし、またモデルとなった伯爵《はくしゃく》や貴《き》婦人《ふじん》たちのロマンティックな物語《ものがたり》も付《つ》け加《くわ》えてくれました。

おかげでホッブスさんにはいろいろなことがわかってきました。そして、そうした物語《ものがたり》を聞《き》くうちにすっかりこの肖像画《しょうぞうが》のギャラリーに夢中《むちゅう》になり、他《ほか》のどんなものより好《す》きになりました。

ホッブスさんは村《むら》のドリンコート・アームズに泊《と》まっていたのですが、そこからひんぱんにギャラリーに来《く》るようになりました。こちらをじっと見《み》ている肖像画《しょうぞうが》の淑女《しゅくじょ》や紳士《しんし》たちを30分《ぷん》くらいかけて眺《なが》めては、しょっちゅう首《くび》を振《ふ》るのです。

「これがみんな伯爵《はくしゃく》とは！　それか、そういう立場《たちば》に近《ちか》い人《ひと》たちだってことだ！　そんで、あの子《こ》も仲間《なかま》入《い》りして、全部《ぜんぶ》、受《う》け継《つ》ぐってわけだ！」

ホッブスさんは、心《こころ》の底《そこ》では伯爵《はくしゃく》やその暮《く》らしも思《おも》っていたほど悪《わる》くないと思《おも》うようになっていました。それどころか、お城《しろ》や先祖《せんぞ》といったものに馴染《なじ》んでくるうちに、それまで頑固《がんこ》に守《まも》っていたはずの政治的《せいじてき》なポリシーでさえ、ちょっと怪《あや》しくなってきました。

そしてとうとう、自分《じぶん》でも驚《おどろ》くようなことをつぶやくまでになったのです。

「わしがあの中《なか》の1人《ひとり》になるのも悪《わる》くないな」

セドリックの誕生日《たんじょうび》がついにやってきました。

美《うつく》しい庭園《ていえん》は、華《はな》やかできれいな服《ふく》を着込《きこ》んだたくさんの人《ひと》であふれかえり、多《おお》くのテントや、さらにはお城《しろ》の一番上《いちばんうえ》のところにも家紋《かもん》の旗《はた》が連《つら》なっていました。

領地《りょうち》に住《す》む人《ひと》たちは全員招待《ぜんいんしょうたい》され、都合《つごう》のつく人《ひと》は1人残《ひとりのこ》らず来《き》ていました。セドリックが本当《ほんとう》のフォントルロイ卿《きょう》であることがわかり、いつかすべてを伯爵《はくしゃく》から受《う》け継《つ》ぐことを誰《だれ》もが喜《よろこ》んでいたのです。

また世間《せけん》の人《ひと》たちは、伯爵《はくしゃく》のことをいい人《ひと》だと思《おも》うようになり、親《した》しみを感《かん》じるようにもなっていました。それはセドリックが伯爵《はくしゃく》を愛《あい》し、心《こころ》から信頼《しんらい》しているからでしたが、伯爵《はくしゃく》がセドリックの母親《ははおや》とも仲良《なかよ》くなり、大切《たいせつ》にしていることも印象《いんしょう》をよくしました。

中《なか》には、伯爵《はくしゃく》がお母《かあ》さんに好意《こうい》を持《も》っているとまで言《い》う人《ひと》もいました。また、セドリックとその母親《ははおや》に囲《かこ》まれて過《す》ごしていれば、やがて伯爵《はくしゃく》も優《やさ》しい貴族《きぞく》となり、みんなが幸《しあわ》せで楽《らく》に暮《く》らせるようになるだろうと主張《しゅちょう》する人《ひと》もいました。

庭園《ていえん》にはごちそうやゲームが用意《ようい》され、夜《よる》にはたいまつがたかれ、花火《はなび》が打《う》ち上《あ》げられることになっていました。

「独立記念日《どくりつきねんび》みたいだ！」

セドリックは言《い》いました。

「誕生日《たんじょうび》が7月《がつ》4日《か》じゃなくて残念《ざんねん》だな。そうしたら一緒《いっしょ》にお祝《いわ》いできるのに」

パーティーに出席《しゅっせき》した人《ひと》の中《なか》には、ロリデイル夫人《ふじん》とハリー卿《きょう》もいましたし、もちろんハビシャムさんもいます。

ミス・ビビアン・ハーバートは、誰《だれ》よりも美《うつく》しい白《しろ》いドレスを身《み》にまとい、レースの日《ひ》よけ傘《かさ》を差《さ》していました。周《まわ》りには紳士《しんし》たちが群《むら》がっていましたが、ミス・ハーバートが一番気《いちばんき》に入《い》っていたのはセドリックです。セドリックがミス・ハーバートを見《み》つけて駆《か》け寄《よ》り、その首《くび》に腕《うで》を回《まわ》すと、ミス・ハーバートも腕《うで》を回《まわ》し、かわいい弟《おとうと》のように優《やさ》しくキスをしました。

「かわいいフォントルロイ卿《きょう》！　かわいい男《おとこ》の子《こ》だこと！　本当《ほんとう》にうれしいわ！」

その後《あと》、2人《ふたり》は辺《あた》りを歩《ある》き回《まわ》り、セドリックはミス・ハーバートにあらゆるものを見《み》せて、ホッブスさんとディックにも紹介《しょうかい》しました。

「僕《ぼく》のとっても古《ふる》い友達《ともだち》のホッブスさんです、ミス・ハーバート。それからこちらはもう1人《ひとり》の親友《しんゆう》のディックです。僕《ぼく》、2人《ふたり》にあなたがどんなにきれいかって話《はな》したんですよ。僕《ぼく》の誕生日《たんじょうび》に来《き》てくれたら会《あ》えるよって」

ミス・ハーバートはそれぞれと握手《あくしゅ》を交《か》わした後《あと》、しばらく立《た》ち止《ど》まって上品《じょうひん》に会話《かいわ》を交《か》わしました。アメリカのことや旅《たび》のこと、そしてイギリスに来《き》てからのことを尋《たず》ねるミス・ハーバートの横《よこ》で、セドリックはその姿《すがた》をうっとりと見上《みあ》げていました。ホッブスさんとディックもミス・ハーバートがとても気《き》に入《い》ったらしいので、セドリックはうれしくなりました。

「いやあ」

ディックは後《あと》から、大《おお》まじめな顔《かお》で言《い》いました。

「あんなにきれいな女《おんな》の人《ひと》は見《み》たことがねえ！　あの人《ひと》は――ほんと、ヒナギクみたいにきれいだ。ヒナギクそのものだよ。間違《まちが》いねえ！」

太陽《たいよう》が輝《かがや》き、旗《はた》は音《おと》をたててひるがえり、和気《わき》あいあいとしたゲームやダンスが続《つづ》き、楽《たの》しい午後《ご》が過《す》ぎていきます。セドリックはとにかくうれしくてニコニコしていました。

そしてもう1人《ひとり》、幸《しあわ》せを感《かん》じている人《ひと》がいました。これまでは財産《ざいさん》に恵《めぐ》まれた貴族《きぞく》として暮《く》らしてきていても、ほとんど幸《しあわ》せを感《かん》じたことのなかった老人《ろうじん》、そう、伯爵《はくしゃく》です。伯爵《はくしゃく》が幸《しあわ》せを感《かん》じられるようになったのは、おそらく伯爵自身《はくしゃくじしん》が以前《いぜん》よりもいい人《ひと》になったからでしょう。

もちろん、セドリックが思《おも》っていたようないい人《ひと》に、突然変《とつぜんか》わったわけではありません。最初《さいしょ》は誰《だれ》かを好《す》きになるところから始《はじ》まりましたし、次《つぎ》には無邪気《むじゃき》で優《やさ》しい心《こころ》を持《も》った孫《まご》の勧《すす》めで親切《しんせつ》なことをすると、喜《よろこ》びのようなものを感《かん》じるようになりました。

それをきっかけに、やがては息子《むすこ》の妻《つま》と一緒《いっしょ》にいることが楽《たの》しくなっていったのです。世間《せけん》の人《ひと》たちが言《い》っていたように、確《たし》かに伯爵《はくしゃく》はセドリックのお母《かあ》さんを好《す》きになり始《はじ》めていたのです。お母《かあ》さんの優《やさ》しい声《こえ》を聞《き》き、美《うつく》しい顔《かお》を見《み》るのが楽《たの》しみになりました。伯爵《はくしゃく》は肘掛《ひじか》け椅子《いす》に腰《こし》を下《お》ろして、お母《かあ》さんが息子《むすこ》に話《はな》しかけるのを熱心《ねっしん》に聞《き》くこともよくありました。また、これまで聞《き》いたこともなかったような、愛情《あいじょう》のこもった優《やさ》しい言葉《ことば》も耳《みみ》にしました。ニューヨークの裏町《うらまち》で育《そだ》ち、食料品店《しょくりょうひんてん》の店主《てんしゅ》や靴磨《くつみが》きの少年《しょうねん》と仲良《なかよ》くしていても、なぜセドリックはこんなに品《ひん》があって勇敢《ゆうかん》なのか。運命《うんめい》に翻弄《ほんろう》されてイギリスの伯爵《はくしゃく》の跡取《あとと》りとなり、お城《しろ》に暮《く》らすようになっても、どこに出《だ》しても恥《は》ずかしくないような子《こ》どもなのか。お母《かあ》さんの言葉《ことば》に耳《みみ》を傾《かたむ》けていると、その理由《りゆう》がわかるような気《き》がしてきました。

結局《けっきょく》はとても単純《たんじゅん》なことなのです。親切《しんせつ》で優《やさ》しい心《こころ》の持《も》ち主《ぬし》と一緒《いっしょ》に暮《く》らし、いつでも優《やさ》しい気持《きも》ちを持《も》ち、人《ひと》を思《おも》いやるようにと教《おし》えられて育《そだ》つ。ほんのささいなことかもしれませんが、これは何《なに》よりも大切《たいせつ》です。

セドリックは伯爵《はくしゃく》のことも城《しろ》のことも知《し》らず、豪華《ごうか》なものや立派《りっぱ》なものとは縁《えん》がなく育《そだ》ってきましたが、素直《すなお》で愛情深《あいじょうぶか》かったので、人《ひと》から愛《あい》されるようになりました。そういうふうに育《そだ》つことは、王《おう》さまとして生《う》まれたのと同《おな》じくらいの価値《かち》があります。

年老《としお》いたドリンコート伯爵《はくしゃく》は、孫《まご》を見守《みまも》っていました。セドリックは、庭園《ていえん》でたくさんの人《ひと》の間《あいだ》を行《い》き来《き》し、知《し》り合《あ》いとおしゃべりをし、誰《だれ》かにお祝《いわ》いを言《い》われたときには小《ちい》さな頭《あたま》を下《さ》げて挨拶《あいさつ》していいます。友達《ともだち》のディックやホップスさんをもてなしたり、お母《かあ》さんやミス・ハーバートのそばに立《た》って会話《かいわ》を聞《き》いたりしている姿《すがた》に、伯爵《はくしゃく》は満足《まんぞく》を覚《おぼ》えていました。

伯爵《はくしゃく》の満足《まんぞく》が最高潮《さいこうちょう》に達《たっ》したのは、一番大《いちばんおお》きなテントに到着《とうちゃく》したときでした。そこにはごちそうが並《なら》び、領地《りょうち》で重要《じゅうよう》な役割《やくわり》を担《にな》っている人《ひと》たちが座《すわ》っていました。

ちょうどみんなが乾杯《かんぱい》をしているところで、まず伯爵《はくしゃく》の健康《けんこう》を祝《しゅく》してみんなが杯《さかずき》を上《あ》げました。伯爵《はくしゃく》に対《たい》する乾杯《かんぱい》にここまで熱《ねっ》がこもったことは、これまでにありません。

続《つづ》いて「フォントルロイ卿《きょう》」の健康《けんこう》を願《ねが》う乾杯《かんぱい》です。大歓声《だいかんせい》、グラスがぶつかり合《あ》う音《おと》、そして拍手喝采《はくしゅかっさい》！

セドリックの隣《となり》にはお母《かあ》さんが、その反対側《はんたいがわ》には伯爵《はくしゃく》が立《た》っています。領地《りょうち》のおかみさんたちは目《め》を潤《うる》ませ、ささやき合《あ》いました。

「かわいい坊《ぼっ》ちゃまを、神様《かみさま》がお守《まも》りくださいますように！」

セドリックは喜《よろこ》びに顔《かお》を輝《かがや》かせていました。笑顔《えがお》で立《た》ち上《あ》がり、頭《あたま》を下《さ》げました。うれしさで、金色《きんいろ》の髪《かみ》の生《は》え際《ぎわ》までピンク色《いろ》に染《そ》まっています。

「みんな、僕《ぼく》のことが好《す》きだからああしてくれるの？　大好《だいす》きな人《ひと》」

セドリックはお母《かあ》さんに尋《たず》ねました。

「そうなの？　すごくうれしいな！」

伯爵《はくしゃく》が孫《まご》の肩《かた》に手《て》を置《お》いて話《はな》しかけました。

「フォントルロイ、みなさんにお礼《れい》を言《い》いなさい」

セドリックは伯爵《はくしゃく》を見上《みあ》げ、続《つづ》いてお母《かあ》さんを見上《みあ》げました。

「やらなきゃだめ？」

セドリックが少《すこ》し恥《は》ずかしそうに尋《たず》ねると、お母《かあ》さんとミス・ハーバートもほほ笑《え》みながら、一緒《いっしょ》にうなずきました。

そこで、セドリックは少《すこ》し前《まえ》に進《すす》み出《で》ました。全員《ぜんいん》が少年《しょうねん》を見《み》つめます。美《うつく》しくて無邪気《むじゃき》な少年《しょうねん》でしたが、その顔《かお》には勇気《ゆうき》と信《しん》じて疑《うたが》わない強《つよ》い気持《きも》ちがあふれています。セドリックはできる限《かぎ》り大《おお》きな声《こえ》で話《はな》しました。

「みなさん、どうもありがとう！」

子《こ》どもらしく澄《す》んだ声《こえ》が、力強《ちからづよ》く響《ひび》き渡《わた》りました。

「みなさんが、僕《ぼく》の誕生日《たんじょうび》を楽《たの》しんでくれるといいんですけど。僕《ぼく》もすごく楽《たの》しんでいますから。それから——伯爵《はくしゃく》になれることになってうれしいです。最初《さいしょ》はそうじゃなかったし、伯爵《はくしゃく》になりたくなかったんですけど、今《いま》はなりたいと思《おも》います。

僕《ぼく》はこの場所《ばしょ》も大好《だいす》きです。すごくきれいだと思《おも》うし——そして——そして——僕《ぼく》が伯爵《はくしゃく》になったら、おじいさまみたいにいい伯爵《はくしゃく》になれるようにがんばりたいと思《おも》います」

歓声《かんせい》と大《おお》きな拍手《はくしゅ》を浴《あ》びながら、セドリックは後《うし》ろに下《さ》がり、ホッとしたように小《ちい》さくため息《いき》をつきました。そしてすぐそばにいた伯爵《はくしゃく》の手《て》に自分《じぶん》の手《て》を滑《すべ》り込《こ》ませ、近《ちか》くに立《た》つと、ニッコリして伯爵《はくしゃく》に寄《よ》りかかりました。

これでこの物語《ものがたり》はおしまいです。

ただもう1つ、おもしろいお話《はなし》を付《つ》け加《くわ》えておきましょう。

ホッブスさんは上流階級《じょうりゅうかいきゅう》の暮《く》らしにとても興味《きょうみ》を持《も》つようになりましたし、セドリックと離《はな》れるのが嫌《いや》だったので、ニューヨークの街角《まちかど》にある店《みせ》を売《う》り、イギリスのアールボロに移《うつ》り住《す》んで食料品店《しょくりょうひんてん》を開《ひら》いたのです。店《みせ》は、お城《しろ》にひいきにしてもらって繁盛《はんじょう》しました。

結局《けっきょく》、ホッブスさんは伯爵《はくしゃく》と親友《しんゆう》になれませんでしたが、信《しん》じられないことに伯爵《はくしゃく》よりも貴族《きぞく》らしくなりました。宮廷《きゅうてい》のニュースを毎朝《まいあさ》読《よ》み、貴族院《きぞくいん》の出来事《できごと》なども、何《なに》から何《なに》まで知《し》っているようになったのです！

やがて10年《ねん》ほどがたつと、学校《がっこう》を卒業《そつぎょう》したディックがカリフォルニアのお兄《にい》さんを訪《たず》ねることになりました。ディックがアメリカに戻《もど》りたくないかと聞《き》くと、ホッブスさんは大《おお》まじめに首《くび》を振《ふ》りました。

「あそこには戻《もど》らん！」

ホッブスさんは言《い》いました。

「絶対《ぜったい》に帰《かえ》らないよ。あの子《こ》の近《ちか》くにいて、見守《みまも》ってやりたいんだ。あそこは若《わか》くて威勢《いせい》のいいやつらにはいい国《くに》だが――欠点《けってん》もある。あの子《こ》の大《おお》おじさんが養《やしな》ってたみたいな『おばさんの姉妹《しまい》』ってもんがいない。それに伯爵《はくしゃく》もいないからな」

訳者《やくしゃ》あとがき

田邊雅之《たなべまさゆき》

アメリカとイギリス。

2つの国《くに》の名前《なまえ》を聞《き》いたときに、読者《どくしゃ》の皆《みな》さんは何《なに》を思《おも》い浮《う》かべるでしょうか？

野球《やきゅう》やサッカー、音楽《おんがく》やファッション、ハンバーガーやコーラ、ショートブレッドと呼《よ》ばれるクッキーなどを通《とお》して、2つの国《くに》に親《した》しみを感《かん》じるようになった人《ひと》もいるでしょう。

またアメリカのオバマ大統領《だいとうりょう》が、日本《にっぽん》にやってきたのを覚《おぼ》えている。あるいはロンドンにあるバッキンガム宮殿《きゅうでん》で、黒《くろ》い帽子《ぼうし》と赤《あか》い制服姿《せいふくすがた》の衛兵《えいへい》さんが行進《こうしん》している場面《ばめん》を、テレビのニュースで見《み》たことがあるという人《ひと》もいるかもしれません。

アメリカとイギリスという国《くに》は、日本《にっぽん》でもよく知《し》られています。共《とも》に英語《えいご》を国語《こくご》としているので、仲《なか》のいい双子《ふたご》のような国《くに》だろうという印象《いんしょう》を持《も》っている人《ひと》も数多《かずおお》くいます。

しかし2つの国《くに》の関係《かんけい》は、それほど単純《たんじゅん》ではありません。顔《かお》つきはよく似《に》ていても、性格《せいかく》はかなり違《ちが》っていて、大《おお》げんかをしたこともある親戚同士《しんせきどうし》のようなところさえあるのです。

要因《よういん》の1つは、両国《りょうこく》の歴史《れきし》です。今《いま》からはとても考《かんが》えにくいことですが、かつてのアメリカは、イギリスの植民地《しょくみんち》の1つでした。1775年《ねん》からイギリスと10年近《ねんちか》く戦争《せんそう》を繰《く》り広《ひろ》げた末《すえ》に、ようやく独立《どくりつ》を勝《か》ち取《と》った「新《あたら》しい国《くに》」がアメリカだったのです。

こういう歴史《れきし》を理解《りかい》しておくと、「小公子《しょうこうし》セドリック」はもっと楽《たの》しめるようになります。物語《ものがたり》の中《なか》では、アメリカの少年《しょうねん》である主人公《しゅじんこう》のセドリックが、「独立戦争《どくりつせんそう》」や7月《がつ》4日《か》の「独立《どくりつ》記念日《きねんび》」のことを、熱心《ねっしん》に語《かた》る場面《ばめん》がなんども出《で》てきます。

アメリカの人《ひと》たちにとって「独立記念日《どくりつきねんび》（インディペンデンス・デイ）」が、いかに大切《たいせつ》な日《ひ》であるかは、人気《にんき》SF《エスエフ》映画《えいが》のタイトルになっていることからもうかがえます。

ましてや「小公子《しょうこうし》セドリック」がアメリカで最初《さいしょ》に出版《しゅっぱん》されたのは、1886年《ねん》でした。当時《とうじ》のアメリカでは、イギリスに対《たい》する不信感《ふしんかん》や、自分《じぶん》たちの国《くに》を守《まも》らなければならないという意識《いしき》が、かなり根強《ねづよ》く残《のこ》っていたと考《かんが》えられます。だからこそセドリックは幼《おさな》い少年《しょうねん》でありながら、政治《せいじ》や外交《がいこう》のことを大人《おとな》顔負《かおま》けの口調《くちょう》で話《はな》したりするのです。

ただしアメリカとイギリスが仲《なか》の悪《わる》い親戚《しんせき》のような関係《かんけい》になったのは、独立戦争《どくりつせんそう》だけが原因《げんいん》ではありません。そこにはより深《ふか》い、文化的《ぶんかてき》な理由《りゆう》もあります。

移民《いみん》の人《ひと》たちが作《つく》った「新《あたら》しい国《くに》」アメリカと、ヨーロッパの伝統国《でんとうこく》だったイギリスでは、理想《りそう》とする社会《しゃかい》のあり方《かた》、ひいては歴史《れきし》や伝統《でんとう》といったものの捉《とら》え方《かた》も違《ちが》っていました。小公子《しょうこうし》セドリックでは、こういう違《ちが》いもいたるところで浮《う》かび上《あ》がります。

セドリックの親友《しんゆう》であり、食料品店《しょくりょうひんてん》を経営《けいえい》するホッブスさんは、貴族《きぞく》や伯爵《はくしゃく》といった人《ひと》たちが、いまだにイギリスの社会《しゃかい》に君臨《くんりん》していることに、かなり反感《はんかん》を持《も》っていました。片《かた》や、セドリックのおじいさんであるイギリスの伯爵《はくしゃく》は、アメリカには歴史《れきし》や伝統《でんとう》、格式《かくしき》がないと軽蔑《けいべつ》しています。しかもお互《たが》いに相手《あいて》の国《くに》が大嫌《だいきら》いなだけでなく、アメリカ「人《じん》」やイギリス「人《じん》」が気《き》に食《く》わないとまではっきり言《い》い切《き》っています。

小公子《しょうこうし》セドリックという作品《さくひん》が、アメリカとイギリスの独特《どくとく》な関係《かんけい》を、ユーモアを交《まじ》えながら上手《じょうず》に表現《ひょうげん》しているのは、著者《ちょしゃ》のバーネットさんがイギリスのマンチェスターで生《う》まれ、その後《ご》、アメリカに渡《わた》った女性《じょせい》だったからでしょう。小公子《しょうこうし》セドリックには、個人的《こじんてき》な体験《たいけん》を踏《ふ》まえたのではないかと思《おも》われる箇所《かしょ》も、たくさんでてきます。

たとえば伯爵《はくしゃく》がセドリックと初《はじ》めて会話《かいわ》したとき、「それはどういう意味《いみ》だ？」と尋《たず》ねる場面《ばめん》があります。おそらくバーネットさんも、初《はじ》めてアメリカに渡《わた》ったときには、同《おな》じような戸惑《とまど》いを感《かん》じたのではないでしょうか。実際《じっさい》、同《おな》じ英語《えいご》のはずなのに、アメリカとイギリスでは単語《たんご》の使《つか》い方《かた》や意味《いみ》、発音《はつおん》の仕方《しかた》が微妙《びみょう》に違《ちが》っているケースは少《すく》なくありません。

一方《いっぽう》、セドリックやホッブズさんは、伯爵《はくしゃく》の住《す》んでいるお城《しろ》などを訪《たず》ねたりしながら、その歴史《れきし》や伝統《でんとう》に心《こころ》を打《う》たれます。きっとバーネットさん自身《じしん》、後《のち》にイギリスを訪《おとず》れた際《さい》に、祖国《そこく》が持《も》つ魅《み》力《りょく》に改《あらた》めて気《き》がついたに違《ちが》いありません。

とはいえ、アメリカとイギリスの歴史《れきし》や文化《ぶんか》の違《ちが》いが学《まな》べるのは、小公子《しょうこうし》セドリックという物語《ものがたり》が持《も》つ、魅力《みりょく》の一部分《いちぶぶん》です。それ以上《いじょう》にわたしたちを夢中《むちゅう》にさせるのは、セドリックとの出会《であ》いをきっかけに、2つの国《くに》に住《す》むさまざまな人々《ひとびと》が、根強《ねづよ》い不信感《ふしんかん》や誤解《ごかい》、文化的《ぶんかてき》な垣根《かきね》を乗《の》り越《こ》えて、友情《ゆうじょう》と理解《りかい》を深《ふか》めていくまでの感動的《かんどうてき》なドラマなのです。

ホッブスさんは最後《さいご》には、イギリスの伝統《でんとう》に心《こころ》ひかれ、貴族《きぞく》に憧《あこが》れるようにさえなります。気難《きむずか》しい伯爵《はくしゃく》は、アメリカ人《じん》のセドリックやお母《かあ》さんとの触《ふ》れ合《あ》いを通《とお》して、アメリカに対《たい》する偏見《へんけん》をなくし、貴族《きぞく》としての社会的《しゃかいてき》な責任《せきにん》もしっかり果《は》たすようになっていきます。

伯爵《はくしゃく》が徐々《じょじょ》に心《こころ》を開《ひら》いていく様子《ようす》は、とても丁寧《ていねい》に説明《せつめい》されていますし、作品全体《さくひんぜんたい》の大《おお》きなテーマにもなっています。この物語《ものがたり》を読《よ》み進《すす》めていくと、主人公《しゅじんこう》はセドリックではなく、実《じつ》は伯爵《はくしゃく》ではないかと思《おも》えてくるほどです。読者《どくしゃ》の皆《みな》さんは、いかがでしょうか？

名作《めいさく》といわれる物語《ものがたり》には、いろんな楽《たの》しみ方《かた》や「読《よ》み方《かた》」があります。セドリックが好《す》きになった人《ひと》は、ぜひ「小公女《しょうこうじょ》セーラ」にも出合《であ》ってみてください。さらに多《おお》くの発見《はっけん》があると思《おも》いますし、著者《ちょしゃ》のバーネットさんのことも、より身近《みぢか》に感《かん》じられるはずです。

なお今回《こんかい》は井元智晶《いもとともあき》さんに下訳《したやく》をしていただきました。この場《ば》を借《か》りてお礼《れい》を申《もう》し上《あ》げます。

Shogakukan Junior Bunko

★小学館ジュニア文庫★

小公子セドリック

2016年 8月 1日　初版第1刷発行

作／バーネット
訳／田邊雅之
絵／日本アニメーション

発行人／立川義剛
編集人／吉田憲生

発行所／株式会社　小学館
〒101-8001　東京都千代田区一ツ橋2－3－1
電話　編集　03-3230-5105
販売　03-5281-3555

印刷・製本／中央精版印刷株式会社

デザイン／クマガイグラフィックス

Printed in Japan　　ISBN　978-4-09-230883-1